岩波文庫

33-436-3

平家物語

他六篇

石母田正著
髙橋昌明編

岩波書店

目　次

平家物語

図１　琵琶法師〔左端，松の木の下の人物〕

図２　琵琶法師〔右下，鳥居の柱に背をもたせかけている人物〕

口絵版説明．図1は観普賢経断簡(武藤家蔵)にみえる琵琶法師の図であるが，早稲田大学図書館蔵の模本によったものである．原本は有名な四天王寺蔵のいわゆる扇面古写経と一連の作品で，12世紀末あるいは13世紀初頭のものとみられる．『平家物語』を語っているとはいえないが，初期の琵琶法師の面影を知ることができる．図2は，14世紀，鎌倉末の直幹申文絵詞(亀井家蔵)からとったもの．いずれも聴衆が描かれているのが面白いので，学友むしゃこうじ・みのる氏から拝借して掲載した．

〔本書で使用した原版については283頁参照〕

はじめに

　昨日は東関《とうかん》の麓《ふもと》に轡《くつばみ》を並《なら》べて十万余騎、
　今日は西海の浪に纜《ともづな》を解《とい》て七千余人。

『平家物語』のなかで、古来愛誦されてきた「福原落」の一節である。平氏の昨日と今日の移り変りのはげしさを語ったもので、平家の作者が好んで用いた手法である。

　昨日は西海の波の上に漂《ただよ》ひて、怨憎会苦《おんぞうえく》の恨《うらみ》を扁舟《へんしゅう》の内《うち》に積み、
　今日は北国の雪の下に埋《うずも》れて、愛別離苦《あいべつりく》の悲《かなし》みを故郷の雲に重《かさ》ねたり。

これは平《へい》大納言時忠が、能登へ流されるときの文章であるが（「平大納言被流《ながされ》」）、合戦の描写でも同じ手法がもちいられている。木曾義仲の最期を語ったところでは（「河原合戦」）、

　去年信濃を出しには、五万余騎と聞えしに、
今日四宮《しのみや》河原を過《すぐ》るには、主従七騎に成《なり》にけり。

とあって、平家の作者が、昨日と今日、去年と今年というように、時間的に対比する方法をいかに好んだかがしられる。日本人はそれまで、自然の移り変りには敏感であった。それを詩や物語で表現することにも巧みであったといえる。しかし、世の中と人間の移り変り、しかも昨日と今日、去年と今年というような短い期間の移り変りをとらえることは、自然のようにたやすくはできなかった。それには歴史的な変動を経験する必要があったからである。治承四（一一八〇）年五月の以仁王《もちひとおう》挙兵にはじまる六年間の内乱がひきおこした変動は、人間と世の中の変化を一年を単位として、とらえ得るような基盤をつくりだしたのである。平家の作者が、この手法を好んだのは、いうまでもなくそれによって無常観を表現するためであった。しかし無常観が、文学として表現されるということは、それを受けとる側に、それだけの基盤があらかじめ準備されていなければならないだろう。ことに『平家物語』は、粗末な麻の衣をきて、足駄をはき、杖をついて歩くみすぼらしい琵琶法師が、聴衆をまえにして語った文学である。はじめにあげた「福原落」は中世の琵琶法師がもっとも好んで語った物語であった。この聴衆が、歴史の変動と人間の移り変りのはげしさを自分自身で経験していたのでなければ、作者の無常観も伝わってゆかなかったにちがいない。はじめにひいたような平家の一節が聴衆の感興をひきおこすはずもない。

琵琶法師の聴衆としては、まず都の人々を念頭におく必要があろう。都の民衆は、源平の棟梁のあいだの戦争を、自分たちに関係のない出来事として見物していたのではない。この内戦が、かれらの生活にひきおこした変動は大変なものであったからである。地震・大火・大風などは別としても、内戦によって周辺諸国から都が孤立し、糧道が絶たれ、飢饉によって数万の餓死者をだしたような生活のはげしい変動のなかで、都の民衆は、福原遷都、平家の都落ち、木曾義仲の上洛とそのあわただしい転落、関東武士の上洛、義経一党の都落ちという忙しい転変を数年のあいだに見てきたのである。『平家物語』をうけとるべき基盤がすでに用意されていたとみられるし、昨日と今日、去年と今年という対比も、言葉だけではない経験の深いところに根ざしていたはずである。

しかし『平家物語』は、民衆がつくったものでないことはもちろん、盲目の琵琶法師が創作したものでもない。だれかがこの物語を創作して、それを琵琶法師に語らせたのである。この作者については、はっきりしたことはわからないが、おそらく漢学の教養の深い中流貴族である信濃前司《しなののぜんじ》行長《ゆきなが》という人であろうといわれている。はじめに引用した文章は、いずれも『平家物語』のなかではわかりやすい方だが、それでも当時の民衆が耳できいてわかりそうにない言葉がつらねてある。このことだけでも、平家が民衆のなかから創られた文学でないことは、ほぼ見当がつく。文章をみただけでも明白な、民衆と作者の距離を念頭におくことが大切で、平家が語物《かたりもの》だからといって両者を単純に合体させてはならない。『平家物語』は民衆や武士の感情の一側面を、物語として系統化し、組織立てることをしたが、そのようにする仕方は、この時代の支配的な思想、とくに中小貴族層の思想や教養を身につけた作者によってきめられてゆく。『平家物語』の無常観も運命観もその一つであろう。この本では、まず運命の問題を一つの手がかりとして、『平家物語』の一側面をかんがえることからはじめたい。これは『平家物語』の思想をあきらかにするためというよりは、物語としての特質と、そこにみられる作者のことを知りたいからである。以下作者というのは、特定の個人ではなく、現在の『平家物語』をつくってきた何人もの作者をいうのである。

一　運命について

1

『平家物語』ほど運命という問題をとりあげた古典も少ないだろう。この物語を読んだ人は、運命、運、あるいは天運、宿運というような言葉がくりかえしでてくることに気がついたにちがいない。「高橋心は猛《たけ》く思へども、運や尽《つき》にけん、敵《かたき》はあまた有り、痛手は負《おい》つ、そこにて遂に討たれにけり」。武士の最期は普通このように語られる。どんなに「大力の剛のもの」でも、運命がつきれば死ぬほかはない。一人の人間だけでなく、一族・一門の興亡を支配しているのも運命であった。平氏が諸国の武士たちから見放され、没落してゆく有様は、「運命の末に成る事あらはなりしかば、年来恩顧の輩《ともがら》の外は、随附《したがいつ》く者無りけり。東国には草も木も皆源氏にぞ靡《なび》きける」と語られるし（「州俣《すのまた》合戦」）、比叡山の大衆たちが源平のいずれにつくかについて評議したときには、「源氏は近年より以降《このかた》、度々の軍《いくさ》に討勝て、運命開けんとす。何ぞ当山独《ひとり》宿運尽ぬる平家に同心して、運命開《ひら》くる源氏を背《そむ》かんや」というように語られている(「返牒」)。これは『平家物語』の作者の思想だけからきているのではない。人間の力のおよび得ないもの、予見しがたい力、歴史と人間を背後にあって動かしている漠然とした力を、この時代の人々は運命という言葉で表現したのである。したがって身分の高下は関係がなかった。安徳天皇が壇浦《だんのうら》で入水したのも運命がつきたためであり、平氏一門の都落ちも運命に見放されたためであった。

このように『平家物語』に運命という言葉や観念がくりかえしでてくるのは、当時の一般的な考え方を反映しているまでのことであって、この時代の文学とすればむしろ当然のことであったろう。そのこと自身はとりたてていうほどのことではないかもしれぬ。ただこの物語をよく注意して読むと、作者が自分の運命観をとくに語らせたり、あるいはその観念を体現させている幾人かの人物がでてくるのであって、そのような人物が物語の全体のなかで見のがすことのできない役割を果していることが知られる。一人は清《きよ》盛《もり》の嫡男である平重盛《しげもり》であり、一人は重盛の弟新中納言知盛《とももり》である。平氏の家人《けにん》として有名な斎藤別当実盛《さねもり》もその一人にかぞえられよう。これらの人物を作者が物語のなかでどのような人間として創りあげたかということを知ることによって、『平家物語』の一つの側面をさぐりだすことができるとおもう。

知盛は、物語のなかでは、一方の大将ではあるが、めだたない存在である。清盛、重盛、宗盛《むねもり》、維盛《これもり》等の平氏の主要な人物にくらべれば副次的な人物にすぎないし、教経《のりつね》や重衡《しげひら》等のはなばなしい活躍に眼をうばわれていると、見うしなってしまいそうな人物である。作者の創造した多様な平氏の公達《きんだち》の群像のなかで、見えかくれする程度にあらわれてくる平凡な武将である。しかし『平家物語』を一読して、忘れがたい印象をのこす人物の一人は、この知盛であろう。一谷《いちのたに》の合戦に敗れた知盛がその子知章《ともあきら》と従者一人をつれて屋島に落ちのびようとしたときのことである。主従三人は、東国武士にかこまれ、知章が父の身代りとして討死するあいだに、知盛は沖の船にのがれる話がでてくる。そのとき彼は宗盛につぎのように語ったという。

> 武蔵守に後《おく》れ候ぬ。監物《けんもつ》太郎も討《うた》せ候ぬ。今は心細《ぼそ》うこそ罷成《まかりなッ》て候へ。如何《いか》なる親なれば、子は有《あッ》て親を扶《たす》けんと、敵《かたき》に組《くむ》を見ながら、いかなる親なれば、子の討るゝを扶けずして、か様に逃れ参《まいッ》て候らん。人の上《うえ》で候はば、いかばかり、もどかしう存候べきに、我身の上に成ぬれば、よう命は惜《おし》い者で候けりと、今こそ思知られて候へ。人々の思はれむ心の内どもこそ慚《はずか》しう候へ(「知章最期」)。

子が自分の見ているまえで、しかも身代りになって、むざむざ殺されるのを見過して逃げのびた知盛のこの言葉は、素直であるといってよい。このような場合、「他人のことならばどんなに非難めいたことをでもいいたく思うのに、自分のことになると、よくも命は惜しいものでありましたと、今こそ思い知らされました」という彼の言葉には、自分にたいする武将らしい弁護は少しもまじっていない。生死の境に立てば子をさえ見殺しにする人間の生への執着と利己心のおそろしさを、そのままさらけだしているのである。『平家物語』は一貫して現世を厭わしいものとし、来世を賛美したが、同時にこの物語ほど人間の生への執念の強さを語った文学も少ないだろう。知盛はそれを素朴な言葉で語ることのできる人物であった。彼を浜から沖まで運んでくれた馬を、船に乗せようがなくて陸に追いかえしたとき、家来はどうせ敵のものになるのだから射殺そうと言ったが、知盛は「何の物にも成《なら》ばなれ、我命を助けたらん者を。有《あ》るべうもなし」と、それを一言のもとに制止したという。知盛は大体このような人間としてあらわれてくる。彼が平氏の運命についてもっともよく洞察していた人物の一人として描かれているのは、かならずしも不思議ではない。都落ちにさいして、平氏は京都に抑留していた東国の武士たちを斬ろうとした話が『平家物語』にみえる。頼朝の挙兵の直前に大番役のために上洛してきた畠山・小山田・宇都宮等の東国で知られた名門の武士たちである。そのとき知盛はつぎのような言葉でそれを制止した。

御運だに尽させ給ひなば、是等百人千人が頸《くび》を斬《きら》せ給ひたりとも、世を取らせ給はん事難《かた》かるべし。故郷には妻子所従《しょじゅうら》等如何に歎き悲《かなし》み候らん。若《も》し不思議に運命開《ひら》けて、又都へ立帰らせ給はん時は、有難き御情《なさけ》でこそ候はんずれ。只理を枉《ま》げて、本国へ返し遣さるべうや候らむ(「聖主臨幸」)。

知盛は重盛のように平氏が滅亡すべき運命にあると予言しているのではない。平家にとって運命が開けることもあり得るともいっている。彼はただ自分の一族が滅びるにしても、興るにしても、人間の力の及ばない運命に支配されていることを確信しているだけである。だからここで百人・千人の東国武士の頸《くび》を切っても、平氏の運命が尽きているならば、なんの意味があろうかといっているのである。命をたすけられたことに感銘したこれらの東国武士たちは知盛に臣従して、ともに都落ちすることをねがったが、それにたいして彼は「汝等が魂は皆東国にこそあるらんに、ぬけがらばかり西国へ召具《めしぐ》すべき様なし。急ぎ下れ」といって、それを問題にもしなかった。知盛の運命にたいする確信は、このように「魂」とその「ぬけがら」とを区別するだけの人間への洞察とむすびついていたことは、われわれの興味をひく点である。彼は重盛のように運命について哲学的な言葉をつらねることはしなかった。歴史と経験が彼に教えた人間にたいする洞察を通して運命というものをとらえていたように描かれている。都落ちのさい、池《の》大納言頼盛が平氏の一族を裏切って都にとどまろうとしたとき、それに一矢をむくいようとはやる家人をおしとどめて、「何《いつ》しか人の心共の変行《かわりゆ》くうたてさ」といい(「一門都落」)、屋島にあって、九州の武士たちの離反の報をきいて狼狽する一族のなかでは、平氏の重恩を蒙った東国北国の武士さえ「恩を忘れ、契《ちぎり》を変じて、頼朝、義仲等に随ひき。まして西国とてもさこそはあらむずらめと思ひしかば」と語っている(「逆櫓《さかろ》」)。知盛は平氏一族の没落の必然性を知り得るはずはなかったから、それを漠然と運命という観念でとらえていたのであるが、その運命がこの内乱における東西の諸国の武士団の動向、時代と人心の動きにたいする彼の洞察と結びついているところに特徴がある。都落ち以後の平氏一族のなかにおける彼の不思議な落ちつきは、このことと関係していよう。また自分と一族、あるいは時代そのものを動かしているところの運命を確信していたからといって、彼がその運命を回避したり、そこから逃れようと努力しなかったのも興味がある。運命にたいする洞察は、むしろ彼を積極的、戦闘的な武将としたように描かれている。都落ちにさいして、平氏一族のなかに裏切者および脱落者がでたことを彼は運命のあらわれと考えたが、そのためにかえって彼は都落ちに反対して、京都に踏みとどまってたたかうべきことを主張したのである。屋島で、東西の武士の離反を経験したときも、同様であった。裏切者の発生を人力ではどうすることもできない平氏の運命の結果であると確信しながら、そのゆえに裏切を許すということは知盛にできなかった。阿波民部重能《あわのみんぶしげよし》の裏切をいちはやく認めたのも知盛であるが、壇浦合戦の直前にこの変心者を斬ることをもっとも強硬に主張したのも彼である。宗盛は確たる証拠なしとこれを納《い》れなかったが、知盛は「やすからぬ。重能めを切《きッ》て棄《すつ》べかりつるものを」と、最後まで重能を斬らなかったことを無念としている（「壇浦合戦」「遠矢」）。この知盛における矛盾をみなければ、平家の作者が、壇浦で彼に叫ばせたつぎの言葉は理解しがたいものになろう。彼は乱戦のなかで、「船の屋形に立出で、大音声を上げて」、

> 軍《いくさ》は今日ぞ限る。者共少もしりぞく心あるべからず。天竺震旦《てんじくしんたん》にも、日本吾朝《わがちょう》にも、双《ならび》なき名将勇士と云へども、運命尽《つき》ぬれば力及ばず。されども名こそ惜けれ。東国の者共に弱気《よわげ》見ゆな。いつの為に命をば惜むべき。唯是のみぞ思ふ事（「壇浦合戦」）。

いかなる「名将勇士」であっても、運命がつきれば滅びなければならないという確信と、名を惜しむこととが一つになっている。阿修羅のようにたたかっている能登守教経のところに使者をおくって、「能登殿痛《いた》う罪な作り給ひそ。さりとて好《よ》き敵《かたき》か」といわせたのも、運命にたいする抵抗がもはや無意味になったことを知ったからであろう（「能登殿最期」）。しかしその瞬間まで、彼はたたかうことをやめない人間として描かれている。最後に彼は、「水主梶取《すいしゅかんどり》共、射殺《いころ》され、切殺《きりころ》されて」、もはや船を操縦することもできず

に、船底に倒れ伏しているなかで、「世の中はいまはかうと見えて候。見苦しからん物共皆海へ入させ給へ」といっている(「先帝身投」)。平氏の運命が尽きたことを確認した言葉であるが、そのことと、この将帥自身が「艫舳《ともえ》に走り廻り、掃いたり拭《のご》うたり、塵《ちり》拾《ひろ》ひ、手づから掃除」して、「見苦しからん物共」を海に投げいれる彼の行為との結びつきに、新中納言知盛の性格が浮彫されているというべきであろう。女房たちが、「中納言殿、軍《いくさ》は如何に」と口々に問うたところ、知盛は、「めづらしき東男《あずまおのこ》をこそ、御覧ぜられ候はんずらめ」とこたえて、「から〳〵と」笑ったという。それは女房たちを「何条《なんじょう》の只今の戯《たわぶ》れぞや」とおめき叫ばせたにすぎないが、『平家物語』の作者は、この知盛の笑い声に、運命を見とどけたものの爽快さを響かせているのであろう。彼の最期はつぎのように語られている。

新中納言、「見《みる》べき程の事は見つ、今は自害せん。」とて、乳人子《めのとご》の伊賀の平内左衛門家長を召《めし》て、「いかに日比《ひごろ》の約束は違《たがう》まじきか。」と宣《のたま》へば、「子細にや及候。」と申す。中納言に、鎧《よろい》二領著《き》せ奉り、我身も鎧二領著て、手を取組《くん》で海へぞ入《いり》にける(「内侍所都入」)。

「見《みる》べき程の事は見つ、今は自害せん」という知盛の言葉は、『平家物語』のなかで、おそらく千鈞《せんきん》の重みをもつ言葉であろう。彼はここで何を見たというのであろうか。いうまでもなく、それは内乱の歴史の変動と、そこにくりひろげられた人間の一切の浮沈、喜劇と悲劇であり、それを通して厳として存在する運命の支配であろう。あるいはその運命をあえて回避しようとしなかった自分自身の姿を見たという意味であったかもしれない。知盛がここで見たというその内容が、ほかならぬ『平家物語』が語った全体である。

この知盛は、物語における知盛であって、歴史上の人物としての知盛ではない。知盛については、表面的な経歴以外に、その人間を知るべき資料がほとんどないから、歴史上の人物としてどのような人間であったかを知るべき手がかりがない。源平合戦についてのいろいろな言伝えがのこされていて、作者はそれを根拠としたことも、かんがえられるから、『平家物語』における知盛の性格が、まったく作者の架空の創作とすることもできないだろう。しかしかりにそうであったとしても、『平家物語』における知盛が、歴史上の人物としての知盛と本質的に異なる人物であることはいうまでもない。二つのものは世界を異にしているからである。物語の人物として描きだされた知盛は、作者がその文学的な構想力や思想や形象化の力によって創りだした新しい人間像であって、それが事実上の知盛と似ているか、いないかについては作者はなんら責任を負うものではない。作品における知盛の位置づけにいたってはなおさらそうである。

壇浦の場面だけをとってみると、ここでもっとも目立つ平家の武将は能登守教経であり、その奮戦の場面である。『平家物語』をたんに戦記物語や合戦記としてみようとする傾向は、たとえば教経の部分をもっとも『平家物語』らしい場面であるかのようにかんがえるかもしれない。そのような評価から選ばれた教科書や抄録本の影響もあって、従来の『平家物語』の享受の仕方には大きな偏りがあったようである。教経の奮戦の物語は、地味な地色の布に華麗に織りだされた文様のようなものである。それはそれで『平家物語』の欠くことのできない要素とはなっているが、しかし華麗な文様にばかり眼をうばわれて、地色に注意しなければ、『平家物語』の美しさはかえってとらえることはできないだろう。合戦記としての壇浦の物語においては、知盛は、教経をひきたたせるための地色の部分に属するといってよいほど地味な存在である。しかしそのために、この部分にもっとも『平家物語』らしい特徴があらわれているともいえるのである。

教経奮戦の場面をいくら読んでも、そこからわれわれは『平家物語』の作者というものを感じることができない。しかし知盛からは、それを通じて作者の眼と精神、作者が時代にたいして立っている場がどのようなものであったかをうかがえるようにおもうのである。自己の一族の滅亡をささえるために阿修羅のようにたたかった教経のような人間の眼には、歴史の現実は『平家物語』の描いたような世界としては映らなかったにちがいない。彼の眼には単純な敵と味方しか映らないからである。死に直面すればわが子さえ見捨てて逃げのびるような生への妄執を自覚し、一族のなかの裏切者にも、諸国の恩顧の武士団の離反にも、時代の運命を感じながら、なお滅亡する一族のためにたたかわざるを得なかったところの知盛には、現実は教経とはまったく異なったものとして映ったことは当然である。その眼は教経のような型の人間も、最後まで生に執着した宗盛のような人間も、一族を裏切った頼盛さえも、客観的にその視野のなかにとらえ、それを理解し、位置づけ得る眼である。この時代の現実が生みだした多彩な人間を一つの織物に織りなしてゆく『平家物語』の特徴は、作者の文学的手腕の問題ではなく、なによりもまず作者の眼の問題である。「見《みる》べき程の事は見つ、今は自害せん」といった知盛の眼にだけ見えたものが、すなわち平家の作者の眼に見えたものであろう。知盛はこの意味で『平家物語』の作者そのもの、あるいはその分身の一つであるといってよい。屋島で知盛が諸国の武士の離反を運命的なものとして受けとり、だからこそ都にふみとどまってたたかうべきであったのだと語ったとき、作者はその言葉に「誠に理《ことわり》と覚《おぼえ》て哀《あわれ》なり」と付言して、知盛にたいする自分の同情をかくそうとしていない。もちろんこのような直接的な形での作中人物にたいする作者の同情の有無が問題なのでなく、時代と人間の運命を確信し、そのために現実を生きることの矛盾をさらけだしているような知盛という人物を新しく創造することによって、作者がなにをとらえ、かつ視《み》ることができたかということが問題なのである。

2

平家の作者がその運命観を思想として展開させたのは、知盛よりもむしろ重盛である。重盛は、「此大臣《おとど》文章麗《うるわし》うして、心に忠を存し、才芸勝《すぐれ》て、詞《ことば》に徳を兼《かね》給へり」といわれているように、理想的な人物として作者がもっとも力をこめて創造した人物である（「医師問答」）。片隅の人物として創りあげられた知盛とは、物語における比重がちがう。文学としてどちらがよく描かれているかといえば、知盛の方であると思う。作者の理想的人物は文学としては失敗しやすいものであるが、重盛もその一例である。歴史上の人物としての重盛ともちがい、また現実に存在するはずもなかったような理想的人物としての重盛は、物語中の人物として形象化することは困難だから、いきおいそれは作者の思想の代弁者と化し、作品としては失敗せざるを得ない。平家の重盛の物語を読んで読者の印象にのこる点は、なによりもその雄弁または饒舌であろう。院および院の近臣にたいして仮借しない措置をとろうとした清盛を諫止《かんし》したときの重盛の言葉は、古来有名であるが、そこには儒仏の思想についての作者の博識ぶりを見ることはできても、中味は意外に貧困なのである。作者がもっとも力をいれて創り上げた人物だけに、物語としてみればかえって破綻も大きい。しかし重盛は、饒舌なだけに、作者の理想や思想を知るうえでは便利である。

作中人物としての重盛が『平家物語』においてしめる位置だけについてかんがえると、彼は平家の没落の運命の予言者としての地位をしめている点が重要である。平家の第一の家人である肥後守貞能《さだよし》が、一門都落ちにさいして、都にとどまろうとした話が『平家物語』にみえる。彼が重盛の墓を掘って、その遺骨にたいしていった言葉のなかに、重盛が平氏の滅亡の運命をはやくも悟って、「兼て仏神三宝に御祈誓《きせい》有て、御世を早《はよ》うさせさせまし〳〵けるにこそ、有難うこそ覚え候へ」とある。すなわち重盛は、一門都落ちにいたってはじめて一族が自覚した滅亡の運命を、平氏の栄華の時期にはやくも自覚したという点で、その家人たちから畏敬されていたのである(「一門都落」)。

このことを念頭におけば、平家の作者が重盛に、作中人物中もっとも多く運命について語らせているのも、偶然でないことがしられる。彼はまた清盛にたいして、「此仰承候に、御運は早末《はやすえ》に成ぬと覚候。人の運命の傾《かたぶか》んとては、必《かならず》悪事を思立《おもいたち》候也」といって、平氏が栄華の頂上にあるときすでにその没落の運命を予言したことになっているはしうせむや」といって、医師の治療をしりぞけたことになっている(「医師問答」)。台《たい》に昇る。その運命を計《はか》るに、もて天心《てんしん》に在り。何ぞ天心を察せずして、愚に医療を痛(「教訓状」)。彼は自分の死もその運命の一部としてとらえ、「重盛苟《いやしく》も九卿《きゅうけい》に列し、三《さん》

重盛がこのような運命の予言者たり得たのは、彼が神々を媒介として、運命を察知し得る特別な能力をそなえた人間であったからであった。古代人の考えでは運命は厳存していても、それはたれのまえにも自分をあらわにするような性質のものではなかった。特別な人間のみがそれを察知し、それによって未来を予見し得るのである。治承三(一一七九)年、都にひどい辻風が吹いて、町々の民家・宮殿が倒壊した。「おびたゞしう鳴どよむ音は、彼《かの》地獄の業風なり共、是には過じとぞ見えし」(「飇《つじかぜ》」)。しかしこの辻風を一つの前兆として、その意味を解読し得るものは、特別な能力を具えた人間だけであった。その一つは陰陽博士以下の卜占を職業とする人々であり、この場合にも神祇官・陰陽寮において占いがおこなわれ、この辻風は天下の大事の前兆であり、「仏法王法共に傾きて、兵革相続《へいかくそうぞく》すべし」ということであった。もう一人は重盛である。彼はこの前兆のために、一晩中熊野の神殿で祈念したところ、「灯籠の火の様なる物」が彼の身体からでて消えうせたので、人々は不思議がったという。それだけでなく帰途、重盛の子息たちの浄衣《じょうえ》が喪服の色とみえたので、家人がその不吉をとがめると、彼は「我所願既に

成就《じょうじゅ》しにけり、其浄衣敢て改むべからず」と答えた。このことをしるした後で、作者が、「人怪《あや》しと思ひけれ共、其心を得ず。然るに此の公達《きんだち》、程なく、誠《まこと》の色を著《き》給けるこそ不思議なれ」といっていることは興味がある(「医師問答」)。重盛の言葉の意味を周囲の人々は理解することができず、変なことだとだけ思ったけれども、まもなく維盛以下の子供たちが、本当の喪服を著ることになった、まことに不思議なことではあったという意味である。重盛だけは常人とちがって運命を感知する能力をもっていて、平氏一門の滅亡を予知していたのにたいして、普通の人々はそのことの意味を重盛の子孫の死後になってはじめて知ることができたというのである。

『平家物語』において、重盛が「天性此《この》大臣は、不思議の人にて、未来の事をも兼て悟《さとり》給けるにや」と、未来を予見することのできる不思議な人物とされているのには、それだけの理由がある(「無文」)。彼は清盛や義仲や義経などの普通の人間とは、性質のちがう世界に片足をおいている人物であって、このことは『平家物語』の構造を知るうえに大切なことである。運命と人間を媒介する一つの方法は夢想であるが、平氏の滅亡の運命を予言する神託が、とくに重盛の夢にあらわれたことは注意する必要があろう。春日大明神は、重盛の夢想のなかで、平氏の悪行が度をすぎたので、清盛の首を召しあげるという託宣を下しており、それによって重盛は、「一門の運命既に尽んずるにこそ」

と、平氏の過去と将来をかんがえて涙したとしるしてある(「無文」)。重盛のこの性格を理解しておかないと、少なくとも彼が重要な役割を果す物語の前半の構造を理解することはむずかしい。

『平家物語』の前半を貫く一つの葛藤は、清盛と後白河法皇との対立をめぐって展開されているが、この対立のなかで重盛のしめる地位は、けっして単純に平氏の一族の一人、あるいは清盛にたいする諫告者《かんこくしゃ》としてあるのではない。むしろ彼は両者の対立を超えた処に立っているといってよいだろう。清盛にたいしてはいうまでもないが、後白河法皇も、重盛の清盛にたいする諫告の言葉を伝えきいて、「今に始ぬ事なれ共、内府が心の中こそ愧《はずか》しけれ、あたをば恩を以て報ぜられたり」といって、重盛より一段と低いところに自分をおかざるを得ないことになっている。

重盛がこのように法皇と清盛との対立を超越した一段と高い場に位置されているのは、彼が両人のもたない特別の能力である運命の予言者としての資格をもち、「天性、不思議の人」であったからである。彼は単純に理想的人物として創作されたものではない。重盛についての『平家物語』の叙述は、歴史的事実とちがう点がもっとも多く、物語としても煩雑で拙劣で、文学的価値は平家のなかでもっとも低い部分の一つであろう。しかしこのことは重盛が物語の全体の構造のなかでしめる客観的な意義の大きさを少しも否定するものではない。そのことはのちにのべるとして、ここではこのような重盛なる人物を新しく創造し、設定することによって、作者は自己の世界観、運命観をしめしているということが大切である。文学においては虚構されたもののなかに、かえって作者の真実の姿があらわれているからである。

作者は平氏の滅亡、この時代の一切の転変の背後に、人力のおよばない暗黒の力、運命の支配をみていた。この思想が作者の現実をとらえる「眼」を規定していることは知盛についてまえにみたが、知盛は物語の各所にちりばめられている副次的な人物にすぎない。作者の運命観が物語においてしめる地位は、重盛によって代表されている。それは重盛の言葉が作者の思想を代弁しているという直接的な関係においてではなく、物語の構造のなかで重盛にあたえた地位によって、作者の思想をもっともよく表現しているのである。重盛が清盛や後白河法皇よりも一段高い地位をあたえられていることは、『平家物語』の構造において彼が主導的な地位をしめること、したがって彼の系統が物語を貫く経糸《たていと》となるべきことを予め暗示しているといえる。作者はこのような物語の構造を虚構することによって、自己の運命観を作品として読者に提示しているといってもよい。『平家物語』の作者は全体として構想力の豊かな物語作家でないことは、作品からも知られるが、しかしそれなりの形での構想力は、作品の構成のなかからうかがうことができる。個々の場面や人間の描写のなかにではなく、それらを全体として構成している作品の構造そのもののなかに、作者の思想があたえられているのが普通であるとすれば、『平家物語』をこのような観点から読み直すことが、これから必要になろう。この問題にはいるまえに、重盛がたんに作者の運命観の代弁者であるだけでなく、もっと広い時代の思想的背景の上に立っていることをのべておきたい。

『平家物語』の骨格は一人の作者の手になったことはほぼ推察されるところであるが、現在の形の『平家物語』は多くの作者によって増補された物語の集成であることもうたがいない。重盛の物語一つとっても、どこまでが原作者のもので、どこから後人が増補したものかはもちろんわからないが、運命を予告する不可思議な人物に、重盛を仕上げていったのはむしろ増補者の手によったものかもしれぬ。この時代の思潮そのもののなかに、このような人物を創り出す要請があったとみられるからである。

重盛が、鹿谷《ししがだに》事件で捕えられた新大納言成親《なりちか》を斬ろうとした清盛を諫めた言葉は、古来有名であるが、その帰途、彼は門外に群集している清盛の侍どもをたしなめたところ、その言葉をきいて、「兵共《つわものども》、皆舌を振《ふっ》て恐懔《おそれおのの》く」と作者はしるしている(「小教訓」)。才徳兼備の貴公子として描かれている重盛が、このような恐怖を侍どもにひきおこすことも不思議だが、後に清盛を諫めたときも、天下の一大事だと触れると、数千騎の兵どもがたちまち参集し、少しでも弓矢をとる程のものは京都に一人ものこらなかったというのも不思議な威力である（「烽火之沙汰《ほうかのさた》」）。総勢一万騎も駆けつけたという侍共をまえにして、彼は漢土の賢者の例などをひきながら一場の演説をすることになっているが、その内容は別として、その光景は常人と異なった予言者的なところがある。このような重盛の一側面が、『平家物語』が増補されるなかで、成長していったのかもしれない。

運命という観念の有無は別として、暗黒な力に支配されていると固く信じていた中世人にとっては、その眼に見えない世界と常人の世界とを媒介するものは、特別の畏怖の念をもってみられていた。神々もその一つである。個人なり集団なりが、なんらかの行動や決断を必要とするときにはとくにそうであった。熊野の僧兵は、水軍として、源平合戦に重要な役割を果した一勢力だったので、『平家物語』にもたびたびでてくる。本来平氏の恩顧をうけていたが、壇浦合戦にさいして、源平いずれにつこうかと迷ったあげく、新熊野《いま》神社で神楽をあげて権現に祈誓した。ところが、「唯白旗《しらはた》につけ」という神の託宣があったという。それでも疑いがあったので、白い鶏と赤い鶏を七羽ずつつれてきて、権現のまえで勝負させたところが、赤い鶏はみな負けてしまったので源氏につくことに決心したといっている。中世の武士団が、いずれの勢力に味方しようかと決断に迷った場合には、よく神託に依存することがあった。事の成否が、予見し得ない、運命的なものに支配されていると考えられた時代にあっては、未来を予見したいという渇望は当然神秘的な方法に頼るほかなかった。古代人も中世人も、未来を予見するこの不思議な方法が存在すると確信していた点では変りはない。

右の熊野の場合には、神に特別の祈誓をして、そのものに神託があたえられるのであるが、運命はそのような形でだけ人間に未来を予告するとはかぎらなかった。この時代の記録、史書、文学は、かかる場合における当時の人々の心理について豊富な事例を提供しているが、『平家物語』だけによっても、そのことはよく知られる。運命は、特別の祈誓なしにも、さまざまな前兆や兆候として、未来を人間に予告するものと信じられた。清盛が伊勢から熊野に行く途中、その船に大きな鱸《すずき》がとびこんだのは、平氏の将来の繁栄を予告する吉兆とされ(「鱸」)、地震があれば法皇の流される前兆だったと噂され(「法皇被流」)、御所のなかで沢山の鼬《いたち》どもが走り騒いだということまでが、重大な事件を予告するものとかんがえられた(「鼬沙汰」)。不安な状況や戦争にさいして、前兆がとくにあらわれるのは当然であって、壇浦合戦にさいしては、雲の間から白旗が舞い降りたといい、源氏の方から千匹をこえる江豚《いるか》が平家の方に向ったといっては、平氏の敗北の前兆だとされた(「遠矢」)。このような信仰を利用して前兆を創作したものは、いうまでもなく神官・僧侶・占師・陰陽師等の類で、かれらは自分の地位を高めたり、職業のために、勝手な前兆を創作しては、支配者に報告した。義経が平氏追討のために、西下した後に、住吉神社の神主は当社の神殿から鏑矢《かぶらや》が西方さして飛んでいったと院に報告して、たくさんの神宝をもらっているが(「志渡合戦」)、このような記事が『平家物語』に多いのは、平家の増補に僧侶や神官が多く参加しているためでもある。このようなさまざまの前兆は、常人にとっては後になってその結果がわかってから、あれはこのような前兆であったかと想いおこすのであるが、その前兆の意味をたちまち解釈し、説明してみせるためには特別の職業または才能ある人間がいたのであって、国家の官吏である陰陽師もその一つであった。

古代ギリシア人が運命の世界と人間の世界を媒介するものとして夢を特別にかんがえたことは有名だが、これはどの古代民族も同様であった。『平家物語』においても、重要な意義をもった神々の託宣は、多くは直接当人の夢想として、あるいは巫女《みこ》などの夢のなかにあらわれている。清盛がまだ安芸守として厳島神社を修築して、夜通し参籠したとき、その夢に、厳島大明神の使が「天童」の形であらわれ、「是は大明神の御使なり、汝此剣を以て一天四海をしづめ、朝家の御まもりたるべし」と託宣して、「銀《しろがね》の蛭《ひる》巻《まき》したる小《こ》長刀《なぎなた》」を与えた話が『平家物語』にみえている(「大塔建立」)。平氏が天下を掌握すべき運命は、神の託宣によって予告されていたというのである。この託宣には

「但し悪行《あくぎょう》有らば、子孫迄《まで》は叶《かな》ふまじきぞ」という条件がついていて、平氏の没落をもすでに暗示していることは、源氏の世になってたれかが創作したことをしめしていることはいうまでもない。この託宣には後日譚があって、福原遷都後、ある若侍に、かつて清盛に賜わった節刀が、厳島明神から八幡大菩薩へ、さらに春日明神に移ることをしめす夢想があり、同時に清盛が座右においた右の「小長刀」がいつしか見えなくなったということがおこった。この夢想をある人が解釈して、それは世の中が平氏から源氏に、さらに藤原氏に移ってゆくことを予言するものだと説いたという(「物怪之沙汰《もっけのさた》」)。

この記事はあきらかに藤原氏の将軍の時代になってからつくられたことをしめすもので、菅茶山《かんちゃざん》という学者はこれを根拠として『平家物語』の製作年代を承久の乱以後と推定したのであるが、後に平家の諸本の研究がすすむと、春日明神の話の出てこない系統の『平家物語』が存在することがわかり、平家の原型は承久以前の製作にかかるものではないかという問題が新しく出てきた。この点でこの託宣の物語は、『平家物語』の研究者にとって重要な意味をもつこととなった。しかしこれは近代人にとっての意味である。源平の争乱、承久の乱という二つの内乱によって平氏政権から鎌倉政権へ、さらにその内部で源氏将軍から藤原氏将軍と変ってゆく大きな政治的変動の背後に、運命の支配をみていたこの時代の人々にとっては、そのような時代の変動は神々の託宣によって予言せられていたものだとかんがえることは、むしろ当然であった。

中世において好んで託宣を下したのは、熊野三所権現・八幡大菩薩・天照大神・厳島明神・山王権現・春日明神の神々であるが、これらの神々は巫女の口をかりては、御利益の代償として、廻廊を修理させたり、荘園を寄進させる貪欲な神々であり(「願立《がんだて》」)、しかもその託宣なるものはお粗末きわまるものであった。新大納言成親が賀茂の上社に参籠したとき、夢にあらわれた神が、「ゆ丶しくけだかげなる御声」で下した託宣は、「桜花賀茂の川かぜうらむなよ、散るをばえこそとゞめざりけれ」という和歌の形式による託宣であった(「鹿谷」)。成親の未来を予言したつもりのこの和歌の下手さ加減を見れば、神々のお里もおおよそ知られることである。成親は、『平家物語』が一つの典型として描きだしたように、院政という政権が新しく生みだした立身出世病にとりつかれた貴族の一人であった。院政時代からはじまる変動と内乱の時期は、一方ではそれに踏みつぶされる多数の人間を生むと同時に、他方ではのし上ろうとする亡者どもをこれまた無数に生み出す。いずれも不思議な方法によってその運命と未来を予見したいという衝動に駆られている。これらの人間を餌食《えじき》として神々とその所領は肥えていったのであって、単純に「信仰深い中世」だけを念頭においてはならない。そうでないと、なぜこの時代にとくに運命の問題が文学の問題となるかも理解しがたくなろう。

重盛を、運命を自覚し、予言する特別の人間として創りあげてゆく時代の基盤は、ほぼ右のようなものであった。『平家物語』における重盛の物語一つをとってみても、作者個人の世界観だけからは理解することはできない。もちろん以上のべたことは、重盛の物語の重要な特徴だが、それも一つの側面である。しかし『平家物語』全体としてみれば、重盛個人のさまざまな側面を追求することよりも、その子孫を追求することの方が大切であろう。『平家物語』の構造を知るためにはなおさらである。

3

平氏系図から重盛の子孫をひろってゆくと、その嫡男は維盛で、その子六代御前《ろくだいごぜん》をもって系図は切れている。維盛の外に資盛《すけもり》、清経《きよつね》、有盛《ありもり》、師盛《もろもり》、忠房《ただふさ》、宗実《むねざね》等の名がつらねてある。どの名前も一族と運命をともにした人々として『平家物語』に登場するが、傍系では資盛と清経が物語の作者の興味の対象となっている。新三位中将資盛は、「是こそ平家悪行の始なれ」と作者がいっている「殿下乗合《てんがののりあい》」の主人公として登場するが、この物語は重盛を理想的人物として浮彫するために、事実を歪曲して虚構されたもので、作者の重盛伝説の一部をなす部分である。

まえにのべたような作者の重盛にたいする評価からみて、『平家物語』が重盛の死を平家の運命にかかわる重大事件とみなしたことは当然である。清盛の死を物語ったところで、作者は「平家は去々年小松大臣《おとど》薨ぜられぬ。今年又入道相国失《うせ》給ひぬ。運命の末に成る事あらはなりしかば、年来恩顧の輩《ともがら》の外は、随附《したがいつ》く者無りけり。東国には草も木も皆源氏にぞ靡《なび》きける」と結んでいる（「州俣合戦」）。重盛の死は歴史的には小さな意義しかもたない。それを清盛の死とならべて、時代と平氏の運命の変動の指標としているのも、作者の創り出した重盛伝説の一つである。平氏の一族全体がそうであるが、とくに重盛の子孫は、この運命の予言者の言葉をそのまま体現したものとして、物語のなかでは重要な位置をあたえられている。

平氏が筑前で緒方一党に逐われて落ちのびる一節は、平家でも哀れ深く語られている部分であるが、そのとき入水した重盛の三男左中将清経の事件は、一門の人々にとって大きな衝撃であったとされている。『平家物語』の結末において、建礼門院が、平氏没落の歴史を回顧しながら、この清経の入水を「心憂き事の始めにて候し」とのべていることからも、作者の評価のほどがしられよう。まえにのべたように、重盛の子孫たちがそろって喪服を著るべき前兆は、彼の生前すでにあらわれていたことになっているが、その前兆の意味を平氏の運命として理解したのは、当時にあっては重盛一人だけであって、周囲の人々はただ不思議なことと感じたまでであった。物語においては、重盛の子孫は、この予見された運命を身をもって実現すべき人々として重要視され、ことに維盛─六代御前の嫡統の物語は『平家物語』の全体を貫く赤い糸として、その骨組みの支えになっているのである。

物語を一読した人は、作者が都落ち以後の維盛の悲話について、異常なほど詳細に、力をこめて物語っていることを覚えているにちがいない。同時に平氏の滅亡の経過のなかでも一挿話にすぎない十二歳の六代御前の物語が、物語中の他の重要人物の誰にも劣らない地位をあたえられていることも注意をひく点である。六代御前の最期は三章にわたって詳細をきわめている（「六代」「長谷六代」「六代被斬《きられ》」）。これは、維盛がその死にさいして、平家重代の家宝たる「唐皮《からかわ》と云ふ鎧、小烏《こがらす》と云ふ太刀」を「若し不思議にて世も立なほらば六代に給《た》ぶべし」と遺言しているように、嫡流の最後としての六代の地位にあることはいうまでもない（「維盛出家」）。六代御前の物語は、「それよりしてこそ平家の子孫は永く絶にけれ」という文章で結ばれ、同時に平氏一門の滅亡をも象徴している仕組みになっている（「六代被斬」）。六代の物語には、「小松殿の君達《きんだち》」のこと、すなわち維盛の弟丹後侍従忠房および他家に養子にいった土佐守宗実の最期も記されていて、結末になって重盛一統のことが浮彫されるようになっていることも注意すべきである。

「それよりしてこそ平家の子孫は永く絶にけれ」という簡潔な文章が、六代物語だけでなく、同時に『平家物語』全体の結びの文章であったかどうかについては問題がある。普通の『平家物語』の結末には、「灌頂《かんじょう》」の巻という独立の物語がおかれている。それは「女院出家」「大原入」「大原御幸」「六道之沙汰」「女院御往生」の五章をふくむ建礼門院の物語である。古来、『平家物語』のなかでももっとも有名な文章の一つで、よく教科書などに抄録されていた。しかしこの灌頂の巻を独立に立てない系統の『平家物語』も別箇にあって、この系統では、六代物語が『平家物語』全体の結末になっている。本来の『平家物語』の形がいずれであったかについては、問題があるところであるが、灌頂の巻を立てない方、すなわち『平家物語』を右の「六代被斬」の簡潔な結びの文章で結末づける方が本来の姿であったとみられる。『平家物語』の本来の形がどのようなものであったかについての議論は、ここでは必要がないが、その結末を六代物語と灌頂の巻とのいずれにするかは、『平家物語』のとらえ方について微妙な相違をもたらすので、ここでかんたんにふれておきたい。『平家物語』は、つぎの有名な文章をもってはじまる。

　祇園精舎《ぎおんしょうじゃ》の鐘の声、諸行《しょぎょう》無常の響あり。娑羅《しゃら》双樹《そうじゅ》の花の色、盛者必衰《じょうしゃひっすい》のことわりをあらはす。おごれる人も久しからず、唯春の夜の夢のごとし。たけき者も遂にはほろびぬ、偏《ひとえ》に風の前の塵に同じ。遠く異朝をとぶらへば、秦の趙高《ちょうこう》、漢の王莽《おうもう》、梁《りょう》の周伊《しゅうい》、唐《とう》の禄山《ろくざん》、是等は皆旧主先皇《きゅうしゅせんこう》の政《まつりごと》にもしたがはず、たのしみをきはめ、諫《いさめ》をもおもひいれず、天下の、みだれむ事をさとらずして、民間の愁《うれう》る所をしらざりしかば、久からずして亡《ぼう》じにし者ども也。近く本朝をうかがふに、承平の将門《まさかど》、天《てん》慶《きょう》の純友《すみとも》、康和《こうわ》の義親《ぎしん》、平治の信頼《のぶより》、此等はおごれる心もたけき事も皆とりどりにこそありしかども、まぢかくは六波羅《ろくはら》の入道、前太政《さきのだいじょう》大臣平朝臣《あそん》清盛公と申し人のありさま、伝へうけたまはるこそ心も詞《ことば》も及ばれね。

この巻頭の文章は、諸行無常・盛者必衰の理法、すなわち作者の世界観と思想をのべている点で、『平家物語』の全篇がここに要約されており、末尾の灌頂の巻と首尾照応して、物語の統一が保たれているといわれてきたものである。この考え方は、この巻頭の文章を、灌頂の巻と同一の性質のものであると見るのが特徴的であって、古来『平家物語』解釈における有力な一つの傾向であった。灌頂の巻というのは、すでに「覚者《かくしゃ》」の位に登った女院が仏家の思想をのべたものであって、問者・答者を設けて叙述する仏家の常用手段をかりた形式も、この巻の性質があくまで作者の思想を展開するためのものであったことをしめしている。巻頭の文章を、このような灌頂の巻と照応するものとみ、両者を同じ性質の文章と理解するか、それとも「それよりしてこそ平家の子孫は永く絶にけれ」という六代物語の結びの文と、巻頭の文章を照応させるか、このいずれをとるかによって、巻頭の文章の解釈も微妙に食いちがってくるとおもう。たとえば、

おごれる人も久しからず、唯春の夜の夢のごとし、
たけき者も遂にはほろびぬ、偏に風の前の塵に同じ。

という文章をとってみると、このなかの「たけき者も遂にはほろびぬ」という一句を、私は「猛き者も遂にはほろんでしまった」という意味に解してきた。いいかえるとすでに完了し、実現した事実をのべたものとして、読んできたのである。その方が「六代被斬」の最後の文章と対応して、自然であるという風に漠然とかんがえたからである。ところが人によっては、この句を「猛き者も遂には滅んでしまう」という風に解し、そう訳している学者もある。この「滅んでしまう」と解する仕方も十分根拠があるといわねばならないだろう。「ぬ」という助動詞はさまざまな意味につかわれたからである。「滅んでしまう」ということのなかには、少なくとも二つの意味がふくまれている。一つは将来に属することではあるが、すでに滅亡が確定的な事実とかんがえられている場合である。一つは「滅んでしまうものだ」の意味で、理法とか、法則とかを強調する意味である。一つのことがらの実現が必至とかんがえられたばあいには、完了した事実でなくても、「ぬ」がもちいられることがあるから、「滅んでしまう」と訳しても差支えないわ

けである。また「ぬ」は理法とか、ものごとの一般的性質をのべるばあいにもつかわれるようである。「おそろしき猪のししも、「ふす猪の床《とこ》」といへば、やさしくなりぬ」という文章の「ぬ」は、時と無関係ではないが、しかし「やさしくなるものだ」という意味に解さねばならないだろう（『徒然草』第一四段）。この場合には和歌というものの性質一般を説いているからである。このように、「ぬ」をかならずしも完了した事実をしめす助動詞として訳すべきでない場合があるとすれば、このばあいにも、「滅んでしまう」あるいは「滅んでしまうものだ」でもよいわけであろう。

「たけき者も遂には滅びぬ」の句が、「唯春の夜の夢のごとし」という句と、「偏に風の前の塵に同じ」という句のあいだにはさまっているのだから、一つの思想の表明として読んだ方が自然のようにもみえる。たんに言葉の解釈としてならば、右のように訳しても、また完了した事実をのべたものと解してもよいのであって、そのいずれをとるかは、むしろこの巻頭の文章全体の性質のとらえ方によってきまってくるといってよいだろう。このあたりが専門家の意見をきかねばならないところである。巻頭の一節を灌頂の巻と照応させて、盛者必衰・諸行無常の理法をのべたものと考える人は、前者の説をとるだろうし、反対に「それよりしてこそ平家の子孫は永く絶にけれ」に照応すると考える人は、「滅んでしまった」と訳す方に傾くだろう。前の方はどちらかといえば、『平家物語』における思想的、世界観的側面を重視することになるし、後の方はそれの叙事文学としての側面を重視することになる。私は後の考えにちかいから、「たけき者も遂には滅びぬ」のなかに、平氏をもふくめ滅亡した過去の人々のこと、あるいはすでに完了してしまった特定の、一回的なことがらを、すでにそのなかにふくめて語られているのであり、したがってそれはたんに一般的な命題や思想をのべているだけではないとおもっている。いいかえれば六代が斬られたことをもって終る平家滅亡の物語は、すでに巻頭この句からはじまっていると、少なくとも現在は思っている。もちろんこれは、この文章に作者の思想や世界観の展開がみられることを否定するものではないし、『平家物語』におけるその側面の重要性を考えないわけではない。ただ『平家物語』全体の骨組みというものをかんがえる時、私は六代が斬られて平氏が滅亡する物語が、全体の骨格を形成している不可欠の一部をなすとみるのにたいして、灌頂の巻は平家の筋肉にあたる部分ではあっても、骨格の一部ではないとおもうのである。もちろん灌頂の巻が結末とされている『平家物語』も、それ自身一個の独立した作品であるから、それを否定したり軽くみることはいけないことであるが、それは別箇のことである。

以上のことは、重盛―維盛―六代の系統の物語が、『平家物語』の骨格の全体ではないが、少なくともその重要な一部であることをのべたのである。平氏の運命の予言者としての重盛の言葉が、典型的に実現されてゆく過程として、平家の作者は六代にいたる重盛の子孫をとくに浮彫したのではないか。このことに関連して想起されるのは、平氏の家来で、『平家物語』において、古来もっとも有名な人物の一人である斎藤別当実盛のことである。実盛が有名なのは、教科書などにもよくつかわれた彼の最期をのべた物語によってである(「実盛」)。しかし実盛は、たんに一老武者《おいむしゃ》の物語として『平家物語』に出てくるのではない。彼も物語の全体のなかで、一つの役割と地位をもっていたようである。

実盛が物語にはじめてあらわれるのは、富士川の合戦がはじまろうとするときであるが、そのとき「東国の案内者」として彼は大将軍維盛にたいし、東国の武士が西国の武士に比べて、いかに勇猛であるかを語る場面がでてくる(「富士川」)。このときの彼の言葉は有名であるが、その終りに「実盛、今度の軍《いくさ》に命生《いき》て再都へ参るべしとも覚候はず」とのべて、暗に平氏の敗北を予言しているのが面白い。実盛が、まだ平氏が圧倒的に優勢であった時期に、平氏の運命を予言するような人物として登場してくるのは、偶然ではない。北陸での義仲との合戦のときも、かれは仲間と酒を飲みながら、「倩《つらつら》、此世中の在様を見るに、源氏の御《おん》方は強く、平家の御方は、負色《まけ》に見えさせ給ひけり」といっている。平氏側が、その滅亡の運命を自覚しはじめるのは、なんといっても都落ち以後であるから、北陸のこの戦いにおいても、実盛は仲間たちのまだ見透せなかった未来を自覚している人物として描かれている(「篠原合戦」)。『平家物語』では、彼に斎藤五《ご》、斎藤六《ろく》という二人の子息があったことになっている。この二人は北陸の戦いに、父実盛と一緒に行きたいとねがったが、そのとき実盛は「存ずる旨《むね》があるぞ」といって、二人を都に留めおいた。維盛は都落ちにさいして、この二人を招いて、お前たち二人を都にとどめて、北国で討死したのは、実盛が「かゝるべかりける事を、故《ふる》い者で、兼て知たりけるにこそ」といっている(「維盛都落」)。実盛は老武者だから、このような事態になるのをあらかじめ知っていたのであろうという意味である。このように実盛は『平家物語』では、もともと未来を予見し、平氏の運命を見透していた人物として設定されていることがわかる。ただ彼は、重盛のように、不思議な人物としてそのような能力をもっていたのではなく、「老武者」、すなわち世の中のこと、全国の事情等々を経験で深く知っている「故《ふる》い者」として、そのような特別の能力をそなえていたのである。かれが富士川の合戦のまえに、東国や西国の武士についてとうとうとその知識をのべたことも、それをきいて、平家の兵たちが、「皆震《ふる》ひわななき」あったのも、それだけの理由があったのである。老人のもつこのような特殊な能力と機能を念頭におかないと、「赤地の錦の直垂《ひたたれ》」を著て、名も告げずに討ちとられたこの老武者の最後の物語の意味もうすらぐのである。『平家物語』の勇ましい場面だけを、抄録する危険はここにもあらわれている。

実盛の物語でもう一つ大切なことは、彼はその登場のときから維盛と特別の因縁があったように物語られていることである。それだけでなく、彼が北陸に発つとき、「存ずる旨があるぞ」と謎めいたことをいったのも、いまに平氏が衰えて維盛の嫡子の六代を自分の息子たちが援《たす》ける運命になるから、そのときのために二人を都に残しておくのだという意味であったと作者はいっている。物語はこのような筋と人物とをつくって、実盛と維盛とのむすびつきのほかに、六代と実盛の二人の息子、斎藤五と斎藤六との結びつきを二代にわたって設定している。六代の物語を読んだ人は、この二人が六代の忠実な従者として、最後まで形影相伴うように出てくることに注意するにちがいない。同時にこの二人が忠実な従者という以外には、文字通り影のような、物語的内容のまったく貧弱な人物であることもすぐ気がつかれるに相違ない。このような筋と人物をつくりあげた作者の意図が、実盛とその子供たちを、維盛―六代御前の物語と結びつけようとすることにあったことはあきらかであろう。まえにものべたように、重盛は平氏の運命を予言する人物であった。その嫡子の維盛はその運命にうちひしがれる人物である。六代はその運命の結末をしめす。これが『平家物語』の骨格の一部であるが、この物語の側面をなしている斎藤別当実盛の物語が、これまた平氏の運命を予言する老武者の物語であることは、かならずしも偶然ではないだろう。

運命ということにとくに関係する知盛・重盛・実盛の三人の人物についてかんがえてきたのであるが、物語におけるこれらの人物は作者が創造した人物である。素材がなんであったか、それが歴史の事実とちがうかどうかに関係なく、作者はこれらの人物を創造することによって、作者自身の姿をわれわれのまえにしめしていることはいうまでもない。このような仕方でしか、物語の作者はあらわれてこない。『平家物語』の作者というものは、物語自体のなかから探りだすのが本筋であって、歴史的人物としての作者を決定することは、文学にとってむしろ第二義的なことにぞくすることであろう。いままでのべてきたことから感得される平家の作者は、もちろん作者の一側面、その片鱗である。むしろこの本の全部にわたって、われわれは『平家物語』の作者を追求することになるわけである。ここでは『平家物語』における運命ということをのべたついでに、別の側面から作者のことをかんがえることにしよう。

4

『平家物語』について書いた本を読んだことのある人は、ほとんどの本が、まず「祇園精舎の鐘の声」の引用からはじめ、『平家物語』の無常観、宿命論について書くのが、昔からの習慣であることを知っているにちがいない。『平家物語』といえば、盛者必衰・会者定離の思想をのべた物語であるとかんがえられている。このことは一面では真実である。しかし、まるで無常観や、宿命論がありさえすれば『平家物語』ができるように錯覚されると、『平家物語』の他の側面、あるいはその本質がどこかに見うしなわれてしまう。

無常観その他の『平家物語』の思想はもちろん平家の作者だけのものではない。それはこの時代の広汎な人々の考え方であった。平家の作者は下級貴族の出身のものといわれているが、この階層の人間だけにかぎってみても、この時代の人々の時代のとらえ方や思想は、それほどちがったものではない。『平家物語』もそうであるが、この時代に書かれたものを見ると、いたるところに末代・末世・末法という言葉がでてくる。『愚管抄』というこの時代の史書の説では、保元から承久までが末法だそうだから、まさに保元・平治の乱、源平争乱、承久の乱の三つの乱にわたる内乱の時代にあたる。この時代の現実は汚濁と醜悪にみちた末代の世であり、現世の一切は無常の理にしたがう定めなき世界であって、そこからの救済があるとすれば、来世をもとめて往生する以外にないと考えられた。この末世・末代の思想から生れる悲観精神と哀感が、すべての貴族に共通する考え方であるといってよい。平家の作者も、この時代のもっともありふれた思想と考え方をもっているだけであって、物語のどこを見ても、特別にちがった、あるいは他人よりも勝《すぐ》れた思想家であったような証拠はなにもない。平家の作者は思想家としては、平々凡々であり、むしろ常識家であったといった方がよいだろう。「祇園精舎の鐘の声」をもってはじまる有名な巻頭の文章をとってみても、たしかに対句を重ねた「名文」ではあろうが、その思想の内容だけをみれば、この時代のどんな平凡な貴族でももっていた思想とちっともちがわない。もし無常観や運命観が『平家物語』の生命であり、財産であるとするならば、この時代に沢山の『平家物語』のような作品がつくられてもよさそうなのに、なぜ一つしか出なかったのだろうか。このことを考えると、平家の作者はその思想や世界観以外のところで、ある特別の傾向、能力をもった人間にちがいないということがわかる。

この時代に、西行法師というすぐれた歌人がいた。時代を代表する歌人である。その

『聞書集』に木曾義仲の死を詠んだ歌が一首のこっている。

　木曾と申す武者、死に侍りけりな

木曾人は海のいかりをしづめかねて死出の山にも入りにけるかな

ここで「いかり」は碇＝怒りであり、「しづめかねて」は沈め＝鎮めかねての意であろう。「死出の山」はいうまでもなく冥土にあるという山のことである。「うみ」を比喩にもちいたのは、義仲が琵琶湖に近い粟津で死んだためであろうか。人によっては、『平家物語』が義仲の「怒り」を読者に伝えるために費した数千語よりも、この一首の方をとるというだろう。しかしもちろんこの二つのものは比較することのできない性質のものである。西行は、義仲の生涯においておこった過去の一切を、自己の現在の心情のなかに内面化してしまっている。これにたいして物語の作者は、平家にみるように、義仲の過去を、その系譜や生立ちからはじめて、遭遇した合戦や恋愛や政治的対立や怨恨などのさまざまな葛藤と事件を、一つの時間的な経過と展開のなかで叙述しなければ、義仲の「怒り」一つを理解できない性質の人間である。物語作者はこのような外的なものに媒介され、客観化されなければ、義仲の「怒り」というものをとらえることができないのである。したがってそれは西行の精神、歌の精神とは異質のものである。西行にしても『平家物語』の作者にしても、義仲の物語やその死について見、あるいは聞いていることはほぼ同じであったろうし、そこからうける物語的な感動や興味もそれほどちがわなかったにちがいない。しかし歌はそのような物語的なもの、歴史的なものを一旦断ち切って、自己の心情の現在に集中するところに成立する。同じくこの源平の内乱を経験した定家《ていか》も、「紅旗征戎《こうきせいじゅう》、吾事にあらず」と決断したときに彼の歌が生れる。同時に定家は、そのとき、物語精神を一切すてているのである。右にあげた詞書と歌のなかで、西行が義仲を「木曾と申す武者」あるいは「木曾人」とだけいい切っているのは興味あることにおもう。西行が鎌倉殿源頼朝の権威を無視したように、彼においては「旭将軍」義仲は、「木曾と申す武者」あるいは「木曾人」というところでとらえられる。物語作者も根本においては、同じであるし、そうでなければならないだろう。しかし物語作者は、西行には不要な虚飾ともみえたであろうところの「旭将軍」的なもの——この側面なしには歴史も物語もない——を通して、かかる外皮との関連のなかではじめて、「木曾と申す武者」または「木曾人」というものをとらえ得るのである。そのような仕方でなければ、人間を理解しがたい一つの精神的傾向を、言葉は熟さないが、ここでは物語精神と呼んでおこう。『平家物語』の作者というのは、西行や定家と質のちがった物語精神を、豊富に強烈にもっていた人物にちがいない。

『聞書集』から西行の歌をもう一首あげておこう。

世のなかに武者おこりて、西　東《ひんがし》　北南いくさならぬところなし。うちつづき人の死ぬる数きくおびただし。まことも覚えぬ程なり。こは何事のあらそひぞや、あはれなることのさまかなと覚えて

死出の山越ゆるたえまはあらじかしなくなる人のかずつづきつつ

これも源平争乱の経験を歌った一首であるが、歌はまえのに比較して劣るようである。ここでは詞書が注意をひく。内乱が全国的に波及してきて、おびただしい死者の数が伝えられてくるのをきいて、西行は、「こは何事のあらそひぞや」と記している。人間同士の殺し合い、合戦というものの空しさと無意味さを説く点では、平家の作者は、西行とそれほどのちがいはあるまい。それを「あはれなることのさまかな」と嘆ずる点でも同様であろう。しかし一方は同じ体験から『平家物語』を生みだし、他方は「あはれ」という心情のなかに歌を結晶させてゆくというちがいは、どうしておこるのであろうか。

鴨長明も、この内乱を都で経験し、「かつ消えかつ結び」ながら流転する「人の営み」の愚かさ、空しさを、『方丈記』のなかに記している。その無常観は、平家の作者のそれと、本質的なちがいがあるはずはないが、『平家物語』と『方丈記』は質を異にする。後者も散文の文学であり、内乱時代の都におこった天変地異や福原遷都のような歴史的事件、いいかえれば平家と同じ性質の素材と経験をあつかっているが、二つの文学のあ

いだにあるちがいはどうして生れてくるのか。『方丈記』の作者の特徴は、たえず自己反省的であり、内面的であり、道徳的であることにみられるといってよい。ところが平家の作者は、たえず無常や生の空しさを説き、悲哀の感情を歌いあげていながら、『方丈記』とは反対に、彼の眼はたえず外へ外へと向っているのである。一口にいえば、彼は人間が面白くてたまらない性質なのである。平家の作者が名文でもって書きたてている厭世思想などにだまされてはならない。彼は現世の人間が汚濁と醜悪にみちておれば、なおさらそれを面白いと思う人間である。日本の古代の歴史のなかで、これほど人間の種々相が豊富に展開されたことはないといえるこの内乱期に、面白い人間と事件と話が毎日のように見たり聞いたりできたこの時代に、平家の作者のような物語精神の強烈な人間が、その眼を自分の内面にだけ向ける方向をとったとしたら、それこそ不思議なことであろう。鴨長明は、現実をとらえるその態度を改め、その眼をとりかえなければ、この時代に物語を書くことはできなかった人間である。彼には物語精神が欠けていたといっていい。

長明も自分で承認しているように、彼は非常に不徹底な人間であったらしい。彼が人間の営みの空しさ、愚かさ、無意味さの認識に徹底したのならば、この時代にたくさんあらわれた遁世者のように乞食生活にでも徹したであろうし、『方丈記』などを書けるはずはない。無常思想も観念的な要素が強かったから、『方丈記』が書けたのであろう。しかしこの点では平家の作者の方がはるかにひどかったらしい。彼は、まえにのべたように、人力を越えた運命によって、一切は決定されているような考えをもっていた。人間に超越した彼岸の力を認める宗教的心情には、多かれ少なかれこのような運命の観念がともなうのは当然である。しかし運命が人間の歴史を支配する具体的な仕方についての考えになると、それは事態が完了した後から、経験や歴史にたいしておこなわれた解釈や反省に過ぎない。運命の支配を具体的にしめすのは、たとえば神々の託宣であるが、平氏が天下をとるだろうという託宣も、それが滅びるだろうという託宣も、また天下が平氏から源氏へ、さらに藤原将軍へ移るだろうという夢想も、そのように事態がなってしまってから、つくり出したものであることはいうまでもない。

平家の作者の運命観についてしばしば説かれるけれども、それは漠然たる思想として存在しただけであって、人間の営み、活動が無意味になってしまうほど、一切が予定され、決定されているとかんがえていたわけではない。特殊な場合をのぞいて、それは人間の生活や活動を規制する力とはかんがえられていないのが普通である。巻頭の文章もそうだが、平家の作者が生のままの形で表明している運命観や無常観を、作者の思想としてそのまま深刻に受けとることは、文学の性質からいっておかしいことである。作者としての思想は、彼によって物語のなかに創り出された人間を通してのみ、とらえることができる。斎藤別当実盛は、平氏の滅亡、自分の死の運命を自覚し、予言する人物になっているが、物語ではそこに意味があるのではなく、それにもかかわらず彼が故郷に錦を飾りたいと、わざわざ宗盛に許しをうけて戦場におもむくところに、面白さも哀れさもある。そのような人間の矛盾したところに作者は興味があるので、人間の営みの愚かさを達観してしまったような人物には興味をひかないのである。新中納言知盛も、平氏の滅亡の運命を予見しながら、源氏に必死に抵抗し、名を惜しみ、裏切者を憎むところが面白いのであって、それだからこそその物語に生命が吹きこまれているのである。これにくらべて運命の予言者に仕立てられて、やたらにおしゃべりばかりさせられている重盛がいかに物語としてつまらないかは、一読してあきらかである。つまり『平家物語』の作者は、後からかんがえれば、滅亡するほかなかったような運命にさからって、たたかい、逃げ、もがいたところの多くの人間に深い興味をもったのである。それを物語にしたことによって、彼は人間の営みを無意味なものとかんがえる思想とたたかっているといってもよい。それは作者の意図や思想と矛盾しているかもしれないが、客観的にはそうなのである。平家の作者は、暗い運命観や無常観にとらわれているようにみえて、じつは内乱がくりひろげた人間の生き方の種々相、その悲劇と喜劇が面白くて仕方がなかったのであろう。歌の世界を除いては、世俗的人間はその色彩をうしなってしまい、どす黒い悲哀に生涯支配されていたような定家にくらべても、平家の作者ははるかに楽天家であり、だからこそこの時代に物語などを書けたのである。まして世を捨てて、草庵を結び、あるいは一杖一笠の旅をつづけた多くの遁世者の眼には、彼のような人間は一介の俗物として映ったであろう。しかしここに物語精神の存在の意義があった。現世と生の無意味さを説く精神が強まってきているこの内乱時代に、現世と生の面白さ、豊富さ、複雑さを教えた点に、『平家物語』の価値がある。平家に一貫する悲観的な精神や宿命観も、右のことをぬきにしては正しく理解されまい。

5

『平家物語』は、王朝末期に成長した物語精神が、この内乱期においてもまだ健在であることをしめした最大の証拠であった。物語にあっては、作者とその環境、社会および時代との関係は、叙情詩とちがって不可分であるから、それぞれの時代の要求にこたえるだけの新しい形式を創りだしてゆかなければ、物語は生きのびることはできない。紫式部ほどの才能をもってしても、保元・平治以後の時代においては、物語作者として何事もなし得なかったにちがいない。平氏の滅亡をもって終る内乱の時代は、個人の予想や想像をはるかに越えた事実のまえに、人々の精神が圧倒された時代である。当時の公卿の日記には、「末法の事、視聴に付け、耳目を驚かすか」というような言葉がいたるところにみえる。乱世の事実を末世・末代のせいに帰しても、それは一つの解釈にすぎず、耳目を驚かす事実の迫力と重さは、どうにもならない力をもって貴族たちを圧倒した。『源氏物語』は、宮廷の女房たちを中心とする多くの読者の存在によってささえられていた。平穏で閑暇をもてあましている宮廷の女房たちは物語の有力な読者層であるが、彼女たちが福原遷都や都落ちを経験するような時代になっては、読者自体の精神構造も昔とはちがってきたであろう。もはやつくり物語と虚構によっては、事実と経験で教えられた人々を満足させることはできない時代であった。事実そのものの巨大さに圧倒されている人間には、事実そのものを記録する以外には、その物語的要求を充足させることはできない。この点で『今昔物語集』は、すでに物語の新しい世界をきりひらいていたといってよい。しかしそこに集められた説話は、見たことも接したこともない国々や階層の物語であって、珍しいことが事実らしく書かれてはいるが、それは読者の心情や利害と関係のない珍しい事実であった。東国の武士団の戦闘の物語がいかに忠実に描かれているといっても、衛士として以外にかれらに接したこともない京都の人間にとって、それは物語としてどれほどの感慨もひきおこさなかったにちがいない。事実のあり方そのものが、まだ東国と京都を媒介するようには発展していなかったからである。

内乱は事実や経験の意味を根本的にかえてしまった。頼朝と義仲が東国で挙兵したとき、公卿たちは将門《まさかど》の乱の再来くらいに評価して、まさか三年後にそれが平氏の都落ちとなって結果しようとは夢想もできないことであった。東国からの年貢の輸送がとまるかどうかについて、重大な関心をもつ貴族や社寺でさえそうであったから、京都の一般の人間にとっては東国の乱という事実が、自分たちに関係のある事実としてとらえることは不可能なことであった。しかし事態の発展は、どのような遠隔の事件であっても、それがすべて中央の大きな政治的変動とむすびつき、そこに集中してゆくという発展の仕方をとった。畿内や東国だけでなく、四国や九州の武士団の蜂起さえも、平家の滅亡という歴史的事実の一つの環に転化していった。中央集権的な国家が支配しているところで内乱がおこった場合、普通は孤立している地方の出来事も、すべて中央へ集中して来ざるを得ない。そのことを眼前の事実の発展そのものが、この時代の人々の意識にたたきこんだ。

北陸で大敗した平氏の軍隊が帰京したときのことを、『平家物語』は「京中には、家々に門戸を閉《とじ》て、声々に念仏申し、喚叫《おめきさけ》ぶ事おびただし」とのべて、平氏の軍隊に徴発された兵卒たちの妻や子の嘆き声を伝えている（「還亡」）。信州でおこった無関係な一つの事実が、自分たちの父や夫の事実としてはねかえってくるということは想像をこえたことである。地方の民衆にとっても、事情はちがわなかった。家に放火され、田畑を荒廃されるなど、直接の被害をうけた地方ばかりでなく、内乱は租税と年貢のとりたてを苛酷にし、広い地方の人民に影響をおよぼした。今までにない数万の軍隊が、遠隔の地に征討に赴くということは、厖大な兵糧米を必要とする。東国の側においても同様である。それはすべて人民の肩にのしかかってきた。内乱を支配者同士の権力争いとして、それに無関心であることはできなかった。

内乱に参加した地方武士にとっては、問題はもっと直接であったことはいうまでもない。かれらは内乱がおこらなければ、生涯見ることもなかったであろう遠方の諸国にまで、合戦をしにいった。武蔵国の住人河原太郎という名もない侍が、一谷の合戦で討死するまえに、下人《げにん》どもを呼びよせて、自分の最期の有様を郷里の妻の許に伝えるように命じた哀れな話が『平家物語』にみえる（「二度之懸《にどのかけ》」）。その伝言がまた郷里の一族と子孫に物語として伝えられてゆく。合戦のとき名乗《なのり》をあげるのは、この時代の武士の習慣であるが、保元の乱のとき、伊賀国の住人山田伊行は、その祖父の武勲をたたえて、「堀河院の御宇、嘉承三年正月廿六日、対馬守義親追討の時、故備前守殿の真前懸けて公家にもしられ奉たりし山田庄司行末が孫なり」と名乗ったという(『保元物語』)。ところがこの公卿にも記憶されたはずの祖父行末は、当時の記録によると、実際は剣戟を日に輝かし、弓馬道につらね、義親の首を捧げて都大路を練り歩いた数百人の郎従の一人にすぎなかった。一谷の合戦で討死した前記の河原太郎も、みじめな郎従であったが、郷里の一族の後裔たちは、源平合戦で音にきこえた武士として誇ったにちがいないのである。ただの合戦で討死したのでは記憶にのこらない。それが平氏の滅亡という歴史的事件とむすびついている一谷の合戦で死んだからこそ、記憶されるのである。この時代の全国の武士たちのすべての経験は、平氏の滅亡という一点に集中され、それとの関連のなかではじめて一つの事実として記憶されてゆく。

平氏の滅亡に直接利害関係を感じたのは、当時の日本人のなかでほんの少数の人々であった。しかし平氏の滅亡という一つの集中された事件を媒介として、この時代の各地方、各階層の無数の人々の経験が互にむすびつき、共通の話題と記憶のもとに統一されてゆくのである。それによって自分自身の過去の経験をよみがえらせ、反覆することができるようになる。このような集中性は、事実そのものの構造と発展によって規定されているのであって、治承四(一一八〇)年から文治元(一一八五)年にいたる六年間の歴史の迫力とすさまじさは、当時の人々のどのような想像力をもこえたものであった。事態の発展は、従来見ることもできなかった場面や人間の姿を人民のまえにさらけだしてくれた。その第一はいうまでもなく平氏の一族である。三年まえまでは不動の権勢を誇っていた平氏の公達が、まるで数珠つなぎにされて都大路を引渡されるという歴史の壮観は、変化というもののはげしさを見るものの意識に刻印したにちがいない。そのときの都市および近郊の民衆の見物のさかんなさまを『平家物語』は、つぎのように誇張して物語っている。

見る人都の中《うち》にも限らず。凡《およそ》遠国近国山々寺々よりも、老《おい》たるも若きも、来り集《あつま》れり。鳥羽《とば》の南の門、作道《つくりみち》、四塚《よつづか》迄、ひしと続いて、幾千万と云ふ数を知らず。人は顧《かえりみ》る事を得ず、車は輪《わ》を廻《めぐら》す事能はず。治承養和の飢饉《ききん》、東国西国の軍《いくさ》に、人種《だね》ほろびうせたりといへども、猶残《のこ》りは多かりけりとぞ見えし（「一門大路渡」）。

祭その他の宗教的行事をのぞいてはめったにない厖大な見物衆のなかに、後白河法皇自身もいたことは面白い。彼は六条東洞院《とういん》に車を立てて見物していた。都落ちした平氏にたいする策謀によって、一族の憎悪と怨みの対象となっていた法皇が、どのような眼でこれを見物したかは、ここで問題としなくてもよいだろう。日本の最高の権威であり、専制者であった法皇が、都市民の見物衆の一人としてあらわれるところに、一つの事件を中心としてすべての人が動き昂奮し、感動しているさまがみられるのである。『平家物語』は後白河法皇を物語の人物としてとらえることには成功していない。しかし日本の支配者の歴史のなかで、もっとも奇怪な人物の一人であるこの法皇の一側面を少しは伝えている。それというのも幽閉されたり、逃亡したりした事件のなかで、その人間があかるみにだされてきたからである。宮中の醜聞や奇怪はさまざまな径路で民衆のなかに伝わり、これも平氏の滅亡という巨大な事実の一部に組みこまれてくる(「二代后」「廻文《めぐらしぶみ》」)。法皇の周囲の多くの貴族たちの種々相については、『平家物語』がもっともよく描いているところである。

内乱は、地方地方の孤立した事件を一点に集中してゆくとともに、平穏の時代には互いに無関係な諸階級の人間を同じ事件の発展のるつぼのなかに投げこんでしまう。その集中点は平氏の滅亡という一つの事実にすぎないが、それが巨大な事実であるかどうかは、そこに集中されてゆくこの時代の諸事件と諸経験の広さと深さにかかっているといえよう。少なくともたしかなことは、天皇制国家の成立以来、このような経験は日本人にとってはじめてだということである。

物語は、読者にとっては、日常体験できない世界につれていってもらうために、必要なものであった。したがって虚構が要求された。読者は物語によって虚構された世界から現実を眺めるように習慣づけられる。『源氏物語』を愛読した『更級日記』の著者の様子を想いおこせばよい。しかし事実そのものの迫力によって圧倒されている内乱期の人々の物語にたいする要求は、当時の日本人が、その片鱗だけをそれぞれ経験したさまざまな諸事件を、一つの統一された物語的な連関のなかにおいてもらうことであったろう。つくり物語はもはや必要でなくなって、かえって事実そのものの記録が要求される時代である。正確にいえば断片的、記録的なものを物語または文学に高めることが、読者の物語にたいする新しい要求となったということである。この物語は、もう『今昔物語』のような説話の断片の集積であってはならないだろう。それは地方地方、階層階層が、孤立して存在した時代の文学的遺産である。新しい物語はこの時期の諸事件の一切が集約されている軸とかんがえられた平氏の滅亡を中心として、すべてが展開される物語でなければならない。

ここで要求されているのは虚構の世界ではなく、事実の世界であるが、しかしそれは記録的なものによってでなく、物語によって、いいかえれば新しい性質の虚構によって充されようとする要求である。『方丈記』は内乱がはじまる三年まえの安元三(一一七七)年の京都の大火から、都におこった災害や飢饉について記録的に書いている。描写も真実であり、文章も彫琢されていて、その点では『平家物語』の遠く及ぶところではない。しかし『方丈記』ではそれらの事件が、相互に関係なくただならべられているだけである。それらは都に費用をつかって家をつくることの愚かさ、人間とその家のいかにはかなく、たよりないかをのべるためであって、長明の無常観をのべるための素材でしかない。いいかえればここには、長明の主張による連関づけがあるだけで、物語的な連関がないのである。『平家物語』はこれとちがっている。まえにあげた例でいうと、都の家々を破壊し去った治承三(一一七九)年五月の辻風の記録は、占者の解釈によって兵乱相続く前兆とされ、それがまた重盛が平氏の滅亡の運命を予言する話の準備となって、事件の全体と一つの物語的な連関のなかにおかれている。この時代の人は、かならずしも文学にたいして無常観の説教をききたかったのではなく、『平家物語』のように、かれらが経験し、見聞したばらばらの事件を、虚構によってでも、一つの物語的な発展の秩序のなかに位置づけてくれることを要求したにちがいない。地震や火事一つでも、それがそのときの歴史や諸事件と関連させて記憶されるのが自然の情だからである。『方丈記』のように、いかに事実が記録的に、客観的に書かれても、平家の方が事実の迫力を読者または聴衆に感じさせるのは、虚構の方がより客観的に事実を表現し得るからである。もちろん平家にも、年代記的、記録的な叙述が多い。しかしそれも、平家全体のなかにおいてみれば、一つの物語的連関のなかにおかれている。このことについては、第三節でのべよう。

『平家物語』はこのような時代の人々の新しい性質の要求にこたえて創造されたのだとおもう。この課題を見事に果したかどうかについては、評価のちがいがあろうとおもう。しかし日本の物語の歴史と水準のうえにおいてみれば、少なくとも物語文学が内乱という時代の試練にたえたことを実証したのが『平家物語』であったという点では、それほど異論はあるまい。しかし物語が時代の新しい要求にこたえるためには、新しい形式を必要とし、伝統的な物語と質のちがったものになる必要があった。語物としての平家はかかる形式上の変化がおこなわれていることをしめしているが、それについては後でかんがえたい。ここでは、内乱が鎮静した時代の要求そのものが、『平家物語』の作者を生みだしたということをのべればよいのである。

二 『平家物語』の人々

1

平氏滅亡の運命を自覚して、それを予言した重盛に対して、まったく異質の人物としてあらわれてくるのが、清盛である。清盛は『平家物語』の「主人公」の一人として、作者が重盛とは比較にならない物語的な興味を集中した人物である。本来『平家物語』は三部に分けて読むべきだとされている。第一部は巻一から巻五にいたる部分、第二部は巻六から巻八まで、第三部は巻九から巻十二にいたる部分である。内容からみてこのように三部に区分されるのは、『平家物語』が本来三巻から成っていたことと関連しているのではないかという見解もある。この三部にはそれぞれ中心人物があって、第一部は清盛であり、第二部は義仲、第三部は義経が物語の中心にすえられている。『平家物語』の構成をこのように人物中心にかんがえることは、後にのべるように、この物語の性質上問題があるけれども、大略の目安としては従うべき見解であろう。このように清盛は『平家物語』の前半における中心人物であるが、作者が力と興味をそそいだという点では、義仲・義経の比ではなく、作中におけるもっとも重要な人物といえばこの清盛をあげなければならないだろう。作者が清盛という人物を創造してゆく過程のなかに、『平家物語』のさまざまな側面と特徴があらわれてきているのもそのためである。

重盛と清盛とのちがい、いいかえると平家の作者がこの二人の人物の対比のなかで典型化しようとした性格のちがいは、二人の死の場面に端的にあらわれている。自分と一族の将来の運命を予見した重盛は、病気になっても医者の治療も祈禱も一切ことわり、「運既に尽きぬ、命《めい》は則《すなわち》天に在り」といい、「その運命を計《はか》るに、もて天心《てんしん》に在り。何ぞ天心を察せずして、愚《おろか》に医療を痛はしうせむや」と語ったことになっている(「医師問答」)。これにたいして清盛は、一族の滅亡の寸前まで生きながらえながら、その運命などについてはかんがえたこともない人間であった。かれは、熱病に苦しめられ――これは記録によると事実であったらしい――、板に水をそそいで、その上に伏し転びながら、「あつち死《じに》」したのだが、作者は清盛を最後の瞬間まで、熱病とたたかう人物として描き出している。作者の往生思想からいっても、物語中の多くの人物の例からいっても、これは特別の人間であることを作者は物語ろうとしているようである。清盛の遺言なるもののなかに、彼のこの性格がもっとよく表現されている。

われ保元《ほうげん》平治より以来《このかた》、度々《どど》の朝敵を平げ、勧賞《けんじょう》身に余り、忝くも帝祖《ていそ》太政大臣に至り、栄華子孫に及ぶ。今生《こんじょう》の望《のぞみ》、一事も残る所なし。但し思置く事とては、伊豆国の流人前《の》右兵衛《の》佐頼朝が頸《くび》を見ざりつるこそ安からね。我如何にも成《なり》なん後は堂塔をも立て孝養《きょうよう》をもすべからず、やがて討手を遣し、頼朝が頭《こうべ》を刎《はね》て、我墓の前にかくべし。其《それ》ぞ孝養にて有《あら》んずる（「入道死去」）。

この遺言にあらわれているものは、第一に清盛が自分の生涯に満足していることである。現世を厭うべきだというかんがえは、死にのぞんで片鱗もない。第二はその執念の強さである。残念なことは、頼朝の頸を見ないことだけだといい、その頸を自分の墓にかけることが唯一の孝養だといっている。第三は死後に堂塔を建てることを否定していることである。この点だけでも重盛と全く異なった人物として表現されている。このように現世的で、楽天的で、生にたいする妄執にとらわれている清盛が、『平家物語』全体においていかに異質の人物であるかは容易に察しられよう。作者はこの遺言を罪深いものだといっているが、かかる罪深い人物にもっとも興味をもち、それを物語にしたのがほかならぬ平家の作者であることが面白い点である。重盛のような人物によっては歴史は一歩も動いてゆかないし、したがってそれは物語の主人公にもなり得ない。運命などは、自覚もせず、生の妄執にとらわれて、来世のことなどかんがえない人物が、はじめて物語の主人公になり得るのであって、運命に抵抗する清盛が『平家物語』の中心にすえられたのは、物語自身の要請によるものとみるべきであろう。

『平家物語』巻頭の「祇園精舎」は、清盛を「まぢかくは六波羅《ろくはら》の入道、前太政大臣《さきのだいじょうだいじん》平朝臣清盛公と申し人のありさま、伝へうけたまはるこそ心も詞《ことば》も及ばれね」という風に、言語に絶した人物としてもちだして、読者を巻頭の一節から物語の核心にひきこんでいる。ここでは清盛は、承平の将門、天慶《てんきょう》の純友、康和の義親、平治の信頼等、大小の叛逆者の系列のなかの一人としてあげられている。かかる叛逆者たる清盛が、栄華を極め、「日本一州に名を揚げ、威を振ひし人」にまで成長したことが、作者にとっておどろくべき事実であり、不思議であった。作者は後に平氏の栄華をのべたところで、殿上の交りをさえ嫌われた地下《じげ》の身分の「凡人」にすぎない清盛とその子孫が、大臣・大将となって、綾羅錦繡《りょうらきんしゅう》の美衣をまとうにいたったことを、「不思議」なことの一つにかぞえている(「吾身栄花」)。つまり叛逆者であり、身分の卑しい地下のものが、成上り、天下を掌握した点に、作者の清盛にたいする関心の一つの焦点があったといってよい。同じく不思議な人物としての重盛とは、その不思議さの性質がちがうのである。

このように清盛を叛逆者の系列にいれてとらえる考え方は、彼の政治上の思想あるいは立場を表明していることにもなっているのであるが、このことについてあらかじめ知っておく必要があろう。平家の作者が保元・平治以後の時代を末代的な現象として理解していた点では、この時代の一般の貴族と同じであって、そのために清盛の行為も不思議なこととして映ったのであるが、それでは作者が具体的にはどのような政治的理想をもっていたかというと、かならずしもあきらかではない。それは物語自身からうかがうより仕方がない。作者にとって末代とは、政治的にはまず天皇の権威が下落し、「王法」が尽きたことであった(「殿下乗合」)。そのことはなによりも宣旨《せんじ》の値打が下ったことにあらわれていると作者はかんがえ、そのことを繰返しのべている。以仁王の乱で活躍する信連《のぶつら》の物語は、物語中ですぐれた部分であるが、その時宣旨をかかげて逮捕に向った検非違使庁の役人にたいして、信連は「宣旨とは何ぞ」といって抵抗した話がみえる。捕えられてそのことを詰問されたとき、信連は、たしかに自分は宣旨とは何だといったが、それは近頃では山賊・海賊・強盗の類も、「宣旨の使」だと名のるのが普通ときいているので、役人どもを斬ったまでだと嘲笑している。これほど宣旨の値段、すなわち天皇の権威は地に墜ちていることを作者は物語として生々と描いている(「信連」)。信連は卑しい郎党の身分であるが、貴族の仲間でも事情はあまりちがわなかったらしい。義仲が後白河法皇を攻撃した法住寺合戦の場面における鼓《つづみ》判官知康という貴族の描写も、

『平家物語』のなかの面白い部分の一つである。この鼓判官がおしよせてくる義仲軍にたいして、昔は宣旨といえば悪鬼悪神も従ったものだ、汝等の放った矢はその身にあたるべしと威嚇したが、木曾はそれをきいて何をほざくと攻め寄せたという（「鼓判官」）。面白いのは、この役割をあたえられた鼓判官が、貴族仲間でも気狂いあつかいにされ、作者もこれをつとめて戯画化した人物であるということである。このように天皇と宣旨の値打が地に墜ちた現実を作者はかくそうとしないどころか、生々と描きだしてさえいる。

しかしこのことは、作者の政治思想が保守的、復古的であることを少しもさまたげなかった。清盛のクーデター事件を物語ったところで、作者は「誠に天下の御政《まつりごと》は主上摂籙《しょうろく》の御計《おんはからい》にてこそ有《ある》に、こは如何にしつる事共ぞや」と慷慨の言をのべ、天照大神・春日大明神の御心も分りかねるといっている（「法印問答」）。これは藤原氏摂関政治が作者の政治的理想であったことを物語るもので、慈円の『愚管抄』の立場にちかいことをしめしている。平家の作者は『徒然草』の伝えるところでは信濃前司行長であるが、この人物はおそらく当時の記録にみえる下野守行長にあたること、かれは九条家の家司《けいし》としての経歴をもつ人間であること、楽府の論議に敗れて、九条家の一人である慈円のもとに身を寄せて『平家物語』を創作したのであろうということ、以上のことは学者のすでに研究したところで、ほぼ信拠するに足る見解とみられる。この作者の経歴をかんがえれば、作者が『愚管抄』の著者慈円《じえん》と同じように、摂関政治の回復をのぞんだ復古的保守的な思想の持主であることは、当然のことであろう。ことに作者の理想としたのは延喜《えんぎ》・天暦《てんりゃく》の時代であったらしい。今の世こそ天皇の権威も「無下《むげ》に軽」くなったが、宣旨を読めば飛ぶ鳥もそれに従って落ちたという伝説のある醍醐天皇の世をなつかしがり(「朝敵揃」)、「葵前《あおいのまえ》」や「小督《こごう》」などの恋物語によって有名な高倉院の物語を異常な情熱で書いているのも、この天皇を「延喜天暦の帝《みかど》」に比したからであろう(「紅葉」)。このような政治思想の持主である平家の作者が、清盛を将門・純友の系列にならぶ叛逆者としてとらえているのは当然のことであるが、かかる人物が作者にとってもっとも興味と関心の対象となり、力をこめて語られているところに『平家物語』の問題がある。その保守的、復古的な政治思想にもかかわらず、もっとも悪行の誉の高い叛逆者が『将門記』以後はじめて物語の中心人物にされたというところに、平家の積極的な意義があるといわねばならぬ。ここに文学固有の問題があるといってよかろう。

また作者の関心の一つは、身分の卑しい平氏が、どのようにして天下の権を掌握したかということである。「殿上闇討《てんじょうのやみうち》」は、平家において最初の物語であるが、簡潔な文体で、清盛の父忠盛が殿上の交りを許されるにいたった事情をのべている。物語のなかでもっともすぐれた箇所の一つであろう。緊密な主従関係で武装した新しい気風の人間が、宮廷貴族のなかに新参の仲間として登場してきたことが、末代においては、事をまきおこすことにならねばよいがと人々は語り合ったとのべて、将来の波乱を予想させている。忠盛が宮廷貴族と異質の人間であることをのべたところも、具体的でよい。場面は五節《ごせち》の豊明《とよのあかり》の節会《せちえ》の夜のことになっている。このような宮廷の饗宴では、公卿たちはたとえば色が黒くて黒帥《こくそつ》と仇名《あだな》された太宰権帥《ごんのそつ》季仲《すえなか》を舞わせては、突然拍子を変えて「あなくろ〳〵。くろき頭《とう》かな。いかなる人の漆《うるし》ぬりけむ」と大勢で囃《はや》し立てては楽しむというような生活をやっていた。忠盛も同じような場面で、「伊勢平氏《へいじ》はすがめなりけり」と囃されたのである。平氏は伊勢の侍であったので、伊勢の名産の瓶子と平氏をかけ、忠盛がすがめ、すなわちやぶにらみだったので、酢瓶《すがめ》とかけたのである。忠盛も、長い宮廷生活のなかで訓練された口達者で、遊び上手な公卿たちの慰みものにされたにすぎない。このようなことは従来通り公卿仲間ならばなんでもない日常茶飯事にすぎないが、新しい異質の人間である忠盛のばあいには、同じことが別の意味をもってくるであろうことを作者は暗示している。貴族内部の軋轢とはちがった性質の対立がここにあることをしめしているので、平氏の台頭を物語によってしめしたものとしてはすぐれているといわねばならぬ。

『平家物語』では、この「殿上闇討」から「吾身栄花」にいたる四章段が、平氏の興隆と栄華を物語った部分であるが、このうち平氏なり清盛なりの昇進の過程を物語ったところはきわめて少なく、わずかに清盛の位階・官職の上昇ぶりを表面的に記しているにすぎない(「鱸」)。忠盛の昇殿と、栄華時代の平氏とのあいだにおかるべき台頭の過程は、少しも物語化されないで、ただ鱸による前兆でもって、平氏の将来の繁栄を暗示することだけに終っている(同上)。このことは『平家物語』の主題が平氏の滅亡を語ることにあったという理由からも説明されようし、あるいはそれほど平氏の興隆がすみやかであったという理由もあったかもしれない。しかし、平家の作者には清盛が権力をにぎるまでの宮廷内部の複雑な政治の過程を物語とするだけの力量も興味もなかったということを、より本質的な理由としてあげた方がよいとおもう。これは平家の作者だけの問題でなく、この時代の物語というものが本質としてもっていた制約であって、このことを知っておくことは、『平家物語』を理解するための一つの手がかりをあたえるものである。

2

清盛という人物が一箇の性格として物語のなかで浮彫されるのは、後白河法皇との政治的葛藤のなかにおいてである。法皇とその近臣が、平氏を打倒しようとした鹿谷《ししがだに》の陰謀事件および清盛によるクーデター事件は、この時代の歴史としても重要な事件であったが、『平家物語』においても、事実との相違はあるとはいえ、物語の発展のなかで中心の地位をあたえられている。これらの事件のなかで、作者は清盛の悪行無道ぶりを詳細に描き出し、それが一族滅亡の前提であることを語っているが、それはそれなりに成功しているといえよう。ただ物語でわからないことは、清盛がなぜこのような無道な行為にでなければならなかったかという事情である。物語で清盛と後白河法皇との葛藤が描かれているはじめは、永万年間の延暦寺衆徒の上洛に関連してであるが、このとき都には、法皇が延暦寺衆徒に命じて平家を討つのではないかという噂が流れた。この噂について、当時大納言であった清盛はひじょうに恐怖し、警戒し、この噂の背後には事実として法皇の意図なり、命令なりがあったのではないかと重盛に語っている(「清水寺炎上」)。読者には清盛がこのような恐怖をひきおこす事情が、物語からはなんら理解できないのである。法皇の近臣たちによって計画された鹿谷陰謀事件は、法皇と平氏との対立を明るみに出し、清盛の法皇にたいする憤怒も恐怖も理解し得るように物語られているが、しかし近臣の捕縛であきたらないで、その背後にある法皇という人間自体にたいして、清盛がなぜあれほど恐怖しているのかが理解できない。清盛は鹿谷陰謀に法皇も関係したことを信じて疑わなかったが、事態が処理された後にも、近臣が悪ければ法皇はいつでも平氏追討の院宣を下すにちがいないぞといって、法皇の人間そのものにたいする深い警戒と恐怖を表明している（「教訓状」）。なぜそうまで恐れなければならないかが物語ではわからないのである。清盛のこの深い恐怖の念、法皇と彼の確執の深刻さを物語るために、作者はこの時、清盛が法皇の法住寺殿へ攻め寄せる計画をしたという虚構の話をつくりあげている（同上）。鹿谷事件の中心が近臣でなくて、法皇自身であることを、他人の諫告にもかかわらず、清盛自身は少しも疑っていない。物語では、その時は重盛等の忠言で、法皇自身にたいする疑いは表面は撤回したことになっているが、後年のクーデター事件のとき、法皇の使にたいする清盛のつぎの言葉は、それが真実でなかったことを物語っている。

次に新大納言成親卿已下《いげ》、鹿谷に寄合《よりあい》て、謀反《むほん》の企候し事、全く私《わたくし》の計略に非ず。併《しかしながら》君御許容有《ある》に依《よッ》て也。今めかしき申事《もうしごと》にて候へども、七代迄は、此一門をば争《いかで》か捨させ給ふべき。其《それ》に入道七旬《じゅん》に及で、余命幾《よめいいくば》くならぬ一期《ご》の内にだにも、動《やや》もすれば亡《ほろぼ》すべき由御計らひあり(「法印問答」)。

過去の鹿谷事件のみならず、現在の法皇の行為にたいしても、さらに将来にたいしても法皇を徹底的に疑い、自分と相容れることの出来ない人間として法皇を非難している。物語における清盛の行為を決定しているもの、したがって彼の性格をつくりだしているものは、法皇との対立のなかではじめて理解し得るのである。鹿谷事件の直後、憤怒の情に駆られた清盛が、並々ならぬいでたちをもって、中門の廊下に出て、「大方は入道院方《いんがた》の奉公思切たり。馬に鞍《くら》おかせよ。きせながとり出せ」と命令する場面からはじまって(「教訓状」)、一切の彼の行為がそうであるといってよいだろう。しかし物語においては、清盛の悪行、横暴ぶりだけが前面に出されて、悪の悪たる根拠があきらかでないために、彼の行動の必然性があきらかになってこないで、悪行は悪行としてから廻りする傾向をもっているのである。このようになる根本的な理由は、『平家物語』の作者が清盛の敵対者たる後白河法皇を物語として描くことができなかったという事情にもとめなければならない。

たしかに、後白河法皇は物語中の人物として何度も登場してくる。鹿谷の会合では、近臣たちが平氏討滅の気焔をあげているなかで、「ゑつぼに入らせおはしまして」、すなわち上機嫌に笑って、「物ども参て猿楽《さるがく》つかまつれ」などと命じている法皇がでてくる（「鹿谷」）。事件が発覚して、清盛が「院も知らないことでしょう」と皮肉をこめて、詰問させると、「あは此等が内々《ないない》計《はか》りし事の、泄《もれ》にけるよ」と近臣につぶやく法皇が描かれている（「西光被斬」）。清盛の軍勢が法住寺殿を囲んで、院中が騒動しているとき、「これは何事か、自分に罪があるとも思えない、遠国に流すつもりだろうが、天皇が若いので政務に口出ししているまでのことだ、それが悪いというなら、今後はやめることにしよう」とのべ、ついでに宗盛を馬鹿にしている法皇がでてくる（「法皇被流」）。このように断片的には法皇は描かれているが、それらをいくら集めてみても、そこから後白河法皇という人物はあらわれてこない。木曾義仲の第一の郎党樋口兼光が捕われたとき、義経・範頼《のりより》がしきりに院に助命を乞うたが、それをしりぞけて斬らせた法皇に、その一側面があらわれているが（「樋口誅罰」）、頼朝が「日本国第一の大天狗」と呼んだ怪物後白河法皇の一側面も、『平家物語』の作者は伝えていないというべきであろう。平氏の興隆と滅亡の歴史において、もっとも重要な役割を果したこの人物を、平家の作者はなぜ描きだすことに成功しなかったのだろうか。まえにのべた忠盛の昇殿の物語、「殿上闇討」を読めば、忠盛の機智もさることながら、その機智を利用して、貴族たちの反対を抑え、昇殿を許したのが院の力であることがあきらかにされている。しかし物語では院は――この場合には鳥羽上皇であるべきだが――、表面にあらわれない背後の人物として、その片鱗をのぞかせているだけである。これは院は院政下においては天皇以上の権威をもっていたから、それを物語中の人物とすることをはばかったのかもしれない。摂関政治の成立による皇室の権威の低下は、かつての現神としての天皇を顕貴な貴族の一員とする傾向があり、その成果として物語中の人物とされるという進歩をともなったが、しかしそれは不徹底なものであった。院政の成立は、天皇制をふたたび強化する結果をともなったから、おそらく後鳥羽上皇の院政時代に創作されたとみられる『平家物語』の作者が、後白河法皇を物語として十分に描き得なかったのも、政治的な制約によったのかもしれぬ。しかし反面において、作者は、まえにふれたように、摂関政治への復帰を政治的理想としており、院政に好感をよせてなかったことは作品からも知られるから、かならずしも政治的顧慮だけではなかろう。もっと根本的な理由がなければならないとおもう。

これについて思いあわされるのは、『平家物語』における頼朝のことである。頼朝も物語に何度も登場してくるが、それが義仲や義経にくらべて、いかに生彩のない表面的な描き方であるかは、平家を一読した人ならばただちに気がつかれたにちがいない。いうまでもなく頼朝は後白河法皇とならんで、平氏滅亡の歴史において決定的な役割を果した人物である。しかし頼朝は、直接戦場に出て指揮したのは、富士川合戦までの初期の段階であって、その後は弟の範頼と義経を総大将として指揮させ、自分は背後にあって、もっぱら獲得した地盤を固めることと、対京都の政治的工作に専念したといってよい。彼の政権は簒奪者の政権であるという弱さをもっていただけに、その政策は周密な計算と駈引きをともなったものであって、この政治家としての行動に頼朝の人間としての本質が存在した。それは舞台の背後にいることによって、その才能を発揮するような人物である。このような人物を、義仲や義経のように、直接戦場で活動する人物と同じように、物語作者が描き得なかったのはむしろ当然のことであったろう。後白河法皇もこの点で頼朝と共通の性格をもっていた。頼朝が武士階級の棟梁として、その政治的、階級的利害を代表したと同じように、法皇はそれに対立する貴族・官僚・社寺等の勢力と利害を代表する立場におかれていた。彼の生命は、平氏と源氏、義仲と平氏、または義仲と頼朝、義経と頼朝という風に複雑に転変し対立する諸勢力の争いのなかにあって、あるいはそれぞれの対立を激しくすることによって、自己の支配を維持することであった。それがいかに巧妙であったかは、都落ち以後の平氏にたいする法皇の謀略、義仲を孤立させるための頼朝との提携、頼朝に対抗するための義経の登用、あるいは鎌倉政権を遠く包囲するための陸奥藤原氏への誘惑等々を想起すればよい。このような法皇、

「日本国第一の大天狗」としての法皇を平家の作者が描き得るはずはない。『平家物語』はあくまで舞台の前面に出て演出する人物のみを描くことができるのであって、背後にあって政治をあやつるような人間は、その手に負えないのである。後白河法皇や頼朝を描き得るのは近代の散文文学だけであろう。それは設定されたそれぞれの状況のなかに主人公をすえて、その性格の発展を追求することによってかかる人物をも明るみに出すことができるのであるから、『平家物語』のように事件の年代記的展開に重点をおく形式では、かかる人物はその本質をあらわにすることはできないのである。『平家物語』が何を書き得たかというよりも、むしろ何を書き得なかったかを考える方が、その文学としての特徴をつかむ早道かもしれない。

『平家物語』自身のこのような性質に制約されて、後白河法皇の人間が浮彫されない結果、法皇との政治的対立が人間的な葛藤にまで深まっていたところから生れる清盛のさまざまな行為が、一つの必然性をもって描かれていないのはやむを得ない結果だというべきであろう。それは作者が清盛にたいしてもっていた道徳的または政治的な偏見にも原因があるが、この時代の物語自身の性質から来る制約も忘れてはならないのであって、近代文学に馴れた眼をもって、古い物語にないものねだりをすることは正しくないだろう。『平家物語』が、さきにのべたように、平氏の興隆の過程を、ほとんど物語化できなかった事実もこれに関連しているのではなかろうか。保元・平治の乱以後の平氏の興隆は急速なものではあったが、それは宮廷内部の複雑な政治的事情と絡みあっているのであって、これもこの時代の物語作者の手に負えない対象であったはずである。それには清盛を物語の主人公として、その生立ちと環境との関連のなかで、一貫して主人公を追求する以外に方法はないのであるが、『平家物語』における清盛はけっしてかかる意味の主人公ではなかった。一つの勢力なり人間が成長してくる過程は、表面は別として、現実には地道な、眼にみえない長期の努力と過程を必要とする。その矛盾がはげしくなって、転落し滅亡するときは、たれの眼にも鮮明な形をとるのが普通である。『平家物語』は後者を一篇の詩または物語としてうたいあげることはできたが、前者は物語化することの不可能な領域であって、これもまた近代の散文文学だけがあつかい得る対象である。

『平家物語』のはじめの部分だけを読んでもあきらかなように、「二代后」の末尾のあたりから物語の叙述形式に一つの変化がみられる。それ以前は清盛または平氏についての物語が集成されているのにたいして、「額打論」以後は、叙述が年代記的な形式をとりはじめている。「さる程に、同七月廿七日、上皇竟に崩御なりぬ。云々」、「さる程に、その年は諒闇《りょうあん》なりければ、御禊大嘗会《ごけいだいじょうえ》も行はれず。同十二月二十四日、云々」、「さる程に嘉応元年七月十六日、一院御出家あり。云々」というような年代記形式によって、その時々におこった事件の叙述がおこなわれており、その形式のわくのなかで、物語が進行するようになっている。この形式は平家本来のものであるが、それは事件の進展の時間的脈絡をあきらかにするうえにおいては有利な形式であるが、同時にかかる年代記的な秩序が、事件そのものを生みだしてゆく人物の一貫した追求をひじょうに困難にしていることも、争われない事実である。作者の興味は事件の客観的な進展におかれていて、個々の人間は、その時々の事件に対応する形でしかあらわれてこないからである。清盛のような中心となっている人物でさえ、この点例外ではない。

以上のようなこの時代の物語自身のもつ性質によって制約されてはいるが、『平家物語』全体が創造した清盛像は、けっして貧困なものではないというべきだろう。彼は一貫して、楽天的で、現世的で、この時代の貴族に共通した悲観的精神は微塵ももちあわせない人物として、また敵対者にたいして仮借しない戦闘的な人物として描かれている。作者は清盛の行為を悪行の集積として描こうとしているが、このような作者の道徳的非難をこえて、また作者の意図に反して、物語自体が新しい型の人間としての彼の人物をあらわにしてゆくようになっている。物語の印象から読者にのこるものは、たんに「横紙を破《やら》る、太政の入道」清盛の姿であるというべきである(「都帰」)。また作者は、反面で清盛を滑稽な人物にしあげ、あるいはそれを戯画化しようとさえしている(「烽火之沙汰」)。皇子誕生の場面において、清盛があわてたり、嬉し泣きに泣いたりするのもそれであるが(「御産」「公卿揃」)、これは作者の作為だけではなくて、歴史的にも根拠があったことらしい。公卿の日記によると、清盛は私邸で終日幼い東宮を膝に抱き、東宮がその指を濡らして明障子に穴をあけるのをみて、「感涙」にむせんでいたというから、誕生の場面でも『平家物語』がつたえるようなことがあったとみてよい。このような側面や、また彼が感激しやすいが同時にだまされやすい好人物として公卿たちにみられていたことも、その人物の一側面をなしており(「徳大寺殿之沙汰」)、それらのことが物語における清盛像を豊富なものにしている。かかる清盛に、次第に伝説がつくられてゆくことは当然であって、変化《へんげ》や髑髏《しゃれこうべ》を調伏した話などもその一つであろうし(「物怪之沙汰」)、さらに「直人《ただびと》とも覚ぬ」不思議な人物とされ、また「悪人」ではなくて、本当は慈慧《じえ》僧正の再誕であったなどの伝説もつけ加えられていったらしい(「築島」「慈心坊」)。彼が重病にかかったというだけで、京都中が「すは仕《し》つる事を」、すなわち「そら、やったぞ」とささやきあい、死の報が伝わると、「馬車《むまくるま》の馳違《はせ》ふ音天も響き大地も揺《ゆる》ぐほど也」という反響をまきおこしたとのべているが(「入道死去」)、事実としても相当の反響をよびおこしたのである。『平家物語』はその後日譚を詳細に物語っているが、「築島」、「慈心るべきであろう。

坊」、「祇園女御」の三篇は、説話としては面白いが、文学的には価値の少ない増補とみ

清盛物語のなかで、文学的に注目すべきものは、むしろ「祇王」の一篇である。この白拍子《しらびょうし》の物語は、『平家物語』における他の女性関係の物語とともに、後になって増補されたものと推定されるが、このことはこの物語の価値と関係がないばかりでなく、かえって平家の原作者の階層とは別箇の場所において創作されたことをも予想させる点で、興味のある物語である。内容は女性の往生譚の一つであるが、清盛の「不思議な」おこないをしめす物語として、『平家物語』のなかに組みいれられているのである。形式上も独立のまとまった一篇の物語となっており、内容的にも、平家における他の清盛物語と異質のものであることは一読してあきらかである。その一つの特徴は、平家においては珍しく庶民的な空気のあふれた物語であることで、その細部の叙述にもあらわれている。白拍子の祇王・祇女の姉妹が毎月清盛から米百石、銭百貫の仕送りをうけて裕福な暮しをしていたことをのべてみたり、あるいは祇王が清盛の屋敷から退去を命じられたとき、自分から部屋を掃いたり、拭いたり塵を拾わせたりして、見苦しいものを整理してから退出したとか、また仏御前の慰みものにするためにふたたび清盛に召されたとき、今度は前にいた部屋とはちがって、遥かに下がった座敷にいれられ、祇王がそのことを

怨みにおもったとか、このような物語の細部は、学者で中流の公卿である原作者などの描き得ない庶民的な物語である。それがまた物語の哀れさを深める要素になっている。したがって弱い人間の心情を平気でふみにじって、しかも自分ではそれと気がつかない我儘《わがまま》な専制者としての清盛の性格もきわめて自然な形で浮び出ている。この物語は、『平家物語』にとって余計なものではなく、これによって清盛物語はもちろん、平家全体がどれほど内容を豊かにしているかしれないのである。

祇王の物語をのべたついでに、二、三補足しておくと、祇王の一家が毎月米百石、銭百貫の仕送りをうけて裕福に暮していたという些細なことが、平家を読んでゆくうちになんとなく印象にのこるのは、『平家物語』はこれほどの長篇でありながら、生活というものについての感覚が実に鈍いことが注目されるからである。たとえば都落ちして海上に浮んだ平家の公達は、明け暮れ都を偲んで涙を流しているばかりで、彼らが海上でなめたであろう辛酸が物語になんら出てこないことは、おどろくべきほどである。灌頂の巻における女院の言葉にさえ、つぎのように、海上生活の悲惨が語られているのだから、なおさらである。

波の上にて日を暮《くら》し、船の中《うち》にて夜を明し、御つぎ物もなかりしかば、供御《くご》を具ふる人もなし。適《たまたま》供御は備へんとすれども水なければ参らず。大海に浮ぶといへども、潮《うしお》なれば呑事《のむ》もなし。是又餓鬼道の苦とこそおぼえ候ひしか(「六道之沙汰」)。海上だから地方から貢租はこない、膳部も出せない。たまに出そうとしても、水がなければ、それもできない。海の上にいながら、塩水では飲むこともできない悲惨は、まことに餓鬼道の苦しみであったと回想しているのである。海に浮んだ平氏がもっとも苦しんだのは、飲料水であろう。この「餓鬼道の苦」がせめて右の女院ののべた程度にでも、物語の本文に書かれていたならば、『平家物語』の叙述がどれほど生彩を帯びたかわからないのである。この点では王朝の物語の方がまだ生活にたいする感覚をしめしているのであって、この面における『平家物語』の後退はあきらかである。

もう一つの点は、『平家物語』の作者は女性の描写が類型的で、下手だという点である。たとえば、都落ちの場面における維盛の妻は、「北方《きたのかた》と申《もうす》は、故《こ》中御門新《なかのみかどのしん》大納言成《なり》親卿《ちかの》の御娘也。桃顔《とうがん》露に綻《ほころ》び、紅粉《こうふん》眼に媚《こび》をなし、柳髪《りゅうはつ》風に乱るゝ粧《よそおい》、又人有《あ》るべし共見え給はず」といったように形容されている。美人の形容は大体この調子であるが、これはこの時代の貴族階級の女性が、絵巻物にみるように、それ自身類型的、非個性的であったという事情にだけ帰するわけにはゆくまい。巴《ともえ》御前も、性質のちがう女性ではあるが、類型的である点では、例外をなすものではない。また女性を描くことに特に下手な作家もあるのだから、右のことをもって平家の作者の文学的才能を評価することは酷であるが、しかし王朝の物語にくらべて格段に落ちていることも疑いない。このこともまた『平家物語』の文学的な特質と密接に関係していることはあきらかである。相愛の夫婦の離別の場面は、この維盛の例をはじめ、物語で何度も繰返されるのであるが、これもまた類型的であって、作者が力をいれた割合には、単調で効果があがっていない。これに比べれば、祇王はまだ女性として描けている方である。

3

『平家物語』の第二部にあたる巻六から巻八までの部分の中心的人物は、木曾義仲である。義仲は『平家物語』が創造した多くの人物のなかでも、重要な地位をしめているから、清盛についで考えるべき人間はこの義仲ということになろう。しかしまえにものべたように、『平家物語』では、いかに重要な人物であっても、個々の人物に焦点をあわせて物語を読むべきではないとおもう。これは『平家物語』自身の性質からくるのであって、そのことは次章でかんがえることにしたい。ただ主要な人物についてあらかじめ理解しておくことは、平家全体を知るための一つの重要な手がかりとなることはいうまでもないから、つぎに義仲が物語でどのように描かれているかをみておきたい。

清盛が中心となっている物語の前半部から、義仲が出てくる部分にうつってくると、登場する人物の輪廓が明晰になり、読むものの心にのこる印象もあざやかになってくることは、だれしも気のつくことだろう。清盛と義仲を比較しただけでもこのことはあきらかである。清盛は複雑な側面をもつ人物としてあらわれる。清盛は、作者の保守的な思想によってはとらえられないような人物、院政時代が生んだ新しい型の人間であり巨人であったから、かれの行為を悪行や無道とみたがる作者が、それをとらえようとすればするほど、その手からはみでる部分が多くなるという結果になっている。『平家物語』には幸いに原作者以外に多くの増補者の手がはいっているから、清盛をとらえる角度もそれだけ豊富になり、全体としてはその諸側面が出ているようにおもう。しかしそれはあくまでたがいに関連のない断片としてでてくるのであって、清盛という専制的巨人的人物の統一的な形象が、『平家物語』であたえられているわけではないのである。清盛の輪廓を不鮮明にしているもう一つの事情は、まえにものべたように、宮廷内部の後白河法皇との対立が十分描けていないためであって、この部分は『平家物語』の性質からいっても、また作者の力量からいっても、やむを得ず物語化されないままにのこされている暗い部分なのである。しかし物語がこの都の宮廷内の暗闘からぬけ出して、巻四の以仁王・源三位頼政の挙兵のあたりに展開してゆくと、暗い部屋から急にひろい野外に出たような印象をうける。舞台が明るくなるので、そこに登場する人物の輪廓も鮮明になるのである。しかし以仁王挙兵の物語の舞台は、まだ京都の周辺であった。義仲の物語は、都とは遠く離れた信濃や北陸の出来事からはじまっている。歴史の展開そのものが、物語の空気を変えてゆくのである。

『平家物語』における義仲の物語は、いくつかの段階にわけてかんがえることができる。巻六の「廻文《めぐらしぶみ》」や、「嗄声《しわがれごえ》」や「横田河原合戦」等は、義仲の系譜や信濃・越後における合戦をのべたものであって、ようやく物語に登場してきたばかりの義仲である。巻七に集中されている義仲と平氏との北陸の合戦は、つぎにくる平氏の都落ちの物語とともに、この巻の主要な主題の一つとなっている。後白河法皇との衝突を物語った「法住寺合戦」を終りとする巻八は、京都を中心とする義仲を描いたものであって、巻七と巻八が義仲物語の中心であることはいうまでもない。あとは義仲の最期をのべる物語になって、巻九の「木曾最期」と「樋口誅罰」の二篇がほぼそれにあたる。ここでは巻八以後、すなわち平氏を逐うて上洛した以後の義仲を中心にかんがえることとしたい。信濃を中心とする義仲は、作者が都の人間であった関係もあって、記録以外にあまり具体的な生きた知識はなかったらしく、したがって物語としても生彩がない。『将門記』のように、在地の人間が義仲の挙兵とその後の行動を書いたものならば、視角も内容も異なった性質のものとなったとおもわれる。この点は東国の頼朝の物語についてもいわれよう。歴史も事件も全国的になっており、都のせまい視野にはいってこないことが多くなった時代に変っていたにかかわらず、作者がそのような地方地方の状況について知り得なかった都の人間であるという制約は、『平家物語』を知るうえに大切な点であるとおもう。しかしこれも一面だけの真実であって、全国の地方的事件が集中し、したがって全国を展望し得るような都を足場にしていたからこそ、『平家物語』のような物語も書けたのであって、この反面を忘れたら、平家の成立そのものが理解しがたいものになろう。したがって地方の事件と人間がよく描けていないからといっても、それはやむを得ない部分的な欠陥にすぎないというべきだろう。

巻七の北陸の合戦で、義仲が風のような速度をもって、平氏の軍勢を破って西上する物語は、それ以前にくらべるとはるかに物語となっている。これはこの合戦に従軍した都の人間の経験などが、倶利迦羅《くりから》落しの話のように誇張された形ではあっても、言伝えられていて、作者はそれを材料にすることができたからであろう。しかしこの合戦記における義仲は、戦術に巧みな東国の武将としてあらわれてくるだけである。義仲は戦場という特殊な場面で平家の軍隊に対して行動するだけだから、かれの全貌があらわれるはずもない。事態の発展そのものが人間の本質を明るみに出してくるのであるから、義仲という人間のさまざまの側面がはじめから出てくることができないのは当然であろう。合戦記の部分が人間を描き出す点で困難なのは、そこでは敵・味方という単純なシチュエイションしか設けられないからである。しかし何度もことわっておくけれども、『平家物語』はけっして個々の人間を描きだそうとした文学ではなく、事件の客観的な進行そのものを物語とするところに特色があったのだから、個々の人間の形象化が不十分だからといって、その点だけから『平家物語』を評価すべきではあるまい。平氏と義仲軍の合戦記でも、義仲だけに注目すべきではなく、たとえば彼の書記役をつとめる人物としてあらわれる大夫房覚明《たいふぼうかくめい》のような悪僧を逸してはならないとおもう。覚明は義仲の陣にいて、願文を書いたり牒状を書いたりする書記役であるばかりでなく、都や南都の事情に通じていて、義仲の都入りにさいして、政治上の相談役にもなっている人物である。この悪僧の物語がどれほど歴史的に真実かは確めることができないけれども、やはりこの時代の生んだ悪僧の典型の一つではあろう。『平家物語』によれば、覚明は本来儒家の出身で、勧学院に出仕していたが、後に出家して、最乗坊信救《しんぎゅう》と名をかえ、南都の諸大寺に出入していた。以仁王挙兵のとき、興福寺から園城寺《おんじょうじ》に送った返牒のなかで、この覚明が、「清盛は、平氏の糟糠《そうこう》、武家の塵芥《じんかい》」と罵ったというので、清盛に追求されて義仲のところに投じたということになっている(「願書」)。頼朝も挙兵以前から、京都の下級公卿のなかに同情者をもち、中央の情報などを集めていたが、かれらは後に鎌倉幕府の有力な政治家になっていった。それらの人物は物語化されていないが、この覚明などはそのような人物の一つの典型というべきだろう。若いときは下級貴族であり、学者であったものが、出家し、悪僧になって清盛に対抗し、「かちの直垂《ひたたれ》に黒革威《くろかわおどし》の鎧《よろい》著て、黒漆《こくしつ》の太刀を帯《は》き、二十四差《さい》たる黒《くろ》ほろの矢負ひ」というていたらくで、義仲のまえで願文を書くようになるという境遇の変化が、この時代らしく面白い。これは弁慶が中世の伝説になると腰越状を主人のために書くように変ってゆく先駆をなすものであろう。この時代は覚明のような下級貴族を多数生んだらしく、同じく学問に失敗して出家したとみられる平家の作者が、この時代の転変にたいしてしめした旺盛な関心や探求心も偶然ではないかもしれぬ。長い間藤原氏のもとで下積みになってきた才能ある下級貴族が、内乱とともにそれぞれの生き方でその羽をのばしてきた一例である。

　上洛後の義仲を描いた『平家物語』は、それ以前とは異なった彼の側面を物語っている。ここでは義仲はまず、木曾の山家育ちの、「立居《たちい》の振舞の無骨《ぶこつ》さ、もの云詞続《ことばつづき》の頑《かたくな》なる事限な」き野蛮人＝荒夷《あらえびす》として登場する（「猫間」）。このような義仲を描いているのが、「猫間」の一篇であるが、これは引用した方がわかりやすいだろう。猫間《ねこま》中納言光高という公卿が所用あって、義仲を訪れたときの話である。

（郎等共）「猫間殿の見参《げんざん》に入《い》り申べき事ありとて入《いら》せ給ひて候」

（木曾大に笑て）「猫《ねこ》は人に見参《げんぞう》するか」

（郎等共）「是は猫間中納言殿と申公卿《くぎょう》で渡《わた》せ給ふ。御宿所の名と覚え候」

そこで義仲は「さらば」といって対面するが、それでもまだ「猫間殿」とはいうことができないで、

（木曾）「猫殿《ねこどの》のまれ〳〵わいたるに物よそへ」（猫殿がたまさかに訪ねてこられたのに、何かもてなせ）

（中納言）「只今あるべうもなし」（只今は、それには及びません）

（木曾）「いかゞけどきにわいたるに、さてはあるべき」（折角、食事時に来られたのに、どうしてそのままにしておかれよう）

こういって、義仲は、大きな田舎椀にめしをうず高くよそい、お菜《さい》三種と平茸《ひらたけ》の汁ですすめ、自分も食べた。猫間中納言は悪いと思って箸をとったが、椀の気味悪さに、食べるふりをすると、義仲は、

「猫殿は小食《しょうじき》におはしけるや。きこゆる猫おろしし給ひたり。かい給へ」（猫殿は小《しょ》食《しょく》でおられるようだ。世間でいう「猫おろし」＝猫の食い残しをなさった。さあ、さあ、掻《か》きこんで）

と責めたので、中納言は興ざめして、一言も用件をのべずに帰ったという話である。作者は、これにつづく牛車の乗り方も知らない義仲の笑話と合せて、義仲という田舎侍を嘲笑し去ろうとしたのであって、東国弁を丸だしで話させているのももちろん彼を物笑いにするためである。しかしこの物語ほど、『平家物語』のなかで、東国武士の生地がそのまま出ているところも少ないし、義仲という人物がかえって読者の好感を呼びおこすようになっている。作者の意図に反してそういう結果になるのは、その軽蔑や偏見にもかかわらず作者が新しく京都の主人公となったこの田舎侍を特別の興味をもって忠実に描いたからであろう。作者の見方はもちろん公卿一般の義仲にたいする偏見と軽蔑を代表している。上洛するまでとちがって、義仲は今は貴族をも支配する都の主人公であり、生活のうえでも、政治のうえでも、重大な利害関係をもつ人物であった。貴族にとっては、平氏の人々も恐怖の的ではあったが、しかし大臣・大将以下の地位を占める同じ公卿仲間であるという安心感があった。義仲は明日何を起すかわからない異質の階層の人間であり、都では言葉も通じない田舎侍だという不安が、公卿たちを支配していた。義仲にとってもっとも不幸だったことは、彼が兵糧米の準備をしないで、西国からも東国からも孤立して慢性的な飢餓状態にある京都に侵入したことであった。彼の軍勢は京都で、狼藉・掠奪・青田刈等をおこない、そのために貴族だけでなく、都市民全体から怨まれ、「平家に源氏替へ劣りしたり」と非難された。作者は義仲が、自分の軍勢のこの狼藉を当然のことだと主張したように作為している。また彼の第一の郎党今井四郎兼平が、法皇に降人《こうにん》になることをすすめたのにたいして、義仲はたとえ帝王であっても、「甲《かぶと》を脱《ぬ》ぎ弓の弦《つる》を弛《はず》いて降人にはえこそ参るまじけれ」といって拒否したように書いている(「鼓判官」)。これも義仲を根からの叛逆者として印象づけ、つぎにおこる法住寺合戦の伏線とするための作為であろう。しかし全体としてみればこの前後の物語は、義仲の絶望的な地位と、法皇の法住寺殿を襲撃せざるを得ない必然性がかなりよく描かれているといってよい。

『平家物語』が、「平家は西国に、兵衛佐《の》は東国に、木曾は都に張行《はりおこな》ふ」と、この時期(寿永二年)の情勢を要約しているように、中央を支配している義仲・行家の勢力は、西国の平氏と、東国の頼朝の勢力とにはさみうちされる態勢にあった(「法住寺合戦」)。しかも義仲・行家の平氏追討の失敗のために、平氏は播磨以西を支配する力をたくわえてきている(「水島合戦」「室山」)。一方頼朝は義経・範頼を尾張まで進出させて、都をうかがっていた(「法住寺合戦」)。そのうえ、義仲の勢力の内部においても、叔父の十郎蔵人行家は、院とむすんで、かれから離反しようとする形勢もみえていた(「室山」)。しかしこのときの義仲にとって致命的だったのは、外部からの圧力よりも、内部の解体と離反であり、ことに後白河法皇の動向であった。法皇は義仲に平家追討を命じておきながら、かげで頼朝と連絡して義仲の討滅をはかっている。法皇と頼朝との結託についての『平家物語』の叙述は、歴史的事実と相違することが多いけれども(「征夷将軍院宣」)、そのことはここでの問題ではない。事実として、法皇は、義仲の留守中に、かれの根拠地たる北陸地方さえ、頼朝の支配下におくことを許そうとしたのであるから、『平家物語』の叙述は、この時の形勢を物語として正しくつかんでいるといえよう。院の動向が畿内の武士の動向をも決定したことをのべて、『平家物語』は、「木曾《の》左馬頭、院の御気色《ごきしょく》悪《あし》うなると聞えしかば、始は木曾に随うたりける五畿内の兵共、皆背《そむ》いて、院方《いんがた》へ参る。信濃源氏村上《の》三郎判官代是も木曾を背いて法皇へ参りけり」とのべている(「鼓判官」)。このように『平家物語』は、義仲のおかれた絶望的な環境と、周囲から裏切られてゆく孤立した状況をよくとらえ、表現しているのであって、かかる環境のなかで演じられた後白河法皇の決定的な役割を正しく浮彫りにしているといえよう。なぜ絶望し孤立した義仲が、その怒りを法皇に集中し、法住寺殿を襲撃しなければならなかったかが、物語自身の叙述のなかから理解し得るように描かれている。この叛乱がけっして義仲の「荒夷」=野蛮人としての性格や彼の生来の叛逆心からでなく、客観的な事態そのもののなかに必然性をもつことがしめされているのである。まして法皇は諸大寺の悪僧や、「云《いう》甲斐《がい》なき辻冠者原《かんじゃばら》、乞食法師《こつじきほうし》ども」、つまり都の無頼の徒を集めて、義仲追討の挑発をおこなったのであるから(同上)、義仲の法皇にたいする叛乱はむしろ当然のこととしてたれにも理解されるようになっている。

義経と範頼の軍勢によって都をおわれて、ついに主従二騎となり、今井四郎に「日来《ひごろ》は何《なに》とも覚えぬ鎧《よろい》が、今日は重《おも》う成《なッ》たるぞや」と語るところは、古来『平家物語』のなかでもっとも愛誦されてきた部分である。木曾最期の場面はそのまま引用しておいた方がよいだろう。

木曾殿は唯一騎、粟津《あわづ》の松原へ駈《かけ》給ふが、正月廿一日、入相許《いりあいばかり》の事なるに、薄氷《うすごおり》は張《はッ》たりけり。深田《ふかた》有《あり》とも知らずして、馬をさとうち入たれば、馬のかしらも見えざりけり。あふれども〳〵、打《うて》ども〳〵動《はたら》かず。今井が行末《ゆくえ》の覚束《おぼつか》なさに、振《ふり》あふぎ給へる内甲を、三浦の石田《いしだの》次郎為久《ためひさ》追懸《おッかかッ》て、よ引てひやうふつ《ッぴい》と射る。痛手《いたで》なれば、まかふを馬の首《かしら》に当《あて》て俯《うつぶ》し給へる処に、石田《いしだ》が郎等二人落合《おちあう》て、終に木曾殿の頸をとてけり(「木曾最期」)。

薄氷の張った深田に馬を踏みいれて、雑兵に討ちとられる木曾義仲の最期が、一切の無駄な描写をはぶき、行動だけを簡潔に記した文体で語られている。この簡潔さがこの一文の生命であろう。平家の作者のおちいりがちな饒舌が、かくまで抑制されていることは、義仲にたいする作者の同情や共感が、かえって並々でないことをしめしている。まえには多く「木曾」と呼びすてにされていたが、この「木曾最期」の一章では、「木曾殿」といわれているのも、そのことと関連しているのだろう。「猫間」のあたりで、作者があれほど軽蔑し、嘲笑したのとくらべれば、これは大きな変化である。しかしそれが突然の変化でないことは、物語を読む人はおのずと理解するにちがいない。それはすでに「法住寺合戦」や「河原合戦」からあらわれていた変化である。たしかに義仲が法住寺合戦で、「一天の君」との合戦に勝って、法皇になろうか、天皇になろうかと豪語したとき、作者は笑うに堪えたことだと嘲笑はしている。義仲の公卿にたいする仕打ちも、平氏に越えた悪行だともいっている。これらの評価は、作者の保守的な政治思想からいっても、また公卿としての利害関係からいっても、当然のことであろう。しかし右のような表面的なことをのぞいて、物語全体をみるならば、法住寺合戦前後の義仲には、軽蔑のかわりに、義仲の怒りにたいする作者の理解と同情がでていることを見のがすことはできない。東国の荒夷という人物評価は終始一貫している。しかし後半ではかかる人物が、それがおかれた絶望的な地位から、法皇によっていいようにこづきまわされている状況のなかから理解されようとしている点で、前半とちがうのである。つまり前半では、都の公卿対東国の田舎侍という関連でしかあらわれてこなかった義仲が、後半では法皇にも叛乱せざるを得ないような、より広い物語的な連関においてとらえられている。かかる認識の深まりと状況の進展が、また作者の義仲にたいする同情ともなっていることを見のがすことはできないだろう。もはや義仲は突然登場してきた異質の人間ではなく、『平家物語』のなかの一人の人物として位置づけられ、都における内乱の葛藤の一つの環となって動いている。「木曾最期」の一節はその意味で『平家物語』における義仲物語の結末としてふさわしいものといわねばなるまい。

4

義経の物語は、義仲の死に近いころからはじまり、巻九から巻十二にいたる『平家物語』最後の部分の主な内容をなしているようにみえる。しかし、この場合にも、清盛や義仲のばあいと同じように、義経が後半部の物語の「主人公」であるようにかんがえてはならない。『平家物語』自身の性質からいって、「主人公」的役割を果す人物は存在することはできないのである。義経の物語は、彼が義仲を追って入京し、法皇に対面するところからはじまり、最後に主従の都落ちをもって終っているが、特徴的なことは、『平家物語』では、義経の生立ちと末路についてほとんど物語っていないという点であろう。彼の生立ちについては、屋島合戦での平氏と源氏との「詞戦《ことばたたかい》」のなかで、平氏の侍越中次郎兵衛盛次が、義経のことを、「一年《とせ》平治の合戦に、父討《うた》れて孤《みなしご》にて有《あり》しが、鞍馬《くらま》の児《ちご》にて、後には金商人《こがねあきうど》の所従《しょじゅう》になり、粮料《ろうりょう》背負《せおう》て奥州へ落惑《まど》ひし小冠者《こかんじゃ》が事か」と罵っているところや腰越状などに、断片的に見えているにすぎない（「嗣信最期」「腰越」）。『源平盛衰記《げんぺいじょうすいき》』では、この義経幼時の物語は、いくらか詳しくなる傾向をみせてはいるものの、室町時代に創作されたとみられる『義経記《ぎけいき》』に比較すれば、問題にならないほど簡単である。『義経記』は義経の伝奇的な生涯を物語ったもので、ここではかれは物語の主人公であるから、その生立ちから末路にいたるまで詳細に叙述されなければならない。ここでは、『平家物語』にはまったく見られない物語が数多く増補されていて、『平家物語』とは質的にちがった新しい義経像が創りだされたのは当然である。これにたいして、『平家物語』は宇治川合戦に登場するまでの義経の前身については、ほとんど関心さえしめしていないことが注目される。

　義経の末路についても同様であって、『義経記』その他があれほど興味深く詳細に語ったかれの末路は、平家では都落ちまでの物語で終らせ、その死さえも語っていないほどである。この理由については、平家の作者が義経に同情的であったために、しいてその死を語らなかったということもかんがえられようが、その生立ちもほとんどのべていない事実と関連させてかんがえれば、作者の同情という理由だけでは解決できないだろう。作者が義経よりもはるかに同情をよせている諸人物の末路が詳細に物語られていることもおもいおこすべきである。むしろ『平家物語』自身の性質が、平氏の滅亡を中心とする事件の客観的進行を物語るものであったので、いかに中心的な役割を果す人物であっても、それを物語の主人公として独立にその生涯を追求するということは、作者の関心でなかったことに根本の理由をもとめなければならないだろう。したがって義経は『平家物語』では、源平のいくつかの重要な合戦の場面の中心人物として存在するにすぎない。この点が『平家物語』、および物語が創作された時代における義経物語の特徴の一つであって、『義経記』の時代の義経伝説と明瞭に区別される点である。

『平家物語』の義経は、一谷、屋島、壇浦等の合戦における卓抜な軍事的指揮者として描かれており、それ以上のものではなかった。義経が『平家物語』において武将の理想像として創作されたことには、歴史的根拠があったにちがいない。『徒然草』の著者がすでに指摘しているように、『平家物語』では範頼のことはあまり記されず、主として義経が物語られているのは、平家の作者が武将としての義経の活躍について多くの知識をもっていたことによるものとみられる。当時の記録によると、御室《おむろ》の守覚《しゅかく》法親王が義経を召して合戦談を親しく聴いたというようなことがあり、後に義経が追求されたとき、この親王がかれをかくまっているのではないかと鎌倉方に疑われたくらい親密な関係にあったらしいから、このようなところにも義経物語の素材の一つがあったかもしれぬ。それだけでなく、京都の公卿や寺院で義経と交際のあったところには、かれの合戦譚が多く伝えられていたにちがいない。この合戦に参加した東国その他の武士団の子孫においても同様であったろう。『平家物語』の義経物語は、このような素材を土台にして形づくられたものとみなければならないから、単純に作者の作為とはいいがたいであろうし、義経が卓越した武将として活躍したことも歴史的な事実であったとみなければならない。

しかし、義経が武将の理想像とされるためにはそれだけの歴史的根拠があったとしても、平家における義経は物語として創造された人物であって、歴史上の人物とは本質的に別箇のものである。この点では、『吾妻鏡』における義経も同様である。同書の記事に、『平家物語』の一谷その他の合戦における義経の物語を裏書きするような記事があるが、しかし『吾妻鏡』のこの部分も後代に追記されたものであって、そのまま史実とはなしがたい性質のものである。『吾妻鏡』の記事の方が『平家物語』を基礎にしているることも十分あり得る。『吾妻鏡』も『平家物語』も、源平合戦の後、約半世紀のあいだに次第に形をなしていった義経伝説を基礎にして形づくられたものとみるべきであろう。『平家物語』は、おそらくそれ以前には断片的であり、流動的であったとみられる義経伝説を、物語として定型化したところにその意義があったのであろう。その意味では、平家における義経物語は、作者ひとりの創造になるものでなく、義経伝説を形成していった広い基盤のうえに成立したものとみられる。したがって武将の理想像としての特質も、その基盤との関係で理解する必要がある。

『平家物語』における義経の特徴の一つは、戦闘する武士団とともにみずから戦場を馳駆することであって、一谷、屋島、壇浦等の合戦を通じて、かれは指揮者であるとともに、自分で戦闘しているところに特徴がある。ここにこの時代の武将の理想像が、要求されている一つの性質があるといえよう。「腰越状」のなかで、義経は半生を回顧しながら、「或時は峨々《がが》たる巌石《がんせき》に駿馬《しゅんめ》に鞭《むち》うち、敵の為に命をほろぼさん事を顧みず、或時は漫々《まんまん》たる大海に風波の難を凌《しの》ぎ、海底に沈まん事を痛まずして、屍《かばね》を鯨鯢《けいげい》の鰓《あぎと》にかく」といっているのもそれであろう。この「腰越状」は、大体同じものが『吾妻鏡』『義経記』にものせられているけれども、それが義経の提出したという「腰越状」なるものであるかどうかは疑わしいが、それはここでの問題ではない。ただこの時期の武将の理想像がこのようなものでなければならないということは、ここにも強調されていることはたしかである。

なぜこのような資格がこの時代の武将の理想として要求されたのであろうか。『平家物語』の一谷合戦の条にみえる一武士の物語は、この点でいくらか暗示するところがある(「二度之懸」)。生田森の合戦にでてくる武蔵国の住人河原太郎・次郎兄弟のことは、まえにもふれたが、この物語で兄の太郎が次郎につぎのように語っているところがある。

　大名は我と手を下《おろ》さねども、家人《けにん》の高名を以て名誉《めいよ》をす。我等は自《みずから》手を下《おろ》さずは叶ひがたし。

ここで大名《だいみょう》というのは、この時代のいわゆる大名・小名《しょうみょう》の大名で、東国でいえば、三浦・千葉などのような大土地所有者たる豪族であり、合戦にさいしては数百騎あるいは数千騎を指揮する一方の部将たる地位にあるものである。『平家物語』では東国の大名は、少ないものでも五百騎はもっているとされる(「富士川」)。右の武蔵国の住人の言葉によると、このような大名は、合戦にさいして、自分で手をおろさなくても、現実に戦闘などをしなくても、その家来たちの高名を自分の武勲とすることが普通だが、自分たち小侍は、自分で手をおろさなければ武勲を立てるわけに行かないというのである。このように兄弟で語りあって、二人は「下人共呼寄《よびよ》せ、最後の有様《ありさま》妻子の許《もと》へ、言遣《いいつか》はし、馬にも乗《のら》ず、げゞをはき、弓杖《ゆんづえ》を突《つい》て、生田森の逆茂木《さかもぎ》を上《のぼり》こえ、」城のなかにはいって討死したという。この兄弟が、二、三人の下人《げにん》・所従《しょじゅう》をつれ、日頃は耕作に使っている馬に乗って合戦に参加した典型的な名主《みょうしゅ》級の下層武士であることは、「げゞ」という身分の卑しいもののはく藁《わら》草履をはいていったことからも察せられる。かかる下層武士は、みずから手をおろして働かねば功名をたてられないが、大名たちはそのような下層武士の功名を自分の武勲として賞にあずかるのが普通だといっているのである。このように大名級の部将と小名階級の小侍との対立が意識され、物語化されていることは興味深いことである。この内乱に参加して戦った広汎な武士はこの階層のものであったから、おそらくこの河原太郎の言葉はこの下層武士の見方を代弁しているものとみてよいだろう。もちろん歴史的にいえば、この物語は大名と下層武士の対立が明確になった鎌倉末期の事情を反映した増補であるかもしれないが、平家における義経物語もその点では同様であろうから、そのことはここでの問題ではない。

このような物語を基盤としてかんがえると、みずから手をおろして合戦することが、理想的な武将だとする考え方は、武将の資格として倫理的に要請されていたというよりは、むしろこの時代の中下層の広汎な武士階級の現実の要請とむすびついていたものと思われる。義経が合戦にさいして戦術と智謀にたけていたことは、『平家物語』における義経物語の一つの特質にちがいないが、しかしこの側面は『太平記』の武将の方がはるかに典型的であって、『平家物語』の武将だけの特質ではないのである。むしろ理想的武将としての義経の特徴は、戦術と智謀にたけながら、坂落しや弓流しや八艘飛び――これは平家にはその原型があるだけだが――のように、自分で働くところにあるといえようし、かかるものとして理想化されているところに、『太平記』とちがうこの時代の要請があったといわねばなるまい。当時、義経と頼朝とを対比して、「唯九郎判官程の人はなし。鎌倉の源二位は、何事をか為出《しいだ》したる。世は一向《こう》判官の儘《まま》にてあらばや」という声が多くあったのをきいて、頼朝が自分が計画し、指揮したればこそ平家は滅んだのだといって怒ったという話が平家にみえているが（「文之沙汰」）、かかる世間の評価の仕方のなかにも右のことがあらわれている。しかしこのことはもちろん義経物語が形成されてゆく一つの側面である。

平家における義経物語の第二の特徴は、緊密な主従関係でむすばれた少数の精鋭でもって果敢に奇襲することにある。これはおそらく、この時代に東国武士の特徴とかんがえられていたものを典型化したものであろう。実盛が、親討たれれば孝養し、兵糧米が尽きれば、「春は田作り、秋は刈収《かりおさめ》て寄せ」るような西国武士にたいして、特徴づけたような勇敢な東国武士の慣習は、あくまで都の人間が理想化した東国武士であって、現実に東国と西国でそれほどのちがいがあったはずはない。義経物語も、東国を基盤としたものではなくて、都または畿内地方を基盤として形成されたものとみられる。したがって平家における義経像は、都の人間の眼でもって形づくられた点に特徴があったといってよい。したがって義経は合戦の場面における武将としては理想化されてはいるが、他の場面ではかならずしもそうではないことに注意しなければならないだろう。たとえば義仲を追討した年の大嘗会《だいじょうえ》には、検非違使五位尉に任命されたばかりの義経が晴れて先陣に供奉《ぐぶ》したが、作者はそのときの義経を、「木曾などには似ず、京慣《きょうなれ》てはありしか共、平家の中のえりくづよりも猶劣《おと》れり」と酷評している（「大嘗会沙汰」）。都の風に慣れている点では、義仲よりはまだましだが、平家の公達にくらべれば、その「選《え》り屑《くず》」よりももっと劣っているというのであって、相当に冷酷な批評である。

たしかに義経が平氏の生捕りされた公卿たちに同情をしめしたような場面では、「判官猛き武士《もののふ》なれども、情《なさけ》ある男士《おのこ》なれば」と、その情のあつい点を評価されてはいるが（「内侍所都入」）、これもそのままには受けとってはならない点がある。義経は「情ある者」で、ことに女房などの訴えることは聞き捨てにならないお方だからと評判され、捕虜になった平時忠の娘をあずけられて、秘密の手紙をまんまととられてしまう失態を、作者は嘲笑気味に描いている（「文之沙汰」）。その点では都の女を愛して最後の合戦に後れをとった義仲と同じように嘲笑されているのである。武将としていかに英雄的に描かれようと、右のように評価されている側面がぬけては、『平家物語』における義経像なるものは完全にならないだろう。

このことは義経の風貌や性格の描写にもあらわれている。かれの風貌は、「色白うせい小《ちいさ》きが、向歯《むかば》の殊に差出《さしいで》」たるもので、けっして美丈夫には描かれていない(「壇浦合戦」)。『平家物語』における義経の性格は、「すすどき」人間として形容されている。この言葉は平安時代の物語類では出会ったことのない言葉だから、鎌倉時代のものとおもわれるが、たとえば「九郎はすゝどき男士《おのこ》にて侍《さぶら》ふなれば、大風大波をも嫌はず寄せ侍《さぶらう》らん」といわれ(「勝浦」)、あるいは「九郎はすゝどきをのこなれば、此畳の下よりも這出《はいいで》んずる者也」というようにつかわれているところをみれば(「腰越」)、敏捷で、鋭くて、抜目のない性格を形容する言葉であったろう。これはけっして理想的人物を形容する言葉でないことはたしかである。これに関連しておもいおこされるのは、義経の従者たちである。佐藤嗣信《つぐのぶ》をのぞけば、『平家物語』では、従者たちの話は、後代のようには物語としてあまり発展していないが、そこに共通している特徴は、身分の卑しいものであることと、出自、前身が特異なものが多いことである。黒ずくめの装束の大法師武蔵坊弁慶はいうまでもなく、『盛衰記』にみえる常陸坊海尊《ひたちぼうかいそん》も旧大寺の悪僧だったらしく、屋島で異常な能力を発揮する伊勢三郎義盛は、『平家物語』においてすでにその前身が伊勢鈴鹿山の「山賊」であったといわれている(「嗣信最期」)。『平家物語』でも義経の幼時の伝説とむすびついてでてくる金売吉次《かねうりきちじ》は、後に人買人の面影さえある奥州通いの金売商人として物語化される。このように悪僧・山賊・商人等の従者が義経にむすびつくことは、この畳の下から今にも這い出るかもしれないと頼朝を恐怖せしめた「すすどき」義経の性格と関係があるようにおもわれる。屋島の合戦で、源氏の兵士が甲や鎧の袖、箙《えびら》などを枕にして前後不覚に眠入っているとき、義経と山賊出身の義盛二人だけが寝ずの番をして遠くを見張っていたという話も、この二人に暗闇を見透すような特別の力があったとかんがえられていたのかもしれぬ（「弓流」）。義経伝説の成長の基盤の一つが、悪僧・山賊・商人等によって代表される畿内地方の一定の層にもあったようにみられる。

　義経自身にも得体の知れない部分があるように、当時の人からみられていたことは、その経歴からみて当然であって、かれが義仲軍を破って上洛したとき、兼実《かねざね》のような人でさえ、はじめて「九郎御曹司」の名をきいて誰人なるやと疑っている。これは当然のことではあるが、『平家物語』の屋島合戦にさいして、義経が「一院の御使、検非違使《けんびいし》五位《の》尉《の》源義経」と名乗ったにかかわらず、それをきいた平家の家人は、「其仮名実名分《けみょうじつみょうふん》明《みょう》ならず、今日の源氏の大将軍は誰人《たれびと》でおはしますぞ」とひやかしているのは、後になっても素性の怪しい、得体の知れない反面をもつ人物とみなされていたからであろう

（「嗣信最期」）。このことがまた義経伝説を自由に発展させる理由の一つとなったらしいが、室町以後になると、その物語の発展の仕方に、平家とはちがった特徴がみられるようになった。「向歯《むかば》の二つさしあらはれた」小男の義経は、次第に美貌の貴公子とさせられ、平氏の「選り屑」より劣っているといわれた田舎者が、笛を吹くようになり（『義経記』）、『盛衰記』ではすでに駄作ではあるが和歌をつくる教養人にさせられている。かれの色好みは平家でもあらわれてはいるが、中世ではロマンスの主人公にさえ変ってゆく。『平家物語』のような叙事詩的文学のなかの一人物から、『義経記』のような物語の主人公になるにつれて、いいかえれば義経がいわゆる「国民的英雄」にされるにつれて、平家のなかにすでに芽ばえていた彼の王朝的、貴族的側面だけが一方的につよまってゆく傾向にあること、謡曲にあっても『平家物語』よりは『義経記』に取材したものが圧倒的に多いことなどは、それ自身中世文学の一問題であるが、『平家物語』の特質を理解するうえでも大切なことであろう。ただそのさい忘れてならないことの一つは、義経伝説を文学化した作品は大量にあるが、『平家物語』をしのぐような文学的価値のある作品は一つもあらわれなかったという事実である。

5

清盛・義仲・義経の三人についてみてきたが、その結果いえることは、『平家物語』においては、物語の進行に重要な役割をはたしている中心的な人物であっても、「主人公」とみるべきではないということであった。右の三人を中心として『平家物語』を読むことは、厳密にいえば正しくないということになる。『平家物語』にはおそらく千人以上の人物が登場するだろう。もちろんその大部分は名前だけ記されているのであって、物語的行為をするのではない。しかし物語の登場人物としてはひじょうに多い方であろう。ただ注意しなければならないことは、これらの多数の登場人物が、物語の一つの筋の発展によって互いに関連づけられているというのではないこと、各人物は、平氏の滅亡を中心とする事件の発展のなかで、登場し、退場してゆくだけであって、清盛・義仲・義経のような人物さえ、その点例外ではない。清盛や義仲も、死んでしまえば、作者は何事もなかったかのように、つぎの事態の発展を追うのであって、すべての人物は、その意味ではたがいに偶然的な関係におかれている。事件の客観的な進行だけが、『平家物語』の多数の登場人物を媒介し、統一しているにすぎない。しかし『平家物語』は、内乱時代の前後に生きた日本人の各階層の典型的な人物を、他のどのような文学よりも豊富かつ精確に表現しているという点で、文学史上画期的な意義をもっている。ここではそのいくつかについてのべて、平家を読む人々のための参考としたい。

まず『平家物語』が典型化した人物は、貴族ことに院の近臣たちであった。院政にたいして批判的であった作者は、まえにのべたように法皇自身を描くことはできなかったかわりに、その手足である近臣たちの表現に力をつかっているようにみえる。たしかに院の近臣というのは、この時代が生みだした新しい型の人間であって、物語作者のもっとも関心と興味をそそる異常な人々であった。そのなかで鹿谷陰謀事件を契機として登場する新大納言成親と西光《さいこう》法師と俊寛《しゅんかん》などは比較的よく描かれている方であろう。成親のことはまえに一言ふれたが、この人物は「後白河法皇の御最愛ならびなき御思人《おもい》」であった美人を妻として譲り与えられたほどの寵臣であり(「大納言死去」)、鹿谷陰謀事件の中心人物であった。法皇の専制的権威を笠にきて立身出世したが、清盛に捕えられると、自分が計画した陰謀にたいしてさえまったく確信のない柔弱な公卿にすぎないことをばくろしたこと、その妹婿にあたる重盛にたのんでの哀訴嘆願ぶりを平家の作者は詳細に物語っている。その死に方が悲惨だっただけに、作者は悲劇的な人物のように描こうとしているけれども、一方この陰謀好きの公卿にたいして軽蔑の言葉を少しもかくしてはいない。院政成立後大量に生産された院の寵臣の典型的なタイプの一つは、この成親にみられるだろう。

この成親に対比させながら作者が興味をもって物語っている人物に、徳大寺大納言実《さね》定《さだ》がある。これは成親のように謀叛によってではなく、平氏に迎合して、人の好い感激屋の清盛をうまくだますことによって、大将の地位をかち得た人物であり、後の頼朝にたいする鼓判官知康とともに、これまたこの平氏栄華時代に特徴的にみられた型の公卿であった（「徳大寺殿之沙汰」「法住寺合戦」）。しかし院の近臣のなかで、成親と対照的な人物であり、『平家物語』においてもっともよく描かれているのは西光法師であろう。成親とちがって最期まで清盛に抵抗したこの不屈の人物は、その出身からして成親などの公卿とはちがっていた。『平家物語』によれば、西光はもと阿波国の在庁官人の出身で、有名な信西《しんぜい》入道に召使われていた卑しい身分のものであったが、賢いところがあったので靫負尉《ゆぎえのじょう》に出世し、平治の乱のとき出家して、それがいつのまにか「院の御倉預《みくらあずかり》」として後白河法皇第一の謀臣となった（「鵜川軍《うがわいくさ》」）。鹿谷事件で捕えられ、清盛に「己《おのれ》らが様なる下﨟《げろう》の果《はて》」と罵られたのにたいして、西光が「ちとも色も変ぜず、悪《わる》びれたる景《けい》気《き》」もなく、嘲笑して答えた言葉は、日本の古代・中世の文学には珍しい雄弁の要素をそなえているものであるから、そのまま引用しておこう。

さもさうず、入道殿こそ過分《かぶん》の事をばのたまへ。他人の前はしらず、西光が聞ん処に左様の事をば、えこそのたまふまじけれ。院中《いんじゅう》に召仕《めしつかわ》る丶身なれば、執事《しつじ》の別当《べっとう》成親卿の院宣《いんぜん》とてもよほされし事に与《くみ》せずとは申べき様なし。それは与《くみ》したり。但《ただ》し耳に留《とど》まる事をも宣ふ物かな。御辺《ごへん》は故《こ》刑部卿《ぎょうぶきょう》忠盛《ただもり》の子で坐《おわせ》しか共、十四五までは出仕《しゅっし》もし給はず、故《こ》中御門藤《なかのみかどとう》中納言家成《かせい》卿の辺《へん》に立入《たちいり》給ひしをば、京童部《きょうわらんべ》は高平《たかへい》太《だ》とこそ言《いい》しか。保延《ほうえん》の比《ころ》、大将軍承り海賊《かいぞく》の張本《ちょうほん》三十余人、搦進《からめしん》ぜられたりし〔勧〕賞に四品《ぼん》して、四位の兵衛佐《ひょうえのすけ》と申《もう》ししをだに、過分《かぶん》とこそ時の人々は申合《あわ》れしか。殿上《てんじょう》の交《まじわり》をだに嫌《きら》はれし人の子孫にて太政《だいじょう》大臣迄《まで》なりあがたるや過分《かぶん》なるらむ。侍品《さぶらいぼん》の者の、受領検非違使《じゅりょうけんびいし》に成る事、先例傍例《せんれいぼうれい》なきに非ず。なじかは過分《かぶん》なるべき。

「さもさうず」（おっしゃる通りです）というような当時の口語をはさんで、しかも雄弁としての強い調子をもっているこの文章は、内容的にみて平氏の成上り者としての本質を徹底的に暴露しているばかりでなく、雄弁というスタイルそのものが、この不屈の闘士西光の性格を巧妙に表現しているのである。一世紀前の摂関政治の時代には、田舎の在庁官人の出身のものが、中央の政治に参画するなどということは、夢にも考えられなかったことである。院政という新しい政治の形態は、西光のような骨の強い田舎者を中央にひきあげ、陰謀と術数と内戦の宮廷生活のなかできたえあげた。平家の作者は表面は非難しながらも、この信西の弟子を、「勝れたる大剛の者」という言葉で賛嘆している（「西光被斬」）。

これらの人々とならんで、もう一人注意をひくのは、鹿谷事件の密告者である多田蔵人行綱《くらんどゆきつな》である。行綱は成親にたのまれて、反平氏陰謀に参加し、兵力をととのえていたが、途中で裏切って清盛に密告した。そのときのことを、平家はつぎのように物語っている（同上）。

弓袋《ゆぶくろ》の料《りょう》に、送《おく》られたりける布共をば、直垂帷《ひたたれかたびら》に裁縫《たちぬわ》せて、家子郎等《いえのころうどう》共に着せつゝ、目うちしばたゝいて居《い》たりけるが、倩《つらつら》平家の繁昌《はんじょう》する有様をみるに、当時《とうじ》輙《たやす》く傾《かたぶ》けがたし。由なき事に与《くみ》してけり。若此事もれぬる物ならば、行綱まづ失はれなんず。他人の口より漏れぬ先《さき》に廻忠《かえりちゅう》して、命生《いのちいか》うと思ふ心ぞ附《つき》にける。

成親から武装の費用としておくられた布を裁縫させながら、次第に密告しようと思いつくところを描いているのであるが、そのとき行綱が「目うちしばたゝいて」、すなわち眼をパチパチ瞬《しばたた》いて思案するところに、この文章の面白味がある。この後で、行綱が夕暮時、清盛邸にしのんでいって密告する場面にみられるような彼の狡猾さが、この「目うちしばたゝいて」にもよく表現されている。ここで清盛側についた行綱は、後に平氏の形勢が思わしくなくなると、今度は反平氏の叛乱に参加した人物である。かれが摂津国の武士団であることは、つぎにのべる郎党の物語とともに興味ある事実である。

行綱に関連して思いだされるのは、『平家物語』における渡辺源三滝口競《きおう》の物語である。この競の物語は、以仁王の挙兵の一挿話として語られているものだが、平家のなかでもっとも面白い話の一つとなっている。話の筋は、競の主人伊豆守仲綱（源三位頼政の嫡子）が、まえに、その名馬を宗盛によって権柄《けんぺい》ずくで奪いとられたことがあり、競は挙兵にさいして、まんまと宗盛をだまして、主人のためにその名馬をうばいかえすという物語である（「競」）。主人の頼政・仲綱の挙兵に馳せおくれて、都にとどまった競が、宗盛に呼ばれて奉公をすすめられ、表面は忠勤をはげみながら、宗盛をだまして逃げる経過が話の面白さとなっているが、なぜ宗盛がかんたんにだまされたかというと、競はもともと「兼参《けんざん》の者」であったからである。「兼参」というのは、二人の主人公に奉公することであって、たとえば重衡の侍の知時が八条院にも「兼参」していたので、主人とともに都落ちできなかったことが『平家物語』にもみえているから、この時代には珍しいことではなかった（「内裏女房」）。競も仲綱の外に平家にも兼参していたので、宗盛はかれを信用したわけである。このような関係を利用して、宗盛をまんまとかつぐ競の機転と狡猾さは、それが身分の低い郎党のことだけに、昔から読者を楽しませてきた。

この競が、まえにのべた多田蔵人行綱と同国の摂津渡辺党の侍であることは、興味あることである。形勢を見るに敏で、狡猾で、打算的で、機転のきくこの二人は、いわば畿内武士に特徴的にみられる一側面を典型化した人物といえるだろう。かれらは二人の主人に祗候《しこう》したり、形勢によってその立場をかえたりすることが、それほど悪徳と思われないような慣習を身につけていたのであるが、かかる習性はもちろん偶然のものでなく、一つの歴史的な資質であるといえよう。行綱の先祖の源満仲が安和の変で演じた役割は、かかる狡猾さが、貴族のなかにあって身分の卑しい侍がその地歩をきずくために必要な技術であり、才能であったことを物語っている。『平家物語』のはじめの「殿上闇討」における平忠盛の機転は、そのことをもっともよく物語化している。宮廷生活と直接関係のない地方の武士や領主たちにしても、事情は本質的にはちがわなかった。かれらは、その所領を維持するためにだけでも、二重に隷属したり、あるいは権門勢家の変動によって保護者をかえてゆくという動きをすることが必要であった。何世代にもわたってこのようなことが必要になれば、それは一つの歴史的な資質に変ってくるけれども、このことがもっとも典型的な形でみられるのは、いうまでもなく中央貴族とはやくから密接な関係をもったところの畿内を中心とする先進地帯においてであった。ここでは多田源氏のような名門の有力な武士団だけでなく、渡辺党のような中小武士団にいたるまで、中央の貴族階級と臣従の関係をむすんでいたから、競のような郎党も物語化される必然性をもっていたのである。『平家物語』が文学としてすぐれているのは、摂関政治、とくに院政時代にあらわれたこのような畿内武士を、行綱や競や信連という人物のなかに正しく典型化してとらえたところにあるといえよう。『平家物語』で武道と歌道にすぐれた武士として有名な源三位頼政にも畿内武士の面影が濃い。平治の乱以来のかれの経歴を見れば、いかに反覆つねない人間であるかが明瞭であるが、そうしなければこの時代に生きのびることができなかったのであって、山門の大衆をしりぞけたときの平家の伝える有名な物語にも、思慮深いというよりはむしろ弱さからくる狡猾で打算的な反面があらわれている。頼政は自分のところに押しよせる山門の大衆を、言葉一つでうまくだまして、重盛側に方向を変えさせてしまったのであるが、この時、平家の作者が頼政を形容した「頼政卿さる人にて」という言葉のなかにも、なかなか隅におけない老練の人間でという意がふくまれていよう（「御輿振」）。

しかし畿内武士のこのような特徴は、多かれ少なかれ全国の武士階級に共通した傾向であった。とくに源氏や平氏などの武家の棟梁とむすぶ主従関係については、『平家物語』はそれがいかに不安定であり、無節操であるかを繰返しのべている。この事実を、新中納言知盛が平氏の運命の洞察とむすびつけてとらえたことは前節でのべた。太宰府に落ちのびた平氏が在地の緒方維義《これよし》に謀叛されたことは、一族にとって忘れることのできない傷手であったが、維義はもともと重盛の家人であったものである。この譜代の恩顧を想起させて、維義をなだめようとしたのにたいして、かれは「こは如何に。昔は昔、今は今。」と答えて、主人の平氏一族を追討したと『平家物語』はのべている（「太宰府落」）。

平家一門の都落ちにさいして、宗盛が主従の結束を説諭したのにたいし、並いる武士たちは、「弓箭馬上《きゅうせんばじょう》に携る《たずさわ》習ひ、二《ふた》心あるを以て恥とす」とのべて宗盛を悦ばせたが（「福原落」）、実はこのころを境として、平氏に恩顧をうけた四国の武士たちは源氏の側に寝返り、後に能登守をして「昨日今日迄、我等が馬の草切《キッ》たる奴原」の変節を憤らしめたと、『平家物語』はのべている（「六箇度軍」）。辺境だけでなく、都落ちにさいして武士に二心なきことを誓約した当の武士たちが、一谷の合戦においては、主人の忠度《ただのり》を捨て、重衡を捨て、通盛《みちもり》を見捨てて、その主人たちを悲憤せしめ、最期を一層哀れな物語にしている（「忠度最期」「重衡生捕」「落足《おちあし》」）。零落した貴族の家から従者や召使がいつのまにか姿を消す有様は、王朝の物語作者の好んで書いたところであるが、『平家物語』にもこのような叙述は欠けていない（「大納言死去」）。しかし主従関係の堅固を誇る武士階級の離反・変節・裏切りをこれほど詳細に文学的に描いたという点では、『平家物語』は、他の作品のどれもが表現し得なかったこの内乱期を正しく反映しているというべきである。先進地帯の転変からとりのこされていた東国でさえ、大半はもと平氏の家人であった武士団が、頼朝の優勢とともに、平氏を裏切るのであるから、内乱時代はまさに「昔は昔、今は今」の精神が横溢していたといわねばならぬ。これは停滞的な古代の権威観念や人的隷属を破壊してゆく精神上の大きな進歩であった。

もっとも平氏には、また別の事情があったことも『平家物語』はみのがしていない。右にのべた一谷の忠度最期の場面で、従者の逃亡を、作者は「是を見て百騎ばかりある兵共、国々の仮武者《かりむしゃ》なれば一騎も落合はず、我先にとぞ落ゆきける。」とのべているが、ここにいう「仮武者《かり》」は、正しくは「駆武者《かり》」のことで、恩顧譜代の家人と区別した武士のことをいったのである。作者はこの言葉を富士川合戦のときにも、篠原合戦のときにも用いて、平氏の敗北の一つの重要な理由としているようである。「駆武者」の多くは、諸国の国衙《こくが》の権力で駆り集められた兵士であろうから、平氏の公達を捨てて逃亡するのはむしろ当然であるが、このような駆武者に依存しなければならないところに、平氏の致命的な弱点の一つがあったことは事実であろう。

この内乱がおこる以前に都でおこった保元・平治の乱のような内戦ならば、数千騎の兵士で十分であった。しかし富士川の合戦や北陸の合戦になれば、『平家物語』の誇張された数字は信用できないとしても、今までにない厖大な軍隊を、遠国にまで動員しなければならなかったことはあきらかで、平氏恩顧の家人では間にあわないことはいうまでもない。それに必要な兵糧米も、初期には平氏は地方の国衙を通じて徴集したらしいから、兵士もやはり同様であったとみられ、統制と訓練のない徴発された駆武者による軍隊が出陣したのである。作者がこの言葉を繰りかえし用いているのは、平氏の弱点を正しく表現したものといってよいだろう。このことは、もちろん『平家物語』の文学的な表現とは直接関係はない。しかし作者が事態を正しく洞察しているかどうかは、ただちに文学的表現の問題になってくる。その一例として木曾勢の最期の場面をあげると、義仲の死後、とりのこされた樋口兼光が、もう一度都にもどって今井四郎と会って討死したいとのべたところで、作者はつぎのように記している(「樋口誅罰」)。

　五百余騎の勢あそこに引《ひか》へ、こゝに引へ、落《おち》ゆく程に、鳥羽《とば》の南の門を出《いで》けるには、其勢僅に廿余騎にぞ成《なり》にける。

この文章が生きているのは、「あそこに引《ひか》へ、こゝに引へ」という句があるからである。五百余騎の兵士たちが一目散に離散するのではなく、それぞれ群をなして、あそこにとどまり、ここにとどまりしているうちに、気がついてみればいつしか二十余騎になってしまったというのであって、従者たちのためらいながらも落ちのびるさまが、巧まずして表現されているといえよう。義仲のような武家の棟梁の軍隊も、本質的には平氏と同じく「駆武者」の集団にほかならなかったから、棟梁の落目のときになれば、駆武者の本質があらわれるのはむしろ当然である。しかしためらいながら離散するところに、従者の心理の表現があり、木曾勢の哀れさもそれだけ深まるように描かれている。もちろん『平家物語』では、瀬尾《せのお》兼康《かねやす》の物語に典型的に見られるように(「瀬尾最期」)、主人と従者の堅固な関係も物語にされている。ことに個々の武士団内部の緊密な主従関係について多く物語られているのは、歴史を正しく反映しているといえよう。惣領にひきいられた一族によって形成される武士団の内部は、この時代にはまだその堅固さを誇っており、それが解体しはじめる『太平記』の時代と区別されるからである。しかし『平家物語』といえば、古来主従関係の緊密さを表現したようにばかり考えられてきたが、それは物語を忠実に読まなかったからであろう。

主人と従者のことにふれたついでに、俊寛《しゅんかん》と有王《ありおう》のことについて一言しておく必要があろう。鬼界島における俊寛の最期を物語にした「有王」と「僧都《そうず》死去」の二篇は、離島にとりのこされた俊寛の生への妄執と怨念の強さが印象にのこるが、それは俊寛の物語というよりむしろその忠実な侍童であった有王の物語であった。『平家物語』によれば、有王は鬼界島に渡って、主人の臨終を見とり、白骨を頸にかけ、商人の船に乗って帰り、主人の最期の様子を家族に伝えるという物語になっている。その後、有王は遺骨を頸にかけて高野山にのぼり、奥の院に納骨して、蓮華谷で法師となり、諸国を修業して、主人の後世を弔ったことになっているが、それだけでなく有王は俊寛の物語を諸国に伝えて歩いた人間であったらしい。学者の研究によると、有王の「有」は目にみえぬ霊力をそなえたものにつけられる名であって、俊寛物語における有王も、中世諸国に物語を伝え歩いた物語法師の一団と関係があるらしく、高野山の蓮華谷はそのような法師たちの集る場所でもあった。諸国に俊寛と有王の伝説が分布しているのも、これらの幾世代にわたる多くの有王たちが伝播したものが多いらしく、そこで語物として成長してきた俊寛と有王物語が、文字に書かれて『平家物語』のなかに増補されてきたとかんがえてもよいかもしれぬ。『平家物語』の豊富な、多面的な性質は、このような成立の仕方からもくるのであって、まえにみた白拍子を主題とした祇王の物語のような異質のものも、あらかじめ物語として特殊な場所に成立していたのが、『平家物語』のなかにとりいれられたのかもしれない。このようなことがおこり得るところに『平家物語』の重要な特質の一つがあった。

もっとも従者や身分の卑しいものの世界が物語のなかにとりあげられるのは、右のような特殊の場合であって、武家の郎党を別とすれば、『平家物語』では、『今昔物語』ほども庶民の世界は描かれていないのである。作者は平家の軍隊の北陸下向にさいして、沿路の村々から兵糧米を徴発し、「人民こらへずして、山野に皆逃散《ちょうさん》す」とのべている（「北国下向」）。しかしただそれだけである。範頼が、「遊君《ゆうくん》・遊女」を召し集めて、平氏追討を怠ったために、いたずらに「国の費《つい》え、民の煩《わずらい》のみ」が重ったことをのべているが、それ以上にはでない（「大嘗会沙汰」）。平氏は都落ちにさいして、京・白川の四、五万の在家に放火し、郎従・雑人の草屋や小屋は一時に焼きはらわれたが（「維盛都落」「聖主臨幸」）、都市のみならず、戦場付近の在家に放火することは、普通のことであった（「三草合戦」）。内乱による被害者たるこれらの人民の世界について、『平家物語』がのべているところはまことに少ないといわねばならないだろう。いうまでもなくその理由はこの時代の考え方のなかに根ざしている。

義仲上洛のさいに、比叡山に逃れた法皇のところには、太政大臣から五位の殿上人にいたるまで、都の公卿たちがほとんど駆けつけたことをのべた後で、作者は「すべて世に人とかぞへられ、官加階《かかい》に望をかけ、所帯所職《しょたいしょしょく》を帯《たい》する程の人の、一人も漏《もる》るは無りけり」とのべている（「山門御幸」）。ここの場面で、「すべて世に人とかぞへられ」る人々は、殿上人のことを指しているが、「所帯・所職」を広く解すれば、それだけに限らなくてもよいであろう。いいかえれば、世間で人間らしくかんがえられているものは、まず所帯《しょたい》・所職《しょしき》を帯びているものに限定されていたのであるから、なんらかの公けの職かまたは庄官職《しき》や領家職《りょうけしき》などを知行していることが、人間並にあつかわれる最小限の資格であったということになる。まえにのべた競や信連等の郎従あるいは一谷の合戦にでてくる河原太郎・次郎という名主級の小武士は人間の最下層に属する。『平家物語』に登場する人物は、若干の例外をのぞけば、この階層から上は公卿にいたる人々とその従者たちである。それ以下の人民の世界はまだ人間の世界、物語の世界にはいってこない時代であった。はいってくる場合は、すでに物語法師が人民のなかで独自につくりあげた物語が、組みいれられたときであって、有王や祇王などの系統の物語は、そのような類に属するものであろう。この点では、たとえば青侍という最下層の人間の夢を描いた「藁しべ長者」のような物語をふくむ『今昔物語』の方が、はるかに豊富である。ここに『平家物語』の階級的基盤があらわれている。同時にそれは『今昔物語』が、すでにある説話を集成しただけだからであって、平氏の滅亡を物語る叙事詩的作品にあっては、そのことはかえって困難になるといわねばならない。しかしそれにしても『平家物語』は、王朝の貴族的な物語に比較すれば、物語の世界を飛躍的に拡大し、この内乱時代が生んだ新しい型の人間を豊富に形象したことは疑いないことである。この時代には所帯・所職をもつ地方の人間の大部分さえも、宮廷貴族からみれば、人間並にとりあつかわれなかった時代だからである。この意味でも『平家物語』は内乱時代が文学にもたらした成果の一つであった。

三　『平家物語』の形式

1

いままでかんがえてきたのは、物語としての『平家物語』の内容についてである。しかし『平家物語』は、たんなる「物語」ではなくて、語り手である琵琶法師が聴衆をまえにして語る「語物《かたりもの》」であるところに特徴があった。それは『平家物語』という物語があって、それがたまたま琵琶法師によって語られるようになったというのではなくて、語物であることをはなれては『平家物語』という文学はかんがえられないといってもよいほど、固有の性質なのである。しかし現在のわれわれは、聴衆として『平家物語』を聴くのではない。文字を通して、物語として読むのであるから、われわれにとっては一応語物としての平家という側面をぬきにして、まず内容の方からかんがえはじめる方が理解がはやい。しかしこの章で、『平家物語』はどのような性質の文学かという問題をかんがえるためには、平家が語物であったという事実を一刻も忘れないことが必要である。この点がまず第一に注意すべき点だとおもう。第二の点は、この問題を抽象的に論じてはならないということである。それは、この問題が、専門の文学史家のあいだでいろいろと論議されてき、現在もされているが、まだ未開拓な問題ばかりのようである。したがって現在のところでは、一つの結論をやさしく解説してゆくというような態度で、この問題にのぞむわけにゆかないし、そうすることはかえってまちがった議論にみちびく危険が多い。どこまでも『平家物語』自身に即して、物語自身の形式と内容を分析してゆくことのなかから、一つ一つかんがえてゆくより仕方がないのである。この章でも、そのようなかんがえ方をしてゆきたいので、多少はぎくしゃくした論議になるかもしれないが、結局はこの方法が着実でわかりやすいとおもうのである。

『平家物語』がどんな性質の文学かということを、全体について一挙に論ずることは、もちろんできない。そこで十二巻のうちの一巻を例にとってかんがえることが近道となる。どの巻も、『平家物語』全体の縮図の性質をもっているからである。ここでは巻六を例としてあげよう。巻六は、治承五(一一八一)年正月一日からはじまっている。以仁王の挙兵、頼朝の伊豆における叛乱によって、内乱が開始された治承四年の翌年にあたる年である。またこの巻は、治承五年の翌々年にあたる寿永二年の二月二十二日の記事で終っている。つまり内乱開始の翌年から、義仲が上洛する年までの二年二ヵ月余の時期である。この期間の大きな事件として物語に出てくるのは、清盛の死と州俣川《すのまた》の合戦であろう。

この巻六をはじめから読んでゆくと、だれでもすぐ気がつくことは、ひじょうに性質のちがう雑多な物語が一つの巻のなかにふくまれているということであろう。この巻は十三の章段から成っているが、その性質や形式によって、いくつかのグループにわけることができる。まずこのことを各章段の順序にしたがってみてゆこう。

はじめの「新院崩御」という章段は、

治承《じしょう》五年正月一日《ひとひ》のひ、内裏《だいり》には、東国の兵革《ひょうがく》、南都の火災《かさい》に依《よッ》て、朝拝停《ちょうはいとど》められ、主上出御《しゅつぎょ》もなし。

という文章ではじまり、

同五日のひ、南都の僧綱《そうごうら》等、闕官《けっかん》せられ、公請《くじょう》を停止《ちょうじ》し、所職《しょしょく》を没収《もっしゅ》せらる。

同正月十四日、六波羅池殿《はらいけどの》にて、上皇終《つい》に崩御成《ほうぎょなり》ぬ。

という記事が途中にあって、骨格は大体年代記的な叙述の形式をとった記録的な部分である。ところが、それにつづく「紅葉」「葵前《あおいのまえ》」「小督《こごう》」の三つの章段は、形式も年代記的でなく、内容の上でも性質がちがっている。「紅葉」と「葵前」は死んだ高倉院の人物・治績についての説話とみなすべきであり、「小督」は一篇の独立した物語《ロマンス》となっている。つぎの「廻文」は、木曾義仲の出自と挙兵の動機をかんたんにまとめた説話とみるべきであろう。つづく第六・第七章段の「飛脚到来」と「入道死去」は、第一章段と同じく年代記的形式をまもった記録的部分であるが、そのつぎの「築島」「慈心坊」「祇園女御」の三つは死んだ清盛についての説話であって、年代記的形式をとっていない。最後の「州俣《すのまた》合戦」「嗄声」「横田河原合戦」の三つは、形式は年代記的であるが、内容は合戦記の部分をふくんでいる。

以上のように一応の整理をしてみると、巻六のなかに、記録的なもの、説話的なもの、物語《ロマンス》的なもの、合戦記的なものというように、性質のちがったものが、雑多にふくまれていることを知ることができる。これは『源氏物語』をはじめとする王朝の物語はもちろん、『保元・平治物語』にもなかったことである。巻六のこの性質は実は『平家物語』全体の構造を一つの縮図としてしめしているのである。このようないくつかのグループに整理するにあたって、叙述の仕方が年代記的な形式をとっているかどうかが、関係をもっておりそうなことも、右にのべたことから察せられる。したがってつぎに年代記的な形式をとった記録的な部分をとりあげてかんがえれば、『平家物語』がどのような性質の文学かということについて、考察の一つの手がかりをつかむことができるかもしれぬ。この見当のもとに、まず「飛脚到来」から「入道死去」にいたる部分を検討してみよう。引用が少し長くなるけれども、実物でもって検討するのが一番正しい方法なので、抄録しながら引用することにしたい。頼朝の挙兵について、北国におこった義仲の叛乱の報が都にはいったところから、清盛の死の直前にいたる部分である。

木曾《きそ》と云所は、信濃に取《とッ》ても南の端《はし》、美濃境《さかい》なれば都も無下《むげ》に程近し。平家の人々漏れ聞《きい》て、「東国の背《そむく》だに有《ある》に北国さへ、こは如何《いか》に」とぞ噪《さわが》れける。入道相国仰られけるは、「其者心にくからず。思へば信濃一国の兵共こそ、随附《したがいつく》と云ふとも、越後《の》国には、余五《よご》将軍の末葉《ばつよう》、城《じょうの》太郎助長《すけなが》、同《じき》四郎助茂《すけもち》、是等《これら》は兄弟共に多勢《たぜい》の者也。仰《せ》下したらんずるに、安《やす》う討《うッ》て参《まいら》せてんず」と宣ひければ、「如何《いかが》在んずらむ」と内々は呞《ささや》く者多かりけり。

二月一日《ひとひ》、越後《の》国《の》住人、城《じょうの》太郎助長《すけなが》、越後《の》守に任ず。是は木曾《きそ》追討《ついとう》せられんずる謀《はかりごと》とぞ聞えし。

同《じき》七日、大臣以下家々にて、尊勝陀羅尼《そんしょうだらに》、不動明《みょう》王、書《かき》供《く》養《よう》せらる。是《これ》は又兵《ひょう》乱《らん》の慎《つつしみ》の為也。

同《じき》九日、河内《の》国石川郡《のいしかわのこおり》に居住《きょじゅう》したりける武蔵権守《のごんのかみ》入道義基《よしもと》、子息石川判官代《のはんがんだい》義《よし》兼《かね》、平家を背《そむい》て、兵衛佐頼朝《よりとも》に心を通《かよわ》し既に東国へ落行べき由聞えしかば、入道相国やがて討手を遣《つかわ》す（中略）。

同《じき》十二日、鎮西《ちんぜい》より飛脚到来《ひきゃくとうらい》、宇佐大宮司《うさのだいぐうじ》公通《きんみち》が申けるは、九州の者共、緒方《おがたの》三郎を始として、臼杵《うすき》、戸次《へつぎ》、松浦党《まつらとう》に至る迄、一向《こう》平家を背《そむ》いて源氏に同心の由申たりければ、「東国北国の背《そむく》だに有《ある》にこは如何に」とて、手を打《うッ》てあざみ合へり。

同《じき》十六日に、伊予国より飛脚《ひきゃく》到来、去年《こぞ》の冬比より、河野《かわのの》四郎通清《みちきよ》を初として、四国の者共皆平家を背《そむ》いて、源氏に同心の間、備後国《の》の住人、額《ぬか》の入道西寂《さいじゃく》、平家に志《こころざし》深《ふか》かりければ、伊予国《の》へ押《おし》渡り、道前道後《どうぜんどうご》のさかひ、高直城《たかなおじょう》にて、河野《かわのの》四郎通清《みちきよ》を討候ぬ（中略）。

其後四国の兵共、皆河野《かわのの》四郎に随附《したがいつ》く、熊野《くまのの》別当湛増《たんぞう》も、平家の重恩《じゅうおん》の身なりしが、其も背いて源氏に同心の由聞えけり。およそ東国北国悉く背きぬ。南海西海かくのごとし。夷狄《いてき》の蜂起《ほうき》耳を驚《おどろか》し、逆乱《げきらん》の先表《せんびょう》頻に奏す。四夷《い》忽《たちまち》に起《おこ》れり。世は唯今失《うせ》なんずとて、必《かならず》平家の一門ならねども、心有る人々の歎《なげ》き悲《かなし》まぬは無りけり。

同《じき》廿三日、公卿僉議《くぎょうせんぎ》あり（以下略）。


右の文章を二度、一度は声をだして読んでいただくといい。二月一日、同七日、同九日、同十二日、同十六日の各条にわたって年代記的に書かれているこの記録風の部分は、はたして文学といえるかどうか。公卿の日記や『吾妻鏡』のような記録体の史書にみられる和風の漢文を、そのまま書き下しにしたような文章であるから、「福原落」や「木曾最期」や「海道下《かいどうくだり》」のような有名な章段だけが、『平家物語』の文学だと思いこんでいる人には、とても文学だとは思えないかもしれない。各条の記事の内容をみても、「文学的な」ものは別に見あたらない。しかし仮りにこれが文学でないとしたならば、まえにのべたように、巻六のなかにはこのような年代記風のものが半分ちかく占めており、また『平家物語』全体のなかでも無視できない割合をしめているのだから、結果は『平家物語』の全体の文学性を疑うということにさえなりかねないだろう。他の部分がいかに文学であっても、これだけの比重をしめる部分が非文学だとすれば、平家にとって致命的なことになる危険がある。したがってここでは、第一にいかなる意味でそれが文学であるかをかんがえること、またかかる形での「文学」が『平家物語』の全体の文学性にとって、どのような意味と問題をもつかをかんがえることからはじめる必要があろう。

第一に、この年代記的叙述は、普通の意味の年代記、たとえば書紀をのぞいた『六国《りっこく》史《し》』や『百練抄』のような史書とか、あるいは公卿の日記等にみられる年代記的なものの書き下しとは、性質がちがっているということである。普通の意味の年代記では、生起したことがらを全体との関連なしに、その年月日にかけて記載してゆく。もちろんそのさいに素材の選択があらかじめなければならないが、それは国家または個人にとって重要なことがらという以外の基準はないだろう。そこでは第三者との関係は一義的に設定されていないから、いいかえれば、それらはたんに国家や個人の必要のために記載されるのであるから、一定の選択の基準があっても、第三者にとって記事の相互のあいだに脈絡が存在しなくてもよいし、事実存在しないのが普通である。しかし右に引用した『平家物語』のばあいには、各条ともすべて全国的におこりつつある蜂起を記載するという原理によって選択されたものである。二月七日条の尊勝陀羅尼経以下を貴族の家々で書いて供養するという記事も、兵乱についての謹慎のためであって、他の条の蜂起の記載と内面的に関連していることはいうまでもない。いいかえれば、いかに非文学的な記録にすぎないようにみえても、この年代記の全体は、内乱と平氏の滅亡を聴衆・読者に物語るという『平家物語』の目的に従って、選択され、内面的に関連させられているのであって、形式は年代記でも、普通の意味の年代記とは性質を異にしている。

第二に、年代記的に、客観的事実をただ列挙したようにみえながら、そこに状況の統一が保たれていることである。十二日条、十六日条は鎮西および伊予国で蜂起が起ったということでなく、その飛脚が中央に到来したことをもって記事としており、九日条は河内国に中央から討手を遣わしたことを記し、一日条は木曾追討のために中央で越後守を任命したことを記し、七日条は都で大臣以下が書供養したことを記すなど、中央において事件がよびおこした反響、対策、行動に焦点があわされ、状況の統一が保たれている。これも文学的な用意の一つであろう。

第三に、引用文では抄録したので十分でないが、各条の書き方が、一つ一つ微妙にちがっていることである。この変化は説明するまでもないことであるから、読者自身で味わっていただきたい。

以上の点をかんがえただけでも、この年代記的叙述が、普通の年代記と性質がちがうこと、それは文学であり、あるいはあろうとしていることが、大体理解し得るとおもう。しかし『平家物語』でとくに重要なことは、まえにのべたように、それが語物であったということである。平曲を実際に聴かなければはっきりしたことはわからないが、右の記録的な部分は旋律をもたない「語句《かたり》」に属するものであろうか。しかし語られる以上は一定の声調をもって語られたにちがいない。したがって各条の文章も、語られることと関連して創作されたにちがいないのであって、たとえば「是は木曾追討せられんずる謀とぞ聞えし」という平家独特の文章も、河野四郎通清と呼ぶか、あるいはたんに河野四郎というかも、また人名その他の漢字の発音の仕方一つにしても、語物の調子との関連で制約されてくるものであろう。詳細なことは平曲の専門家にきかねばならないことであるが、素人にもわかることは、右の引用で、年代記的部分と、最後の年代記的でない部分とが微妙に対応していることである。北陸の越後、畿内の河内、鎮西と四国というようにつぎつぎに蜂起がひろまってゆく事実だけを、年代記的にのべてきて、本来平家恩顧のものであった熊野別当までが叛旗をひるがえしたことを語り、最後に全体をつぎのように要約している。

およそ｛東国北国悉く背きぬ
　　　　南海西海かくのごとし｝｛夷狄《いてき》の蜂起耳を驚《おどろか》し、
　　　　　　　　　　　　　　　逆乱《げきらん》の先表《せんぴょう》頻に奏す｝

四夷《しい》忽《たちまち》に起れり。世は唯今失せなんずとて、云々。

すなわち二つの対句を重ねることによって、蜂起が今や全国的に拡大されたこと、その報告が中央の人々を驚倒させ、内乱の前兆として続々奏上される有様をのべ、それらを「四夷忽に起れり云々」の文でむすんでいる。この部分の声調を支配しているのは五言・七言などではなく、第一の対句にみられるように、「東国」「北国」「背きぬ」「南海」「西海」などの四言句であること、また第二の対句においては、「夷狄」「蜂起」「逆乱」「先表」等の漢語をとくにえらんで重ねていることが注目されよう。かかる対句の形式といい、その声調といい、この結びの文章が語物であることから創作された「文学」であることは、あきらかである。

つぎに声調のことをはなれて、たんに書かれた文学として全体をかんがえてみると、この年代記的部分の前後の文章との関連が問題になる。はじめに義仲の挙兵の報をきいた清盛が、それは大したことにならないだろうといったのにたいして、人々は「如何《いかが》在んずらむ」、いいかえれば「そうはいってもどうであろうか」と内々ささやき合ったというところで前文が終って、つぎに年代記的記述にはいると、その人々の不安が各地からの報道によって続々と実証されるようになっている。ここでは事実だけが、なんらの修飾なしにたたみかけるように語られる。そして最後のしめくくりの文章で、いいかえれば事実のもつ圧倒的な力で、聴衆または読者をおさえておいたうえで、前記のような対句を二つ重ね、「四夷忽に起れり。世は唯今失せなんずとて云々」と結ぶのである。すなわち年代記的部分を中間にはさむことによって、前文での人々の不安な囁きが、「世は唯今失せなんず」という人々の絶望にまで発展してゆく変化を、一つの必然性として聴衆または読者に訴えてゆく。そのさい、年代記的な部分のなかにも、「「東国北国の背くだに有にこは如何に」とて、手を打てあざみ合へり」という文章があって、前後を連絡している。これが全体のもつ文学的構造である。このことを見ただけでも、全体が語物であることによってその文学性が存在し、同時に文学的な側面が語物としての機能を保証しているような、内面的な関係が、両者のあいだに成立していることを知ることができよう。これは『平家物語』を正しく理解するうえで、もっとも大事なことであるとかんがえる。

2

教科書その他に抄録される古来有名な章段だけをとくに文学的だと思わされてきた人々には、以上のような平家におけるもっと非文学的な部分をかんがえることは、退屈で煩わしいとおもわれるかもしれない。しかし有名な章段の文学性を正しく理解するためにも、この地味な、一見非文学的な部分、私の考えによれば『平家物語』の基盤をなすような部分を、一つの関門として通過する必要がある。それで、同じ例についてもう少し考えてゆくこととしたい。

『平家物語』の作者が、この「飛脚到来」を他の形式でなく、とくに年代記的形式で叙述する必要はどこにあったのであろうか。各条に記載されている蜂起は、北国から鎮西、畿内から四国というように、場所のうえで広汎なばかりでなく、その一つ一つをとれば表面はたがいに関係のない孤立した事件である。このように場所的に分散した別々の蜂起、すなわち「四夷」ではあるけれども、それらが二月一日から十六日にいたる短い時間のあいだに、「忽《たちまち》に」、集中的に中央に報告されたということが、いいかえれば、

「四夷忽に起れり」ということが、作者のここで文学的に表現しようとする内容をなしている。このように場所のうえで分散した独立のことがらを、時間的な集中においてとらえるために、年代記的形式が必要となってくるのであって、ここでも形式を決定しているのは、あくまで表現しようとする内容である。したがって二月一日、同じき七日、同じき九日、同じき十二日、同じき十六日という場合の日付は、内容と不可分の関係にあるというよりは、それ自身文学的内容の一部をなすのである。

しかし年代記的形式をとったことには、作者のもっと根本的な要求が根ざしていたのであろう。それは事件を素材のままに、いいかえれば作者の主観や一切の文学的な修飾を加えずに生地のままの事実として、また事件相互のあいだに物語的な連関をしいて設定しないままに列挙することが、この場合にふさわしく、効果的であることを知っていたにちがいない。第一節で『平家物語』の作者のことをかんがえたときに、この内乱時代に生起する事実というものの圧倒的な、巨大な意味、どのような虚構よりも事実そのものの方がはるかに鮮明な印象を刻みつけることの意味をのべた。まさにそのことが、ここの年代記的叙述にさいしても、作者をとらえていたところのものであろう。年代記的叙述はそのような文学的な効果をもっているという点でそれ自身文学の形式の一つとなっているのである。

巻六のみならず、『平家物語』全体を通じて、年代記的叙述は、合戦記、物語、説話等々にたいして、量的にだけでなく、質的な意味でも優に対抗し得る地位をしめている。このような形式を、『平家物語』自身の内的な文学的な要求と必要からでなく、表面の系譜や影響の側面から理解することは、文学を正しく理解することにはならないだろう。公卿の日記や記録体の史書が、平家の年代記的形式に影響をあたえたことはたしかであろう。しかし両者のあいだには、和風の漢文を書き下しにした場合とはまったく異なるところの質の差があるのであって、このことは右にあげた例からもあきらかに知られる。この質のちがいこそ、文学史の証明すべきことがらである。正しくいえば『平家物語』は、年代記的形式を文学にまで高めたところに、また高めざるを得ないような文学的要求をもったところに、その質の新しさの一つが存在したといってよい。それではどのようにして高めたかというと、端的にいえば、それを「語る」ということに結びつけることによってである。語られるということを前提としたればこそ、作者は年代記的形式を文学の形式としておし出すことができたのであって、さきに引用した年代記的な部分も、平曲独特の声調にのせられ、その前後の文章と関連させて語られることによって、はじめて文学として聴衆に訴えることができたというべきである。いいかえると、語るということは、『平家物語』の不可分の機能であると同時に、その文学性を保証するものになっていることが、これによっても知られよう。

ここで一つ補足しておかねばならないことは、右に引用した年代記的な叙述は、文学としてすぐれている方であって、『平家物語』の他のすべての同様な形式が同じように文学性をもっているとはかぎらないということである。しかし平家のなかの合戦記、物語その他についても同じことがいえるのであるから、年代記的部分についてだけそのことを問題にするのはおかしいことである。ただいかに非文学的な年代記的叙述であっても、それが文学的であろうとする要求をもっていること、ことにそれが語られる場合には、読むものにとってはすぐに理解しがたい文学性をもち得ること、このことを念頭において、検討してゆくべきだとおもう。ここでは、一つの手がかりを得たのであるから、それを基礎にして、『平家物語』全体の構造のなかで、この年代記的形式がなにを意味するかについて、二、三かんがえてみることにしたい。

『平家物語』が手もとにある人は、巻一から巻十二までの巻頭だけを、ひろい読みしてほしい。それを順次にならべるとつぎのようになる。

［巻一］　祇園精舎の鐘の声、諸行無常の響あり。

［巻二］　治承元年五月五日、天台座主明雲大僧正、公請を停止せらるゝ上、云々

［巻三］　治承二年正月一日、院御所には拝礼行はれて、四日の日朝覲《ちょうきん》の行幸在けり。

［巻四］　治承四年正月一日の日、鳥羽殿には、相国も許さず、云々
［巻五］　治承四年六月三日、福原へ行幸在べしとて京中ひしめきあへり。
［巻六］　治承五年正月一日のひ、内裏には、東国の兵革、南都の火災に依て、云々
［巻七］　寿永二年三月上旬に、兵衛佐と木曾冠者義仲、不快の事ありけり。
［巻八］　寿永二年七月廿四日夜半許、法皇は按察《あぜち》使大納言資方《すけかた》卿の子息、云々
［巻九］　寿永三年正月一日、院の御所は大膳大夫成忠が宿所、六条西洞院なれば、云々
［巻十］　寿永三年二月七日、摂津国一谷にて討れし平氏の頸共十二日に都へ入る。
［巻十一］　元暦二年正月十日、九郎大夫判官義経院御所へ参て、云々
［巻十二］　平家皆滅び果て、西国も静まりぬ。

一見してあきらかなように、巻一と巻十二、すなわち特別の意味をもつ『平家物語』の首尾を別とすれば、巻二から巻十一まではすべて年代記的な形式をもってはじまっている（八坂本《やさかぼん》も巻八をのぞいて、形式は同様である）。各巻の書きだしというものは、形式からだけいっても、物語にとってゆるがせにできない性質をもつから、それがすべて年代記的形式をとっているということは、『平家物語』全体の形式と関連をもつ一つの大切な事実とかんがえるべきだろう。ここで、従来の『平家物語』研究があきらかにして

くれた一つの興味ある事実を想起するのである。それは右の十二巻のうち、巻一と巻六と巻九の書き出しだけは、平家のすべての異本を通じて一致しているという事実である。日本の古典文学のうちで、平家ほど多数の異本がある作品はないのであるが、その全体を通じて、右の三つの巻の書き出しだけが奇妙に一致しているということは、大変な事実である。この事実は、後にのべるように、『平家物語』は本来三巻であったとする説の有力な根拠の一つになるものであるが、そのことは別としても、『平家物語』は、その原始的な形にさかのぼれば、より明確に年代記的形式をとっていたのではないかという疑問が生れる。あるいは平家は本来年代記的形式をとっていたので、三巻が六巻に増え、さらに十二巻に分れていっても、各巻の書き出しだけは、その原始的形式を保存しようとしたのでなかろうかという仮説がうかぶのである。すでに二十巻となっている長《なが》門《と》本《ぼん》では、この形式は相当くずれてはいるけれども、十二巻本までは右のように首尾をのぞいて全部の巻の書き出しが年代記的形式をまもっている事実は、それ相当の理由がなくてはおこり得るはずはない。専門家によってそれについての他の合理的な理由があげられるまでは、私は各巻の書き出しの年代記的形式は平家本来の形式と関係があるのではないかという考えをすてることができないのである。

平家を読んだ後で、たとえば「あぶなながら歳暮《くれ》て、寿永も三年《みとせ》になりにけり」という書き方の文章がところどころに出てくること、それが印象にのこるのを覚えている人があるにちがいない。私も年のかわりめごとに出てくるこの種の一見なにげない文章が心にのこったが、長い間それが平家全体の形式に関係がありそうだとはかんがえずに読んできた。平家の年代記的形式の重要さがわかってきたとき、右の文章がそれと関連があるのではないかとおもうようになってきたのである。しらべてみると、治承二(一一七八)年から元暦二(一一八五)年までのあいだは、一年も欠かさず、年のかわりめが、なんらかの形で記されていることがわかる(嘉応二年—三年だけはとびはなれている)。

つぎにそれを抄録してみると、

[治承二—三年]　明《あけ》れば治承三年正月下旬に丹波少将成経云々(「少将都帰」)。

[治承三—四年]　年去り年来《きたッ》て、治承《じしょう》も四年に成りけり(「城南離宮」)。

[治承四—五年]　浅《あさ》ましかりつる年も暮れ、治承も五年に成《なり》にけり(「奈良炎上」)。

[治承五—養和二年]　さる程に今年も暮《くれ》て、養和も二年に成《なり》にけり(「横田河原合戦」)。

[養和二—寿永二年]　さる程に、寿永二年に成にけり(同上)。

[寿永二—元暦一年]　あぶなながら歳暮《くれ》て、寿永も三年《みとせ》になりにけり(「法住寺合戦」)。

〔元暦一―二年〕　唯国の費《つい》え民の煩《わずらい》のみ有て、今年も既《すで》に暮にけり(「大嘗会沙汰」)。

興味あることは、右の形式は八坂本でも共通であること、ただ八坂本は右の覚一本《かくいちぼん》系統よりも簡素な形でのべているにすぎないということである。この事実は、一年のかわりめごとに、右の形式の物語り方をすることが、平家本来の形式と関係があるのではないかという疑問をおこさせる。もちろんこの問題は専門家のこれからの研究をまたねばならないことであるが、ここでは疑問をかかげておくだけのことである。

現在われわれが読む『平家物語』のように、物語や説話や合戦記等々の年代記的形式をとらない部分がひじょうに多く増補された平家にあっては、右のような年ごとの終りに出てくる文章は、それほど意味をもたないものになっていることはたしかである。気をつけなければ、だれでも見落してしまう程度の断片であろう。しかし十二巻の首尾をのぞいた十巻の書き出しの全部が、年代記的形式をとっており、それだけの理由があったことをおもいあわせれば、右の断片もあるいは本来の『平家物語』の年代記的形式のへ、その緒としてのこされているのではあるまいか。これらの断片は、かつて平家にとって重要な文学的機能を果していたときがあったのではあるまいか。実は内心そのように推測していることを白状しておこう。しかし素人のこれ以上の臆測はつつしまねばならないだろう。むしろつぎに専門家の研究によってあきらかになっている別のことを紹介しておきたい。

『平家物語』は普通十二巻であるが、本来の平家は何巻であったかという問題については、はやくから学者が注意してきた。現在ほぼあきらかになっていることは、『平家物語』はもと『治承物語』と呼ばれていて、六巻から成っていたらしいということである。ここまでは大体において大きな異論はでないところであろう。問題は、この六巻の『平家物語』も最初の形ではなくて、原作者とみられている「信濃前司行長」がはじめて創作したという『平家物語』、つまり学者の用語をかりれば原平家物語は、三巻ではなかったかという仮説が正しいかどうかということである。原平家三巻説は無根拠な臆測として提出されているのではない。その根拠としてあげられているものは、第一に、まえにもふれたように、平家が増補されて多数の異本を生んだにかかわらず、すべての本が必ず同じ書き出しではじまるところが三ヵ所だけあること、すなわち十二巻本でいえば巻一と巻六と巻九の三巻である。これは平家が六巻でなく、はじめは三巻であったことを想定してはじめて納得のゆく事実であろう。第二は、平家は、『保元物語』『平治物語』およびおそらく『承久戦物語』とあわせて、古く「四部合戦状」といわれていたが、このことをはなれても、平家と『保元・平治物語』とは、内容・性質・成立時期からいって、密接な関係をもっている。その『保元・平治物語』はいずれも三巻であるから、平家が三巻本であり得る可能性はひじょうに強いわけである。

このように原平家＝三巻説は、無根拠に提出されているものではないから、臆測ではなく一つの学問上の仮説と見なすべきである。ただそれを肯定または否定するだけの証拠が出ていないから、当分は一つの仮説として存在しているのである。それでは三巻本の平家がでるとか、あるいは三巻本であったことをしめす確実な資料がでるまで、この仮説は、そっとしたままでふれない方がよいのであろうか。このような態度は学問をすすめることにならないだろう。むしろこの仮説をあらゆる側面から検討して、それが成立し得るかどうかを研究することが、かりに直接の効果はないにしても、その副産物の方が学問的には貴重なものになり得るのである。それは平家の専門家の仕事であるが、ここでの私の問題にかえれば、『平家物語』の最初の形は、三巻本でもあり得るほどの単純な内容、いいかえれば現在の平家の四分の一程度にもきりつめられた物語であったらしいということである。三巻であったか六巻であったかというよりは、最初の単純な形の『平家物語』の文学としての形式はどのようなものであったろうかということが、ここでの問題である。

最初の形の平家が、一人の作者の手になるものだろうとかんがえることは、それほど異論はあるまい。そうだとすれば、一人の作者が物語の形式をいくつもとるということは、まずあり得ないことだし、『保元・平治物語』をみても一定の形式がある。平家が一人の作者によって、一つの形式をもって書かれたとすれば、その形式はまえにあげた年代記的な形式以外にはないのではないか。このような形式のもとでは、年のかわりめごとに、「(浅ましかりつる)年も暮れ、治承も五年に成にけり」というような書き方をすることは、平家全体の基本的形式から必然に要求され、またそれとして重要な文学的な機能を果していたところの一つの叙述の仕方ではあるまいか。原平家＝三巻説によれば、その巻二・巻三にあたるべき十二巻本の巻六・巻九の書きだしが、それぞれ治承五年の正月一日、寿永三年の正月一日ではじまっていること、六巻本とすれば、その巻首にあたるべき十二巻本の巻三、巻六、巻八、巻九、巻十一が、巻八をのぞいてすべてそれぞれの年の正月一日をもってはじまっていること(巻一は性質上別である)、これらのことはそれぞれの年の終りに、右のような文章で結ぶ仕方が、基本的な形式としてそれに対応していたのではないかとかんがえさせるのである。さきにこれらの断片を原平家のへその緒でないかといったのはその意味である。

右のような平家本来の形式は、現在の平家では相当にくずれているのであるから、そんな問題は、現在ありもしない原平家などを問題にしている学者の仕事であって、現在の平家を読むわれわれには関係のないことだ、このようにいう人もあろう。しかし

私はそうは思わない。例を平家のうちで、古来もっとも有名な平氏一門都落ちの箇所にとろう。

3

平氏一門都落ちの物語は、巻七の「主上都落」にはじまって、「福原落」で終っている。そのあいだに、維盛、忠度、経正等の平氏の公達の都落ちの物語がはいっており、結びの「福原落」の章段は、琵琶法師が哀切きわまりない節で物語ったところとして有名である。平家といえば、まずこの部分を思い浮べる人が多いとおもう。この八章段にわたる都落ちの物語は、「浪の上《うえ》に白き鳥のむれゐるを見給ひては、彼《かれ》ならん、在原のなにがしの隅田《すみだ》川にて言問《ことと》ひけん、名も睦敷《むつまじ》き都鳥にやと哀也《あわれ》」という文章で結んであって、そのつぎに、

寿永《じゅえい》二年七月二十五日に、平家都を落果《おちはて》ぬ。

とある。この最後の一句は、時間的な関係からみても、「福原落」の章段の結びとみるべきではない。それはもともと平氏一門都落ちの物語全体の末尾におかるべき句であったので、現在は「福原落」の最後についているだけであろう。したがって「福原落」は

右にひいた「都鳥」云々の王朝物語風の一節で終っているとみるべきである。ここでいいたいことは、この「寿永二年七月二十五日云々」のかんたんな一句が、都落ちの物語全体のなかで、想像以上に重要な意味をもっている事実である。それをうまく説明することは私にはできないが、かりにこの一句がこの物語の末尾になかったとしたら、どういうことになるだろうか。都落ちの物語の全体にとって命とりになることだけは疑いない。まして聴衆の一人として聴いた場合には、この句をぬいた「福原落」を、『平家物語』の一部として聴くことはできないだろうと想像するのである。なぜそれがこれほど大切におもわれるのか。この問題は物語全体の問題にかかわるものであろう。

「寿永二年七月二十五日に、平家都を落果ぬ」の一句は、都落ちの物語のなかで、孤立した句としてあるのではない。途中にはいっている「維盛都落」「聖主臨幸」「忠度都落」「経正都落」「青山之沙汰」「一門都落」「福原落」の七章段を越えて、都落ちの物語のはじめにある「主上都落」のつぎの一節が、その句に対応しているのである。

明れば七月廿五日也。漢天《かんてん》既《すで》に開《ひら》きて、雲東嶺《くもとうれい》にたなびき、明方《あけがた》の月白く冴《さえ》て、鶏《けい》鳴《めい》又忙《いそがわ》し。夢にだにかゝる事は見ず。一年《とせ》都遷《うつり》とて俄にあわたゞしかりしは、かゝるべかりける先表《せんぴょう》とも今こそ思知《おもいしら》れけれ。

この一節に対応しているから、この日の夜明けからはじまる都落ちの物語全体の結びと

して、「寿永二年七月二十五日云々」が必然となる。このあいだにはさまれた七つの章段、ことに有名な薩摩守忠度の物語は、独立の一篇の物語となっている。七章段のどれも独立に鑑賞し得るし、そうしてさしつかえはない。しかし最後の「寿永二年七月云々」が、都落ちの物語の結びとして絶対に欠くことができないと感ずる人は、それに対応する右の「明れば七月廿五日也、云々」も、平家にとって必要だということを承認していることになろう。同時に、後者は「明れば」とあるように、その前日のことを前提としている。平家によれば、前日の「同七月廿四日の小夜更方《さよふけがた》に」、宗盛は建礼門院を訪ねて、都落ちの決意をかたり、一方法皇はひそかに鞍馬に逃亡し、京中に騒動がおこるというようなことがあった。その前々日、「同二十二日の夜半許《ばかり》」には「六波羅の辺、おびたゞしう騒動」し、十郎蔵人行家が上洛するという噂で、都中がおびやかされたことがあった。その八日まえの七月十四日には、平氏の第一の家来肥後守貞能が鎮西の謀叛を平げて上洛したが、「東国、北国の軍《いくさ》、如何にも静まらず」と記してある。

このように、「寿永二年七月二十五日に、平家都を落果ぬ」は、「明れば七月廿五日也云々」を媒介として、七月十四日・二十二日・二十四日の各条に、いいかえれば都落ちの物語のはじめの部分にある年代記的記載につながっているのであって、それだけ孤立してあるのではない。それは一つの年代記的連関のなかにある一句である。数章段にわたる都落ちの物語が中間にはさまれることによって、この年代記的連関は表面は稀薄になってきているが、しかし少し注意深い読者ならば、この一条の連関の存在を見うしなうことはないだろう。しかし平家のこの年代記的連関が存在しているのは十二巻本が限界のようで、長門本にはこの「寿永二年七月二十五日云々」の句はもはやなくなっている。これは長門本全体がしめしている変質と無縁ではあるまい。

ほとんど年代記的形式がうしなわれてしまっている都落ちの物語八章段のなかにも、右のように一条の年代記的連関が残存し、ことに結びの句はたんなるへその緒ではなく、現に血の通った文学の機能を果しているとすれば、この連関は現在の『平家物語』の読者にとっても大事なことであるはずである。右にしめした七月十四日・二十二日・二十四日および都落ちの日の二十五日の各条は、鎮西・東国・北国および都において起った事件を記したものであり、事態の客観的進行そのものを物語っているのであるから、そこにある年代記的連関というのは、言葉をかえれば叙事詩的連関ということになろう。この連関のなかにあっては、各条の日付は、このようにしか起り得なかった客観的事態の動かすことのできない時間的相互関係をしめしている。「寿永二年七月二十五日に、平家都を落果ぬ」というこれ以上簡潔にしようもない文章のなかには、ほかの年でもなく、ほかの月でも日でもあってはならないところのこの日という意味がふくまれている。

したがってこの句が結びにあって、まえの年代記的部分と対応しているかぎり、都落ちの物語の全体は、維盛・忠度都落ち等々の物語のたんなる集成としてではなく、それらをつなぐ叙事詩的な連関のうえに成立しているわけである。年代記的連関というのは、この叙事詩的連関の形式的な側面をしめしているといってよい。したがって本来の『平家物語』の基本的形式が年代記的であったろうとするさきにのべた仮説は、いいかえれば原平家はおそらく年代記という形式をとった叙事詩であったろうということである。それは、原平家にくらべれば、新しい性質と構造の『平家物語』といってよいほど増補された十二巻本においても、まだ文学的機能を果しているのを確認することができる。しかしここが限界であり、過渡期であって、長門本以下のさらに増補された諸本になれば、かかる叙事詩的連関は、次第に読本的な興味のなかに解消されてしまう。

以上のべてきたことは、『平家物語』の本来の基本的形式が年代記的なものであったろうということ、また年代記的叙述を文学にまで高めたところに平家の特徴の一つがあるということであって、それ以上のものではない。したがって誤解のないように一言しておくと、現在の十二巻本のなかの年代記的部分が、他の部分よりもより本来的なものだろうなどといっているのではない。年代記的な部分も、それなりに大きく増補されてきたはずであるから、現在のそれがより本来的なものだとはいえない。現存の平家のこの部分あるいはこの章段が後から増補されたものであるというような研究も必要であるが、若干のものを除けば確実にはわからないだろう。問題は平家をそのように腑分けすることではなく、平家本来の基本的な形式は何かということを探求することにあるともう。それが仮説ではあっても、一応の見当がつけば、原平家から十二巻本までの発展を、たとえば三巻—六巻—十二巻というたんに量的な増加としてでなく、それに伴う一つの質的な変化としてとらえられるだろう。この形式の問題を媒介としなければ、『平家物語』の内容の変化が、質の変化とはなってこない。これは文学の一般的な特質であるが、さらに平家の場合には、叙述の形式が語物の機能と不可分の関係にあるというまえにのべた特殊性がある。したがって十二巻本と長門本とのあいだにある質的なちがいは、後者がすでに語物の台本でなくなりつつあるということと関係があろう。このことは立ちいらないが、ここでは、まえにのべたような理由から、私は本来の平家の基本的な形式は、年代記風の語物であったろうとする一つの仮説から出発することとしたい。したがって、つぎの問題は、その本来の平家がどのようにして変化したかということになる。

『平家物語』がもと『治承物語』と呼ばれた事実は、右にのべたことと密接な関係をもつものとして重要視したい。たとえばさきにあげた都落ちの物語のなかで、はじめの年代記的な部分の内容は、けっして平氏一族の物語ではない。鎮西・東国・北国の情勢、院および六波羅の動き、京都近郊の切迫した状況、討手の派遣、逃亡のあわただしい準備等々、いいかえれば寿永二年の七月十四日―二十五日という時点における全体的な状況の叙述であって、ここに表現されている世界にあっては、平氏の当主宗盛さえも一郎党以上の地位を占めることはできない。これが叙事詩的世界のもつ約束である。『平家物語』がもと『治承物語』と呼ばれたという事実は、それが治承・寿永の内乱の叙事詩であったことを端的にしめすものとおもうが、その特徴の一つは、右の都落ちの例でみられるように、物語的な「主人公」をもち得ないということにある。

前節で詳細にみたようにこの基本的な特徴は、清盛・重盛・義仲・義経等でも主人公になり得なかったという意味では、現存の『平家物語』にも貫いているといえよう。しかしこの形式からくる制約をうちやぶって、個々の人物を「主人公」とする物語をそのなかにいれてゆこうとする傾向は、はやくからおこったとみられるのである。維盛や忠度等の都落ちの物語は、このようにして『平家物語』のなかに成長してきたにちがいないが、しかしこの場合にも個々人ではなく、かれらが平氏の一族という集団の一員としてのみ物語られるところに、まだ『平家物語』の特徴がのこっているといえよう。それにしてもそのことのために、はじめの叙事詩的年代記的形式はくずれて、平氏一門の物語に転化してきたことは争えない傾向であったろう。たとえばこの都落ちの物語においておこったような質的変化が、全体的なものとすれば、『治承物語』が『平家物語』にその名称をかえてしまったこともかならずしも偶然のことでなかったにちがいない。

物語の内容が急速に増え、巻数も多くなり、物語の名称も変り、その質も変るというような変化が、なぜ『平家物語』についてとくにおこったのであろうか。『保元・平治物語』は、現在の流布本等は古本に比較して若干の増補があるとはいえ、いずれも依然として三巻のままである。この二つの物語はその性質からいっても平家に類似しており、ともに語られた文学であったにかかわらず、平家のような大きな変化はおこっていない。これはなぜだろうかという疑問がおこる。『保元・平治』と平家のいずれがさきにつくられたかについては、議論がわかれるだろうが、いずれも承久の乱を中心とした前後の時代につくられたという点では、共通の歴史的基盤のうえに立っているとみてよかろう。承久の乱は源平の内乱がおさまってから約三十五年、保元・平治の乱から約六十余年の時期にあたる。約三十年のちがいしかないので、保元・平治の乱の方が余りに古い事件であるために、増補する余地がなかったという理由は成りたつまい。むしろ内乱の規模と深さが質的にちがうという点に問題がある。

保元・平治の乱は都の支配層内部の小規模な内戦にすぎなかった。それがのこした問題は、治承・寿永の内乱のなかに吸収されてしまった。この内乱を経験してしまったものにとっては、保元・平治は、すでに完了してしまった過去の一事件でしかなかったのであろう。時間の差でなく、質と規模の差である。『保元・平治物語』は、それぞれまとまりのよい物語であるが、対象となった内戦自体も三巻でよくとらえ得る程度のものであったのである。それをつきやぶって、後から後から物語を増補してゆき、ついには原型もわからなくするだけの要求と力が源平の内乱以後になって新しく湧いてくるような性質のものではなかった。『保元・平治物語』の流布本にみるような若干の重要でない増補で満足されるものであった。ところが源平の内乱は半世紀近くなっても、当時の日本人にとっては、まだ完了してしまった過去の事件となり得ないほどの印象と傷手と想出をのこしていたらしい。『保元・平治物語』と同じ性質の『治承物語』などでは到底満足させられないことは、この内乱が、第一節の終りでのべたような大きな歴史的体験であることからも理解されよう。内乱に参加し、あるいはそれを見聞し、経験したさまざまの階層から、『治承物語』に新しい物語を増補しようとする要求が出るのは当然であったとおもう。それはこの物語の本来のきゅうくつな形式をこわし、その質をかえることによってはじめて満足させられるほどのものであった。合戦記・物語《ロマンス》・説話等のさまざまな新しい内容のものが、どのようにして増補されたかについては、たしかなことはもちろんわかるはずもないが、まえにのべた仮説を念頭におきながら、一つ一つ考えてゆきたいとおもう。

四　合戦記と物語

1

『平家物語』を全体として戦記文学と呼ぶことには賛成できない。事実としてそうではないからである。しかし合戦記が、平家のなかで重要な要素であることもあきらかである。その例は豊富であるが、ここでは有名な「橋合戦」を例としてあげておこう。以仁王・源三位頼政が挙兵したとき、それに味方して平氏の軍勢とたたかった園城寺（三井寺）の悪僧たちの合戦記である。平家では合戦記というものが、どのように語られるかを知ってもらうためには、実例をあげるのが結局早道である。三井寺の筒井の浄妙明秀なる悪僧の活躍は、つぎのように語られる。

堂衆《どうじゅ》の中《なか》に、筒井《つつい》の浄妙明秀《めいしゅう》は、褐《かち》の直垂《ひたたれ》に、黒革威《くろかわおどし》の鎧著《よろいき》て、五枚甲《まいかぶと》の緒《お》をしめ、黒漆《こくしつ》の太刀を帯《は》き、二十四差《さい》たる黒ほろの矢負《やお》ひ、塗籠籐《ぬりごめどう》の弓に、好《この》む白柄《しらえ》の大長刀取副《とりそえ》て、橋《はし》の上《うえ》にぞ進《すす》んだる。大音声《だいおんじょう》を揚《あげ》て名のりけるは「日来《ひごろ》は音《おと》にも聞《き》きつらむ、今は目にも見給《みたま》へ。三井寺には其隠れ無し。堂衆《どうじゅ》の中に筒井《つついの》浄妙明秀《めいしゅう》とて、一人当千の兵《つわもの》ぞや。我《われ》と思はむ人々は寄合《よりあえ》や、見参《げんざん》せむ。」とて、二十四差《さい》たる矢を差詰引詰散々《さしつめひきつめさんざん》に射《い》る。矢庭《やにわ》に十二人射殺《いころ》して、十一人に手負《ておわ》せたれば、箙《えびら》に一つぞ残《のこッ》たる。弓《ゆみ》をばからと投捨《なげすて》、箙《えびら》も解《とい》て捨《すて》てけり。つらぬき脱《ぬい》で跣《はだし》に成り、橋の行桁《ゆきげた》をさら〳〵と走《はしり》渡る。人は恐《おそ》れて渡らねども、浄妙房が心地《ここち》には、一条《じょう》二条《じょう》の大路《おおじ》とこそ振舞《ふるまう》たれ。長刀で向《むか》ふ敵《かたき》五人薙《なぎ》ふせ、六人に当《あた》る敵《かたき》に逢《あう》て、長刀中《なか》より打折《うちおッ》て捨《すて》てけり。其後太刀を抜《ぬい》て戦《たたか》ふに、敵《かたき》は大勢なり、蜘蛛手《くもで》、角縄《かくなわ》、十文字《じ》、蜻蜓返《とんぼうがえ》り、水車、八方透《すか》さず切《きッ》たりけり。矢庭《やにわ》に八人切《きり》ふせ、九人に当《あた》る敵《かたき》が甲《かぶと》の鉢《はち》に、余《あまり》に強《つよ》う打当《うちあて》て、目貫《めぬき》の元《もと》よりちやうと折《お》れ、くと抜《ぬけ》て、河《かわ》へざぶと入《いり》にけり。憑《たの》む所は腰刀《こしがたな》、偏へに死《し》なんとぞ狂《くるい》ける（「橋合戦」）。

この「橋合戦」の物語は、この合戦に参加したもの、それを見聞したものの側からの要求にこたえて創られたものであることはあきらかである。筒井浄妙明秀という三井寺の悪僧の奮戦ぶりを、聴衆に面白く物語りたいという語り手の意気込みを読みとることができる。合戦を、年代記的形式のもとで物語ることは、たとえば、「州俣合戦」の条にみるように、事実を客観的に、前後を秩序立ててのべるには適している。しかしそこに登場する人物にたいする共感や同情などを表現し、事件の内実を描くことは困難である。したがって語り手と聴衆との共鳴の関係が生まれてこないだろう。ところが、たとえばこの橋合戦に参加したりそれを見聞した側からいえば、その共感や同情、作中人物との共鳴が要求されるのである。おそらく年代記的形式のもとに書かれた最初の平家にも、合戦記は当然ふくまれていたはずであるが、その形式のきゅうくつさをもっとも強く感じたのは、外ならぬそれを語った琵琶法師自身でなかったろうか。名もない悪僧の活躍などが合戦記として語られるのは、下からの要求にもとづくものであろう。このような合戦譚はこの内乱に参加した全国のいたるところに存在したはずである。『平家物語』の本来の形式をつきやぶっていった最初のものは、おそらくこの合戦記の種類であったろう。

　しかし「橋合戦」にみるような合戦記は、合戦譚があったからといってすぐできあがる性質のものではない。『将門記』から『今昔物語』の合戦記にいたる伝統がなければ、文学的にも鑑賞できる合戦記が、この内乱の経験からすぐ生れるはずはないのである。平家がそのような合戦記の伝統に負うている点は想像以上に大きいが、それと質的に区別される特徴がでてくるのは、平家の合戦記が語物であったことにもとづいている。

　右に引用した「橋合戦」からもうかがわれるように、五七調とはまったくちがった声調による緊張した調子は、語物だからでてくるものである。また右の文章で、「弓をばからと投捨て」、あるいは「橋の行桁をさら〳〵と、走渡る」また「目貫の元よりちやうと折れ、くと抜けて、河へざぶと入にけり」というように、この時代の民衆の日常語が豊富にとりいれられていることに気がつく。『愚管抄』という史書をわざわざ仮名まじりで書いたこの時代の最高の僧侶・貴族・知識人である慈円は、「はたと」「むずと」「しやうと」「どうと」などのような下層の民衆にもわかる言葉こそ、日本語の本体だとのべたが、平家の合戦記はまさに慈円の主張を実行しているのである。これを、平家の原作者がこの慈円の弟子だからであろうなどとかんたんにかんがえてはなるまい。平家の原作者は漢詩文の深い教養があって、荘重な文章は得意だったらしいが、右の合戦記のような文章が彼の創造になるものとはおもえないのである。それは民衆に語る必要のなかから、日常語を文学語に高めてゆく創造的な活動の結果としてつくられたものにちがいない。

　一つ一つの単語だけでなく、文章までがそうであった。右の引用文にみられる「日《ひ》来《ごろ》は音《おと》にも聞《き》きつらむ、今は目にも見給へ。……一人当千の兵《つわもの》ぞや」とか、あるいは「敵《かたき》は大勢なり、蜘蛛手《くもで》、角縄《かくなわ》、十文字《じ》、蜻蛉返《とんぼうがえ》り、水車、八方透《すか》さず切たりけり」という文章は、八坂本にはみえない。平曲の諸流派は、その語りの長い歴史のなかで、それぞれ後にはきまり文句に堕していったこのような文章を創りあげていったのであろう。この場合も、はじめ創られるときは、聴衆との交流のなかから、しかも具体的な生きた知識にもとづくところの新しい創造であったはずである。

この「橋合戦」の終りに、平氏側の足利忠綱が、「坂東武者の習として」「馬筏《うまいかだ》」をつくって川を渡すところがあるが、そのときの兵士たちにたいする忠綱の下知は平家ではつぎのようになっている。

強《つよ》き馬をば上手《うわて》に立て丶、弱き馬をば下手《したで》になせ。馬《うま》の足の及《およ》ばう程は、手綱《たづな》をくれて歩《あゆま》せよ。はづまばかい繰《くッ》て泳《およが》せよ。下《さが》う者をば弓の弭《はず》に取附《とりつか》せよ。手を取組《とりく》み、肩《かた》を並《ならべ》て渡すべし。鞍壺《くらつぼ》に能《よ》く乗定《のりさだ》めて、鐙《あぶみ》を強《つよ》う踏《ふ》め。馬の頭沈《かしらしず》まば、引揚《ひきあげ》よ。痛《いた》う引《ひい》て引被《ひッかず》くな。水溜《みずしと》まば、三頭《さんず》の上《うえ》に乗懸《のりかか》れ。馬《むま》には弱《よわ》う、水には強《つよ》う中《あたる》べし。河中《かわなか》にて弓引《ゆみひく》な。敵射《かたきいる》共相引《びき》すな。常に錣《しころ》を傾《かたぶけ》よ。痛《いた》う傾《かたむけ》て天《て》辺《へん》射《い》さすな。かねに渡《わたい》て推落《おしおと》さるな。水《みず》にしなうて渡せや渡せ(「橋合戦」)。

この下知は、内容の具体的な点からみて創作されたものとは考えられず、おそらく実際に東国でおこなわれていた騎馬武者の訓練を語物として調子をととのえたものであろう。これは一谷の合戦で、熊谷直実がその子の小次郎にしめした「常に鎧《よろい》つきせよ、裏掻《うらかか》すな、錣《しころ》を傾《かたぶけ》よ、内甲《うちかぶと》射さすな」という教訓と同じように(「一二之懸」)、実際の戦闘の経験を予想しなければ、かんがえられない具体的な知識をふくんでいる。『徒然草』は、平家の作者信濃入道について「武士の事、弓馬のわざは、生仏東国のものにて、武士にとひ聞てかかせけり」といっているが(第二二六段)、右に引用した「橋合戦」の部分などもそのようにして得られた馬術の知識の一つであったろう。馬は、さすがに平家では人間と同じほどの地位をしめているが、つぎのような場合には文学的にもよく生かされているといえよう。

比は睦月《むつき》廿日余《あまり》の事なれば、比良《ひら》の高峯《たかね》、志賀《しが》の山、昔ながらの雪も消《き》え、谷々の氷打解《こおりうちとけ》て、水は折節増《まさ》りたり。白浪《はくろう》おびたゞしう張り落ち、瀬枕《せまくら》大きに滝鳴《たきなッ》て、逆巻《さかま》く水も疾《はや》かりけり。夜は既《すで》にほのぐ\と明行《あけゆ》けど、河霧《かわぎり》深く立籠《たちこめ》て、馬の毛も鎧《よろい》の毛も、さだかならず(「宇治川先陣」)。

これは合戦がはじまる日の早朝の宇治川の描写であるが、王朝の物語にくらべて自然描写はあまりすぐれていない平家のなかでは、よい部分である。ことに夜は明けていったけれども、河霧が深くたちこめて、「馬の毛も、鎧の毛もさだかならず」というところがよいとおもう。「鎧の毛」というのは、札《さね》を綴った糸が毛を伏せたように並んでいることからきた言葉であるらしいが、馬の毛も鎧の毛もまだ識別されないほどの薄明という描写は、経験を基礎にしてはじめて書けるものであろう。

しかし平家の合戦記が文学の歴史にもたらした最大の功績の一つは、それが集団の行動を描く手法を発見したことにある。渡河にさいしての右の足利忠綱の下知の内容は、実は集団の武者どもが河中でたがいに呼びかけあう言葉である。悪僧明秀の橋上の活躍も、右の引用文だけではわからないが、実はその後にくる「浄妙房が渡るを手本にして、三井寺の大衆、渡辺党走《はしり》続《つづき》々々、我も〳〵と行桁《ゆきげた》をこそ渡けれ。或は分取《ぶんどり》して帰る者も有り、或は痛手負て腹掻切《はらかきき》り川へ飛入る者もあり。橋の上の戦、火いづる程ぞ戦ひける」という叙述の一節として、はじめて浮彫されるようになっている。明秀個人の剛勇の物語は、悪僧と郎党の集団のたたかいをしめすための手法の一つとなっているところに特徴がある。また平家を読んだ人がだれでも知っているように、合戦記においては、人名をつらねるのが一つの特徴になっている。ここの渡河の例でいえば、「続く人共、大胡《おおご》、大室、深須《ふかず》、山上、那波太郎、佐貫《さぬき》広綱四郎大夫、小野寺前司太郎、辺屋子《へやこ》四郎、郎等には宇夫方《うぶかた》次郎、切生《きりゅう》六郎、田中宗太を始として、三百余騎ぞ続《つづき》ける」とあるのがそれである。これは、叙事詩が集団の行動をしめすときに用いる慣習的な手法の一つである。平家に読物として接する現代人には、名もない人間の名をかくまでつらねることの意味が明瞭でなくなりつつあるが、語物として聴けば、それが集団の動きをしめす巧妙な手法であることが容易に諒解されるにちがいない。

このように、『平家物語』は、「橋合戦」の前後だけをとってみても、王朝の物語では夢想もできなかった文学の新しい世界を開拓したが、しかし他方平家のなかに文学的に堕落する可能性や危険もまたあったといわねばならない。長門本や『源平盛衰記』などのさらに増補された『平家物語』を見ると、平家のもっている危険が大映しにされてでてくる。さきに引用した「橋合戦」の例にもう一度かえって、そのことを見ておきたい。

「橋合戦」の物語で、筒井明秀の黒装束が、悪僧を印象づける一つの特徴となっている。ところが長門本の同じ場面の描写では、その黒装束がさらに誇張されるばかりか、明秀は「黒き馬のふとくたくましきに黒鞍おきて」乗っていたことになり、さらに黒おどしの腹巻をした三十余人の足軽をつれて登場してくる(「宇治橋軍事」)。少々ふざけているというほかはない。しかし同じことは、『源平盛衰記』のこの場面についてもいわれるのである。ある人物の特徴を誇張することは必要な場合もあるが、それには一定の節度があって、それを越えるとすぐ文学としての堕落に変るのである。語物はその性質上、この限度を越える誘惑がもっとも強いといえる。『源平盛衰記』では、この合戦物語がさらに詳細に仕組まれているばかりでなく、その描写に残酷さが目立ってくる。たとえば明秀は、たち向ってくる兵士を見て、「東門五色ノ熟瓜ゾヤトテ、兜ノ鉢ヲ打破テ、喉笛迄打サカント打タリケルニ、太刀モコラヘズシテ目貫穴ノ本ヨリ折ニケリ」と記している(「宇治合戦」)。平家の合戦記にも残酷なところがあるが、それは「腰《こし》の刀を抜《ぬ》き鎧《よろい》の草摺《くさずり》ひきあげて、柄《つか》も拳も透《とお》れ〳〵と、三刀刺て頸《さい》を取る」というような語物として類型化された表現と語調によって、その残酷さがやわらげられている(「越中前司最期」)。右の『盛衰記』の表現になると、それと異質のものがみえはじめているが、『太平記』のある部分ではそれがさらに写実的になることで、不快さえ催すところがある。これもやはり節度の問題と関係があるだろう。平家と『太平記』との比較は、文学史上の大きな問題だから軽々しく云々すべきではないが、この橋合戦についてだけいうと、『太平記』も平家よりははるかに劣っているようである。そこにも三井寺合戦の条にやはり「橋合戦」のことがでていて、つぎのようにのべられている(巻十五「三井寺合戦並当時撞鐘の事」)。栗生、篠塚という二人の大力の侍が、付近の大卒堵婆《だいそとば》二本を抜きとって、河の向う岸に倒しかけたところである。

卒塔婆の面《おもて》平らかにして、二本相並べたれば、宛ら四条五条の橋の如し。爰《ここ》に畑六郎左衛門、亘理新左衛門の二人橋の爪にありけるが、「御辺達は橋渡《はしわたし》の判官になり給へ。我等は合戦せん」と戯れて、二人共に橋の上をさら〳〵と走り渡り、堀の上なる逆茂木共取つて引除け、各木所の脇にぞ著いたりける。

八坂本と比較すれば、右の傍点を附した三箇所はほとんどそのまま平家の橋合戦の模倣であるが、右の合戦記からそれらの箇所をのぞけば何がのこるであろうか。合戦記の類型的な文句を借りるのが悪いのではなく、自分自身で何も新しいものを創造しようとしないところに頽廃がみられる。「橋合戦」だけから推測できることをすぐ一般化してはならないが、長門本・『盛衰記』・『太平記』等にみられるこの文学の頽廃の傾向が、十二巻本の『平家物語』にまったくないといったら、それは賞《ほ》めすぎであろう。その合戦記のいたるところに、その危険を指摘することは困難ではない。しかし全体としていえば、『平家物語』の合戦記ではまだ節度が守られ、緊張があり、頽廃が少ないといえよう。なぜそれが平家に可能であったのかは、わからないことの一つである。おそらくそれは鎌倉時代前期の、まだあきらかにされていない時代の特質と関係があるのであろう。平家の合戦記を支配している一種の無邪気さもそれに関係しているとおもう。

　源平両方鬨《とき》を作り、矢合《やあわせ》して、互に舟ども推合せて責戦《せめたたか》ふ。遠きをば弓で射《い》、近きをば太刀で切り、熊手《くまで》に懸《かけ》て取《とる》もあり、取《とら》るゝもあり、引組《ひっくみ》て海に入るもあり。刺《さし》違《ちが》へて、死ぬるもあり。思ひ〳〵心々に勝負《しょうぶ》をす(「水島合戦」)。

喜々として無邪気に合戦を楽しんでいるというほかはない表現である。「思ひ〳〵心々に勝負をす」という無邪気さ、子供らしさは、『平家物語』のなかのもっとも典型的な合戦記である一谷の「一二《いちに》之《の》懸《かけ》」や「二度之懸」にもみることができる。このような性質の合戦記を生み得た時代は、この時をのぞいては中世には再び来ることができないような性質のものではなかったか。文学の頽廃はかならずしも作者のせいばかりではないだろう。

宇治川の先陣の章に、畠山重忠の烏帽子《えぼし》子《ご》の重親《しげちか》という侍が、押流されて、重忠にたすけられ、向う岸に投げ上げられて、「武蔵国の住人大串次郎重親、宇治河の先陣ぞや」と名乗り、「敵も御方《みかた》も是を聞いて一度にどとぞ笑ける」とある。このような笑話は現実には無数にあったろう。しかしこれが宇治川の先陣争いの緊張した場面に、すぐつづいておかれているのは、語り手が聴衆の緊張をほぐすためにもちいる常套的な手段だからでなかろうか。平家の無邪気さも、聴衆と語り手との特殊な関係から生れてきた性質であったにちがいない。

2

平家の合戦記には、注意しなければならない別の側面がある。前項で例にひいた橋合戦のつづきを読んでゆくと、足利忠綱が河を渡して平等院《びょうどういん》の門の内へ攻めいったのを見て、平氏の大将知盛もその「二万八千余騎」に下知して、渡河させた話がでてくるときのことである。

如何《いかが》したりけん伊賀伊勢《いがいせ》両国の官兵《かんぴょう》、馬筏押破《うまいかだおしやぶ》られ水に溺れて六百余騎ぞ流れける。萌黄《もえぎ》、緋威《ひおどし》、赤威《あかおどし》、色々の鎧《よろい》の浮《うき》ぬ沈《しずみ》ぬゆられけるは、神南備《かんなび》山の紅葉葉《もみじば》の、嶺《みね》の嵐《あらし》に誘《さそわ》れて、竜田《たつた》河の秋の暮《くれ》、井塞《いせき》に懸《かかッ》て、流《ながれ》もやらぬに異ならず（「宮御最期《みやのごさいご》」）。

萌黄・緋威・赤威等さまざまの色の鎧を着た六百騎の武者どもが河を流されてゆく光景を、作者は、秋の暮の竜田川の井塞に吹きよせられた神南備山の紅葉にたとえている。これはまったく王朝貴族的な感覚である。しかもこれは平家の作者が合戦物語で好んで用いた手法の一つであった。壇浦合戦の最後も、「海上には赤旗赤幟《あかはたあかじるし》共、投捨《なげすて》かなぐり捨たりければ、竜田《たつた》川の紅葉葉《もみじば》を、嵐の吹散《ふきちら》したるがごとし。汀《みぎわ》に寄《よす》る白浪《しらなみ》も、薄紅《うすくれない》にぞ成にける」と描かれて、悽愴な合戦記もいつのまにか、色彩豊かな一幅の大和絵的描写で終っている（「内侍所都入」）。合戦記としての当否や、読む人の好悪は別として、このような要素が、『将門記』から『今昔』にいたる過去のどのような戦記物語にもなかった新しい側面であることは事実である。この色彩感覚をのぞいたならば、平家の合戦記の特徴的なものが一つうしなわれてしまうほどである。たとえば武者の装束もその一つである。つぎの熊谷父子のいでたちから、色彩に関する部分をのぞいたら、ほとんど何ものこるまい。

熊谷は、かちの直垂《ひたたれ》に、赤革威《あかがわおどし》の鎧《よろいき》着て、紅《くれない》の母衣《ほろ》を懸け、ごんだ栗毛《くりげ》と云ふ聞ゆる名馬にぞ乗《のッ》たりける。小次郎は沢瀉《おもだか》を一《ひと》しほすたる直垂に、節縄目《ふしなわめ》の鎧《よろいき》着て、西楼《せいろう》と云ふ白月毛《しらつきげ》なる馬に乗《のッ》たりけり。旗差《はたさし》はきぢんの直垂に、小桜《こざくら》を黄《き》にかへいた る鎧《よろいき》着て、黄河原毛《きかわらげ》なる馬にぞ乗《のッ》たりける（「一二之懸」）。

この坂東武者の背だけも顔かたちも、筋肉についてもなにもわからない。輪廓がなくて色彩だけが描かれており、彫塑的でなく、絵画的である。このような色彩感覚は、王朝の物語と絵画が育てあげた感覚であって、この伝統なしには平家の合戦記の以上のような描写がなされ得るはずはないのである。薩摩守忠度の一谷におけるいでたちは、「紺《こん》地《じ》の錦の直垂《ひたたれ》に、黒糸威《おどし》の鎧著て、黒き馬の太う逞《たくま》しきに、沃懸地《いッかけじ》の鞍置て乗り給へり」という姿態であるが、この黒という色も王朝貴族の色彩感覚では、艶なる色の一つであった（「忠度最期」）。このように『平家物語』は、その合戦記でさえも、『将門記』『陸奥話記』『今昔物語』の伝統からだけはでてこない側面がある。その系譜が根本であるにしても、王朝の物語またはそれがつくりあげた特殊な感覚を媒介としなければ、『平家物語』は存在しないといってもよいくらいである。

しかしこういったからといって、平家の合戦記はたんに武者という新しい型の人間を王朝的な感覚でとらえたものとみることができるだろうか。もしそうならば、たんに素材がひろくなっただけで、質的にそれほど新しいものはないといわねばなるまい。清少納言は「細やかに清げなる君達《きんだち》の直衣《のうし》姿」を「なまめかしきもの」の一つにかぞえたが、このばあいに「細やかに」に特殊な意味がある。紫式部が、「こまかに美しき」ものを賞しているのも同じであろう。美はつねに繊細さと結びついている。ところが『平家物語』の武者の姿態にはこの繊細さがない。『源氏物語』における色彩は、霧のたちこめたような薄明の世界におけるうつろいやすい色彩であったが、平家の武者の色彩は日光と空気と水で洗われたような鮮明な色彩である。古い物語の色彩の表現はつねに情緒的なものの表現であったが、平家では、つぎの瞬間には馬が駆けだし、押し並べてむずと組むところの行動的な武者どもの華麗勇壮な姿態として描かれている。いいかえれば、平家には王朝的な感覚と同一のものがあるが、それはそのままの形としてあるのでなく、平家物語的世界の一要素として、したがって王朝的なものと質のちがったものとして存在しているのである。

『平家物語』が十三世紀の文学であり、そのまえにはすでに物語文学の開花があったこと、その伝統を無視しては、どのような新しい物語も生れ得ないという関係をわすれてはならないと同じように、その伝統が新しい主体によって生かされるのでなければ、伝統として残存さえ出来なかったという事情も念頭におかねばならない。王朝的なものは、平家のなかにのこっているのではなく、生かされているという関係が大切なのであって、このことはもう一度後にかんがえることとしたい。

現存の十二巻本にくらべればはるかに簡素で、かつ年代記的形式によってしばられていたとみられる本来の『平家物語』が、はじめにその形式をくずされてきたのは、おそらく多くの合戦記が増補されたためであろう。いうまでもなく合戦記の原型ははじめから平家のなかに存在したとみられるが、それが一つの契機となって、現在みるような多くの独立の合戦記が平家のなかに形成されたものとおもわれる。そのさいに王朝の物語ともっとも異質の文学たるべき合戦記さえ、右にみたように、伝統的なものとの関連なしには創作されることはできなかったのである。合戦記とは異なった場所からおこった増補の要求が――そのうちの重要なものは貴族社会と寺院社会であるが――、伝統的な文学とより強く結びつき、あるいは旧来の物語文学をそのまま平家のなかにもちこもうとしたであろうことは容易に想像し得るところである。

『建礼門院右京大夫集』の作者は、この内乱期の変動を直接自分の生活をおびやかした衝撃として経験した女性の一人だが、その一巻の歌集におさめられた三百余首の歌は、重盛の死、成親等の配流、彼女の愛人であった平資盛との離別、平氏一門の獄門のことというような事件の展開と、直接間接に結びついている。彼女によって典型的に代表される層、すなわち王朝の物語を享受し、また創造してきた層の人間が、『平家物語』を読んだときに、自分たちが直接見聞し、体験したところの事件の展開はそこにあっても、それがいちじるしく表面的であって、悲劇を体験したものの心情や事件の内的な側面がほとんど描かれていないという事実を見出したにちがいないのである。「ちかくみし人々むなしくなりたる、かずおほくて、あらぬすがたにてわたさるゝ。なにかと心うくいはむかたなく」というような心情が、荒々しい『平家物語』の「首渡《くびわたし》」の叙述で満足するはずがない。源平の争乱が内乱であるのは、その合戦に参加した人間ばかりでなく、このような女性までもふくむ日本のひろい階層がその事件展開の過程のなかに多少ともまきこまれるからにほかならぬ。合戦記を増補したいという欲求と同じ強さをもって、貴族層の体験を『平家物語』のなかに織りこみたいという欲求が発生するのは当然のことであろう。たとえば、丹波少将成経の物語の前後を抄録してみよう(「頼豪」「少将都帰」)。

去程に承暦元年八月六日、皇子御年四歳にて遂に隠《かくれ》させ給ぬ(中略)。

承暦三年七月九日、御産平安《さんへいあん》、皇子御誕生有けり(中略)。

同十二月八日。皇子東宮に立せ給ふ(中略)。

明れば治承三年正月下旬に、丹波少将成経〔、平判官康頼〕、肥前国鹿瀬《かせの》庄を立て、都へと急がれけれ共云々(中略)。三月十六日、少将殿鳥羽《とば》へあかうぞ著《つき》給ふ。故大納言殿の山庄《さんぞう》、洲浜《すはま》殿とて鳥羽に在り。住荒《すみあら》して年経《へ》にければ、築地《ついじ》は有共覆《あれどもおおい》もなく、門は有共扉《あれどもとびら》もなし。庭に立入り見給へば、人跡絶《じんせきたえ》て苔深《こけふか》し。池の辺《ほとり》を見まはせば、秋の山の春風に、白浪頻《しらなみしきり》に折懸《おりかけ》て、紫鴛白鷗逍遥《しえんはくおうしょうよう》す。興《きょう》ぜし人の恋《こいし》さに、尽《つきせ》ぬ物は涙也。家はあれ共、欄門破《らんもんやぶ》れ、蔀遣戸《しとみやりど》も絶《たえ》てなし。「爰《ここ》には大納言殿のとこそ坐《おわせ》しか、此妻戸《つまど》をばかうこそ出入《いでいり》給しか、あの木をば、自《みずか》らこそ植《うえ》給しか。」など言ひて、言《こと》の葉《は》に附《つけ》て、父の事を恋《こい》しげにこそ宣《のたま》ひけれ。弥生中《やよいなか》の六日なれば、花は未名残《いまだなごり》あり。楊梅桃李《ようばいとうり》の梢《こずえ》こそ、折知顔《おりしりがお》に色々なれ。昔の主《あるじ》はなけれ共、春を忘れぬ花なれや。少将花の下《もと》に立寄《たちより》て、

　　桃李《とうり》不レ言《ものいわず》春幾暮《いくばくかくれぬる》、煙霞《えんか》無レ跡《あとなし》昔誰栖《むかしたれかすんじ》。

　故郷《ふるさと》の花の言《ものい》ふ世なりせば、如何に昔の事を問《とわ》まし。

此古《ふる》き詩歌を口《くち》ずさみ給へば、康頼入道も折節哀《おりふしあわれ》に覚えて、墨染《すみぞめ》の袖をぞ湿《ぬら》しける(以下略)。

このつぎに、「有王」「僧都死去」の独立した二篇の物語がはさまれて、「飈」のはじめのつぎの年代記的記述につながっている。

同《じき》　五月十二日午刻《うまのこく》ばかり、京中には辻風《つじかぜ》おびたゞしう吹て、人屋《じんおく》多く顛倒《てんどう》す。

右にその一部を引いた少将都帰りの一節は、王朝の物語とまったく同じ世界である。その前後の部分を抄録したのは、この少将都帰りの物語も、「有王」「僧都死去」とともに、後に増補されたものではないかと疑われることをしめすためである。「同《じき》　五月十二日午刻ばかり云々」の辻風の記事は、その前に三篇もの独立の物語がはいっているので、何年のことかわからなくなってしまうほどであるが、これは、まえの治承三年三月十六日の記事とつながっている。このような年代記的なつながりが、途中に物語が増補挿入されているために、稀薄なものになっている部分が『平家物語』ではひじょうに多いことに注意しなければならぬ。しかしこの少将都帰りの物語のように増補せられたとうたがわれるものであっても、その理由から、それを無視したり、軽くみたりすることは正しくないだろう。これも『平家物語』の欠くことのできない重要な構成部分として存在しているのである。『建礼門院右京大夫集』自身がしめしているように、この内乱で経験したさまざまのことがらを和歌という形式に盛ることは和歌の性質上不可能であったから、それだけ『平家物語』のなかに王朝風の物語を添加しようとする要求は強かったはずである。第一節でのべたように、『平家物語』は、この内乱時代の日本人の体験を包括的な形で描いた物語としてはただ一つのものである。貴族階級の保守的な物語作者は、この内乱の事実のまえに、創造力を発揮することができないことを実証した。したがって、かれらの文学にたいする要求は、『平家物語』を契機として、そこに古い物語をいれこむ以外になかったとみられる。臆測ではあるが、治承三年三月十六日に、少将都帰りの簡単な叙述が平家にあるのを、後にこのような物語めいたものにされたのではなかろうか。

しかしこの少将都帰りの一節が、王朝の物語とまったく同じかといえば、そこに若干のちがいがあって、「桃李不言春幾暮」という『和漢朗詠集』にみえる漢詩の一句と、『後拾遺集』からの一首がならべられていることにも、それが象徴されている。和歌を物語のなかに豊富にいれていることは、平家の特徴の一つだが、これは従来の物語文学の伝統をそのままうけついでいるのである。散文と韻文の区別が明確でなく、両者がいつのまにか連続しているのが、物語文学の特質であって、極端な場合には、『源氏物語』のように、和歌に会話の機能さえあたえているほどである。平家でも心情の表現を主とした浪漫的な部分では、和歌が散文の部分と連続した同一の世界をなしている。

しかし右の引用文にみるように、平家では「紫鴛白鷗逍遥す」とか「楊梅桃李の梢」等々の漢詩文の句をそのまま和文化して巧にいれ、『源氏物語』などとはちがったいわゆる和漢混淆文の文体をつくりあげている。ここにあげたような王朝文学に属する世界では和漢混淆文の効果は明瞭でない。それは力強い、明晰な輪郭と行為を物語るときに、最大の効果を発揮するからである。叙事文学としての平家は、その意味でもっともこの文体を必要とした。和漢混淆文は、けっして平家の発明ではないが、平家においてもっともよく生かされた理由は、平家が平安朝の和文ではもはや描き得ない素材と取組み、それを文学とする努力のなかで、この文体を生かしたからである。

　平家では文体として華麗な力強い漢詩文が生かされているというだけでなく、内容的にも漢詩文の世界が平家とつながるようになったことも注意すべきであろう。重衡が鎌倉に送られたときの千手前《せんじゅのまえ》との物語は、彼女が手越《てごし》の長者の娘であるにかかわらず、宮廷の女房以上の都風の浪漫的な物語にされているのであるが、そこで重衡が「灯《ともしび》暗しては、数行虞氏《すうこうぐし》の涙」という朗詠をすることが『平家物語』にでてくる（「千手前」）。これはいうまでもなく、『和漢朗詠集』にも採られている橘相公《きつしょうこう》の「賦㆓項羽㆒」という漢詩の一句であるが、このような詠史的なものは、和歌の形式では表現が困難である。したがって古代の貴族が漢詩にひじょうな魅力を感じたのは当然であるが、ただ平安時代では、物語の世界は和歌とこそ結びつきはしたが、漢詩文はまだ異質の世界として生かすことはできなかった。それ自身詠史的な性格をもつ『平家物語』にいたって、はじめて漢詩文は文体としてだけでなく、項羽の落魄《らくはく》を詠じた詠史が、そのまま内容的にも平家の一部となり得るように物語の世界も変ってきたのである。

3

しかし少将都帰りの箇所は、まだ独立の物語とはなっていない。このような、未完成の物語的な描写は平家のなかに沢山あって、見のがすことのできない要素となっている。本来の平家は、その性質からいっても、心情の世界を展開することは困難であったこと、しかもそこに盛りこむべき物語の素材を内乱自体が豊富に提供したという事情によって、平家はその本来の形式と内容を見うしなわせるほど、物語的なものによって増補されたとみられる。その点が、『保元・平治物語』とはまったく異なった『平家物語』の特質であった。平家のなかでもっとも有名な物語の一つである「小督《こごう》」は、それの結晶したものといってよいほど典型的な王朝風の恋物語である。しかし平家の特質は、このような物語《ロマンス》をとりいれたことにあるのではなく、それを語物という文学の新しい様式のなかに溶解してしまったことにある。

亀《かめ》山の傍《あたり》近く、松の一村有る方に、幽に琴ぞ聞えける。峯の嵐か松風か、尋ぬる人の琴の音か、覚束なくは思へども、駒を早めて行く程に、片折戸したる内に、琴をぞ弾澄《ひきすま》されたる。控へて是を聞ければ、少しも紛べうもなき小督殿の爪音也。楽は何ぞと聞ければ、夫を想て恋ふると詠む想夫恋と云ふ楽なり(「小督」)。

これは「小督」からの抄録であるが、傍線の箇所にみるように、文章を支配している声調は純粋な七五調であって、全体は散文というよりはむしろ韻文にちかいといえよう。この物語が平曲のいわゆる「節物」の典型とされてきたのは当然である。周知のように、七五調は、五七調とともに、短歌の声調に由来している。七五調は、平安時代にあっては、歌謡の世界を風靡したが、物語の領域にはまだはいってこなかった。『竹取』から『源氏』にいたる散文文学の文体は多様にみえても、そこに七五調の侵入はみられない。『平家物語』は、冒頭の「祇園精舎の鐘の声」からすでに、今様や和讃に似た七五調ではじまっているように、歌謡の声調を大規模に、かつ巧妙に散文のなかにとりいれたのは、『平家物語』にはじまるといってよいだろう。

右の「小督」の一節が七五調なのは、五七調にくらべて、それが優美な調子をだすことができるからで、この物語の内容と不可分なことはいうまでもない。王朝の物語《ロマンス》の世界が平家のなかにとりいれられるということは、たんにそれだけのことではなくて、語物の一部となることであり、したがってそれは多かれ少なかれ文体の変革を必然的にともなうのである。したがって、意味だけで平家を読むわれわれからいえば、「小督」の物語は声調をととのえた王朝の物語の再現にすぎないようにみえるが、語物として聴くならば、それは新しい質の文学だと感じるにちがいない。この「小督」の物語の少し後に、第三節のはじめに分析した「飛脚到来」の年代記的な部分がくるが、この部分と「小督」とは、内容からいえばどうみても異質の文学であって、それが『平家物語』のなかにならんで存在することすら不思議なようである。さきにみたように、そこの年代記的部分を要約した箇所は、七五調とはまったく異なった声調が支配していた。合戦記の部分になればなおさら声調のちがいが明白となろう。しかし語られるという一点においては、「小督」も年代記的、記録的部分も、合戦記も同一なのであって、その内容が異質なほど、文学＝語物としては異質ではないのである。ここに『平家物語』という文学における「語り」の本質的な意味があるというべきである。

それでは一体「かたる」ということの文学的な意味はなにかということになる。むずかしい議論はできないが、「かたる」は、「うたふ」に対立する概念でなければならないから、「うたふ」に叙情詩が対応するとすれば、「かたる」ものは本来叙事詩的なものでなければならないだろう。もちろんひじょうに広い意味でである。そうすると、「小督」のような叙情的な、浪漫的な物語《ロマンス》も、語られるということを通じて、『平家物語』全体の叙事詩的な世界のなかに包摂されるわけである。前節のはじめに巻六についてみたように、『平家物語』にはあまりに異質のものが混在していて、全体を一つの作品として理解しがたいほどであるが、それでもなお『平家物語』として存在し得るということの基礎の一つは、右の点にもとめなければならないとおもう。

「語り」ということと平家の文体との関係でもう一つ注意しなければならないことがある。それは「語物」であるということが、文学にとってもっているところの一つの危険についてである。これも実例の方がわかりやすいとおもうので、平家のうちもっとも有名な文章の一つを抄録しておく。「保元の昔は春の花と栄しかども、寿永の今は秋の紅葉と落果ぬ」で終る「聖主臨幸」の一節である。

或は聖主臨幸《せいしゅりんこう》の地也。鳳闕《ほうけつ》空《むな》しく礎《いしずえ》を残《のこ》し、鸞輿《らんよ》只跡《ただあと》を留《とど》む。或は后妃《こうひ》遊宴《ゆうえん》の砌《みぎり》也。椒房《しょうぼう》の嵐声《あらしこえ》悲《かなし》み、掖庭《えきてい》の露《つゆ》色愁《うれ》ふ。粧鏡翠帳《そうきょうすいちょう》の基《もとい》、弋林釣渚《よくりんちょうしょ》の館《たち》、槐棘《かいきょく》の座《ざ》、鵷《えん》鸞《らん》の栖《すみか》、多日の経営《けいえい》を空《むな》うして、片時《へんし》の灰燼《かいじん》と成果《なりはて》ぬ。

これは都落ちする平氏の放火によって焼かれた都の荒廃を叙した文章の書き出しである。整った対句でできている文章であること、一つの声調が貫いていることなどは一読してすぐわかる。琵琶法師がこれを暗誦できるのも、そのためである。しかし漢和辞典を片手にしなければこの文章を精確に解釈することはたれにでもできることではない。このむずかしい文章を書いた人はよほどの学者にちがいないと尊敬する人もあろうし、またこれを聴いて感動した中世の聴衆は、大変な教養があったかとおどろく人があるかもしれない。

しかし読んでわからないものがどうして聴いてわかるはずがあろうか。ところがこの種の文章の作者は、聴衆が聴いて一つ一つの言葉の意味を理解し得ないことを、はじめからよく知っており、計算さえしているのである。聴衆が、全体としてここから都の荒廃と漠然たる悲哀感を感受すれば、この文章の目的は達せられるのであって、ここでの言葉は、それがもつ正確な意味内容を伝えるのではなく、言葉が組合わされて一つの魔術的な作用をする使命をもたされているのであるから、ある意味ではわからない言葉の方が効果的でさえある。琵琶法師がこの箇所を語る声調が、このさい決定的な役割を果すのであって、それがなければこれらの漢語のモザイクは文学的効果を発揮しない。いいかえれば、作者は語物の機能をよく知っているから、このような文章を書いたのである。右の文章で宮殿や貴族の邸宅、庭園が荒廃したことをのべ、つぎにつづけて「況《いわん》や郎従の蓬蓽《ほうひつ》に於てをや。況や雑人《ぞうにん》の屋舎《おくしゃ》に於てをや。余炎《よえん》の及ぶ所、在々所々数《す》十町也」とあるが、このようにして焼け出された都の郎従・雑人の子孫が、この平家の文章を聴衆として聴いた場合でも、かれらは現実感をもって都の荒廃を感じなかったにちがいない。リズムまたは韻律で伝えられる文章は、聴衆を非現実的な世界に導くのが目的であり、詩的な文章というのは多かれ少なかれそのような機能をもっているといえよう。

さきに引用した「小督」の七五調も、日本の中世文学における典型的な詩的な文章である。『平家物語』は、七五調を中心とする詩的な文章を創造したことによって、文体の歴史の新しい時期を画したほどの功績をもっている。このことは客観的な事実として承認しなければならないだろう。しかしこのことは、散文の堕落と紙一重だということを、平家を読むたびにかんがえざるを得ないのである。右の「聖主臨幸」の一節の目的は、「盛衰《じょうすい》掌《たなごころ》を反《かえ》す」という無常の観念、それを眼前にして、「誰か是を悲《かなし》まざらん」という悲哀感を聴衆にひきおこすことにあるのであって、情緒的なものが中心である。これは詩である以上当然のことである。しかしそのためにこのように文章を飾り、技巧をこらし、声調をととのえる努力は、散文のもっている即物的な、対象的な側面を知らず知らずのうちに麻痺させてゆく。平家のこの文章もそうだが、『太平記』になれば文章の華麗さはさらに増してくる。

平安初期の有名な漢学者であった都良香《みやこのよしか》の「文之無キレ用者、雖モレ美ト雖モレ艶、略メ而剪レレ之ヲ、義之有ルレ実ノ者、雖レ米雖レ塩、細而言エレ之ヲ」という言葉は散文の鉄則をのべたものとして、傾聴に価する(『都氏文集』巻五、弁論文章)。用のない文は、いかに美であり艶であっても、これを切りとってしまえ、義の実のあるものは、米や塩のようなものでも細くいえという意味であろうか。右の平家の文章は、不用の言葉だけ多く、実のあるものはほとんどないのが特色である。このような性質の文章が長く評価されてきた傾向のなかに、一平家物語の問題にとどまらない古い日本の深刻な問題がある。この傾向は、物あるいはことがら自身に即して思考する知的な働き、科学的な考え方の基礎をそだてるような心の働きを抑えることと結びついているからである。精神の知的な働きを表現する散文が不足で、いいかえれば言葉の一つ一つが正確な限られた意味内容をもち、語と語、句と句のあいだが論理によって結ばれているような散文が発達しないで、七五調的散文の過剰になやまされてきたのが古い日本の特質であった。

4

『平家物語』にだけ即していっても、右の文章はつぎのような問題を提出している。語物としての平家には、三つの要素、すなわち聴衆と語手と作者とがあるわけである。聴衆のことを基礎において、語手と作者との関係についてかんがえてみたい。『徒然草』の所伝にしたがうと信濃前司行長という漢学の教養のある貴族が、平家の原作をつくって、生仏《しょうぶつ》という盲目の琵琶法師にそれを語らせたということになっている。これが事実かどうかは、問題がのこるが、原作者が普通の教養ある貴族のうちでもとくに漢詩文の教養の深いものであったにちがいないことは、さきに引用した部分からも知ることができる。右の文章が原作者のものでなく、後に増補されたものだとしても、そのことはここでの問題ではない。このような原作者が、生仏あるいは一般に琵琶法師と一緒に平家を創作したようにかんがえられてもいるが、この両者の関係をもう少し具体的にかんがえたいとおもうのである。そのためには、この時代の前後の琵琶法師がどんなものかについて、現在までわかっていることをのべておく必要があろう。

琵琶法師の起源はよくわからないが、奈良時代の伎楽《ぎがく》に関係があるらしい。当時の貴族社会で公式におこなわれた音楽・舞踊は、中国から伝来した雅楽《ががく》であったが、伎楽というのは多少滑稽味をおびた黙劇みたいなもので、余興としてやられたようである。その起源はやはり大陸であろうといわれている。伎楽をやるものは楽戸《がくこ》と呼ばれた宮廷直属の芸人であるが、その身分は普通の農民より一段と低い不自由民に属していた。これは平安時代の都の祭やみせものなどにでてくる猿楽、田楽、呪師などの芸能人の祖先であったろうとおもわれる。この国家の制度そのものは平安時代にはくずれてしまったが、芸能を身につけた人間は国家や宮廷の束縛から解放されただけ、かえって自由に活動できる条件も得たわけである。琵琶法師もその一つである。『源氏物語』にも琵琶法師のことがみえるし、同時代の貴族の日記にも、琵琶法師を屋敷に呼んで、芸をやらせ、禄をやった記事がみえている。しかしかれらの最大の保護者は大寺院であった。法会のときなどには芸能人が必要だったせいもある。この時代にかれらが、叙事的な内容のあるものを物語ったかどうかは問題があるが、平安末期の『新猿楽記』という書物に、「琵琶法師之物語」という言葉がみえるから、内容はわからないけれども、物語を語ったことは承認してよいだろうとおもう。つまり『平家物語』が書かれる以前に、民間には語物と、それを語ることを業とする琵琶法師が存在したのであって、盲目の法師生仏というのも、かれらの仲間の一人であったとみられる。『平家物語』は、この語物の伝統の上に立って、それと文学を結びつけた文学史上の画期的な作品であった。

ここでかんがえたいのは、この結びつきの性質がどのようなものであったかということである。いいかえると、『徒然草』の「此の行長入道、平家物語を作りて、生仏といひける盲目に教へてかたらせけり」という言葉をどのように解釈するかということにもなる。行長入道あるいは平家の原作者が、語物ということを念頭におかないで、平家という物語をまず書き、後になって琵琶法師がそれを語るようになったという場合が第一にかんがえられる。しかしこのように原作者と語り手の結びつきを偶然のこととするかんがえ方は、現存の平家から推測しても、また右の『徒然草』の所伝の解釈としても妥当ではなかろう。やはり原作者は、はじめから語物にするために平家を創作したものとかんがえる。問題はそのさいに、生仏あるいは一般に琵琶法師が、どのような参加の仕方をしたか、どれほど原作の内容に影響をあたえたかということになるが、ここからは色々な考え方が生れる。

このさい、『徒然草』の所伝を信用するとすれば、生仏は東国のものであったので、「武士の事、弓馬のわざ」については、武士に問いきかせて書かせたらしい。いいかえると合戦記にあたる部分については生仏の参加があったとしなければならないだろうし、それがどのような見当のものかについては、まえに少しのべておいた。しかしこれ以上に、生仏が原作の創作過程に参与したものとかんがえるべきだろうか。

平家が語物として創作されたということは、生仏なりその他の琵琶法師なりが、創作過程に直接参与したということにはならないとおもう。私はむしろ『徒然草』の「此の行長入道、平家物語を作りて、生仏といひける盲目に教へてかたらせけり」という言葉を、そのまま素直に受けとりたい。史実としてよりは、平家の原作者と語り手との原則的な関係をのべた文章としてである。原作者が語物として平家を創ったという意味は、『治承物語』(『平家物語』)という叙事文学を、当時の語り手が「語る」ことができるように、声調をととのえたということにあるのではないか。つまり「語る」ことができるような文体を創造したことが、その第一義的な意味ではなかろうかとおもう。このことを別の面からいえば、右のこと以外のこと、すなわち平家の思想も、その年代記的な形式や内容も、全体としての物語の統一も原作者のものであって、そこには語り手の参加はなかったとみるのが正しいのではないかとかんがえる。

入道行長が「平家物語を作りて」それを生仏に「教へてかたらせけり」という言葉にも、右の関係があらわれているとみねばならぬ。いいかえれば、平家の原作は、教えなければ語れないようなものでもあったのである。平安末期の琵琶法師が「物語」を語っていたとみるべき証拠があることはまえにふれたが、その「物語」は平家とは性質のちがった単純平易なものであったことはまずまちがいあるまい。ところがこれにたいして、平家の原作者は当時の貴族のなかにも沢山いないような漢詩文の教養ある人間であるし、右に引用した「聖主臨幸」の文章が彼の作かどうかは怪しいとしても、そのような性質の漢文脈の強い文章を書く教養人である。教えなければ語れないのはむしろ当然ではないか。原作者は語ることを前提とした文体で書いたけれども、それが語るに困難な性質であったこともたしかであろう。私はこの矛盾が原平家物語に基本的なものであったとかんがえる。まえにものべたように、琵琶法師は奈良時代には自由民よりはむしろ「賤民」にちかい身分に系譜をひいており、中世初期には「賤民」からは解放されていたとしても、農民よりも身分の低いものであったとみられる。一方平家の原作者は零落したとはいっても、貴族層の身分である。この地位のちがいをかんがえただけでも、作者と琵琶法師との「合作」が、この時代にかんたんにおこり得るとはおもえない。『徒然草』に書いてある程度であっても、盲法師の参加があったとすれば、それだけでも、文学史上の画期的なできごととして評価しなければならないほどである。

このような協力ができたということも、平家の成立において比叡山がはたしたらしい大きな役割をかんがえてはじめて納得のゆくことである。平家に比叡山関係の記事がとくに多いということは、だれしも気のつくことの一つである。後からの増補も多いだろうが、『徒然草』にもそのことを注意しているから、はやくからのことであろう。天台座主としての慈円、それに「扶持」されていた信濃前司行長、比叡山を溜りにしていたらしい盲目の法師生仏、これら三者を結びつけ、その基盤をなしたのは、この時代の文化の最大の中心であり保護者であった比叡山延暦寺であったろうし、そこにある旧仏教的なものと新興仏教的なもの、貴族的なものと庶民的なもの、大陸文化的なものと固有文化的なもの——これらの対立がかもし出す環境ほど、『平家物語』を生む場所としてふさわしいところはほかにあるまい。

おそらく比叡山を基盤としてでき上った『平家物語』は、琵琶法師たちによって——

はじめからそうであるかは問題だが――、都を中心として次第に地方にも運ばれて語られたにちがいない。貴族、地方武士、民衆と、平家の聴衆はあらゆる階層をふくんでいたようである。このさい『保元・平治物語』も平家と同じように語られたという証拠があるにかかわらず、平家だけが原形の面影が稀薄になるほどの増補をうけたということは、保元・平治の乱と源平の内乱とでは、歴史的な経験としての性質も規模もちがうことに根本の理由があるだろうことは、まえにのべた。しかしこの問題を文学としての平家に即していえばつぎのようなことになるかとおもう。琵琶法師が平家を貴族・社寺・武士・庶民と各方面のなかで語っているうちに、それぞれの階層から物語を増補すべき要求が強まったにちがいない。それは合戦記あるいは物語その他の形として増補されたとみられることはまえにみたとおりである。そのほかに量的にみても大事なのは社寺の力であって、平家のなかには社寺の御利益を説いたような説話も多くはいっており、思想的にみても浄土教的色彩がひじょうに濃厚なのも、それと関係があろう。平家を増補しようという要求がこのように強かったのは、まえにのべたように、一面では『平家物語』が内乱の唯一の叙事詩であって、過去の偉大な歴史を文学によって追体験しようとする各階層の要求は、『平家物語』を媒介とする以外には満たされる方法はなかったこと、しかも平家は語物として文学を文字に縁のない階層にまでひろめた最初の大きな業績であったことにもとづくものとおもう。

『平家物語』の原形も、『保元・平治物語』にみられるように、形式と内容の一定の調和をもっていたはずである。しかしそれに合戦記・物語・説話等を増補しようとする要求が高まるにつれて、平家本来のきゅうくつな年代記的形式と内容との矛盾が強くあらわれ、現存の『平家物語』のように形式的に不統一な作品となったのではないか。また下級貴族で教養人であった原作者行長入道と、盲法師生仏とのあいだにみられたような前述の矛盾、つまり教えなければ語れないというようなところにみられる原平家物語の矛盾は、平家が広まるにつれて次第にあきらかとなっていったのではないか。平家の原形が一個人の創作であるかぎり、そうでなければかえって不思議というべきであろう。あるいは、読んでも理解に困難なほど漢語が数多くはいっている平家を、聴衆のまえで実際に語らねばならない琵琶法師こそ、平家のこの矛盾をたれよりもはげしく感じたのではなかろうか。私は平家は増補されるにつれて、本来の平家よりも「語物」としての側面が強まる傾向をもったのではないかと考えている。とにかく『平家物語』は、『保元・平治物語』とちがって、比較的短い時代に、急速に増補されたことは事実である。南北朝頃の『平家勘文録』という本によると、『平家物語』には六人の作者があったという所伝が中世にあったらしいが、これも一概にしりぞけるわけにゆくまい。平家は、前記のような矛盾をもちながら何回かにわたって集成し直されたのであろう。現在からは明瞭にできない過程を経て、われわれの読んでいる十二巻本の『平家物語』ができたのであって、これは本来の平家とは形式も内容もずいぶん分変っているにちがいないが、しかし十二巻本は独立の文学作品として読む必要がある。

5

前節のはじめに、巻六を分析して、平家をいくつかの要素にわけた。一つは全体の基盤をなす年代記的部分であり、第二は合戦記であり、第三は物語《ロマンス》であり、第四は説話的な部分である。このうち第三までは今まで言及したので、第四の部分についてのべよう。ここで説話的部分というのは、巻六でいえば、清盛についての説話を集めた「築島」「慈心坊」「祇園女御」のようなものであるが、そのほか平家には先蹤譚《せんしょうたん》や由来を説く説話や挿話などが豊富にあって、平家のはじめの方でいえば、巻二の「烽火之沙汰」「阿古屋松」「蘇武」等にそれがふくまれている。説話としては面白いものがあるが、『平家物語』の一部としては、文学的に価値の低いものが多い。その多くは物語の筋の発展に関係のないものとして挿入されているだけであるが、つぎにのべる文覚《もんがく》というこの時代の有名な僧侶についての説話は、物語の筋に重要な関係をもつものとなっている。

巻五におさめてある「文覚荒行」「勧進帳」「文覚被流」「福原院宣」の四つは文覚についての説話であるが、同時に頼朝挙兵の動機を説明する物語にもなっている。文覚は罪によって伊豆に流されたさいに、同じく伊豆の流人であった頼朝に、その父左馬頭義朝の髑髏《どくろ》をしめして挙兵をすすめ、さらに都にのぼって院宣をもらいうけて、ついに挙兵させることに成功したという筋になっている。文覚説話としては興味ある内容をもっているが、頼朝挙兵の物語としては、まことに拙劣なものである。この部分がはたして平家本来の姿であるかどうかについては、少し注意して読めばすぐ疑問になるものである。文覚説話は「早馬」と「富士川」との二つの章段のあいだにはさまれている。「早馬」は、「同九月二日、相模国の住人、大庭三郎景親《かげちか》、福原へ早馬を以て申けるは云々」ではじまり、頼朝挙兵の報をいれた福原の平氏および公卿殿上人の衝撃と狼狽を、おどろくほど簡潔な文章のなかに描きだしている。これにつづく「朝敵揃」と「咸陽宮」はまったくなくもがなの挿入説話であって、そのつぎに文覚説話がはいり、「富士川」につながっている。

さる程に、福原《ふくはら》には勢《せい》の附《つか》ぬ先《さき》に、急ぎ討手を下《くだす》べしと公卿僉議《くぎょうせんぎ》有《あッ》て、大将軍には小松権亮《ごんのすけ》少将維盛《これもり》、副《ふく》将軍には薩摩守忠度《ただのり》、都合其《の》勢三万余騎、九月十八日に新《しん》都《と》を立《たッ》て、十九日には旧都《きゅうと》に著《つ》き、やがて廿日東国へこそ討立《うッたた》れけれ。

この「富士川」の章段のはじめの「さる程に」という言葉は、途中の章段を全部のぞいて、「早馬」と直結すると、その意味がうかび上ってきて、「早馬」と「富士川」との全体が一時に躍動してくる。文覚説話等の中間の章段をいれて読むと、「さる程に」が無意味になり、全体が間のびしてしまう。九月二日に、頼朝挙兵の報が早馬で注進された、福原は大騒動で、清盛は憤激した、やがて公卿僉議があって討伐がきまり、九月十八日に軍勢が新都を発った、——このように語るのが、叙事詩的な語り方であろう。なぜ頼朝が挙兵するようになったかという動機のせんさくや説明は、説話的な関心の対象ではあっても、叙事詩的な問題ではない。このような場合が平家には往々に見られる。そのさい中間の説話は後世の増補であるかないか、本来の平家はどうであったかということはかんたんに断言してはならないことである。しかしそれとは別箇に、現在われわれにあたえられた平家にあっても、それを文学として読むときには、その「さる程に」を「早馬」に直結して読まねばならないし、現に読んでいる。平家が客観的にもっているいわば文学＝語物の法則が、それ以外の仕方で読むことを許さないのである。ここに平家十二巻を統一させている何ものかがある。

最後に、すでに学者も指摘していることであるが、平家には劇的な要素をふくんだ箇所がある。たとえば第二節でその雄弁についてふれた西光法師と清盛の問答および宗盛と競の問答にその一端がみえる。また「逆櫓」および壇浦合戦における義経と景時の争論にもその片鱗がみえる。ここでは西光対清盛の場面ほど生彩はないが、義経と、彼を暗殺しにきて捕えられた土佐房正俊《しょうしゅん》との対話を抄録しておこう(「土佐房被斬」)。

判官「如何に鎌倉殿より御文はなきか。」

正俊「指たる御事候はぬ間、御文はまゐらせられず候。「御詞にて申せ。」と候ひしは云々」

判官「よもさはあらじ、義経討に上る御使なり。大名ども差上せば、宇治勢田の橋をも引き都の噪《さわ》ぎとも成て、中々悪《あし》かりなん。和僧上せて物詣する様にて、たばかて討てとぞ仰附られたるらんな。」

正俊(驚いて)「何に依てか、唯今さる事の候べき。聊《いささか》宿願に依て熊野参詣の為に罷《まかり》上て候。」

判官「景時が讒言《ざんげん》に依て義経鎌倉へもいれられず。見参をだにし給はで、追上《おいのぼせ》らるゝ事は如何に。」

正俊「其事は如何候らん、身においては全く御後〔腹〕《はら》ぐらう候はず。起請文を書き進ずべき。」

判官「とてもかうても、鎌倉殿によしと思はれ奉たらばこそ。」

この問答が、西光対清盛の対決ほど生彩がないのは、土佐房がまだその本質をあらわしておらず、起請文などでごまかそうとしている場面だからである。このような性質の問答または対話は、王朝の物語にはみられないものであった。『宇津保物語』にせよ、『落窪物語』にせよ対話は上手に書けているとはいえない。『源氏物語』はその点でいちじるしい進歩をしめしたが、しかしその場合の対話は同質の人間同士の対立のない対話であって、劇的要素をふくみ得なかった。平家にいたってはじめて敵対する人間の対話が、文学化されたといえよう。もちろんここには性格による対立も、対立による状況の発展もみられない。清盛と重盛の対話は、対話になっていない。しかし多少でも劇的要素が平家の処々にあるとすれば、内乱時代が生み出す人間の葛藤を主題にしたればこそである。

『平家物語』十二巻を通読すると、一つの混雑した印象が後にのこる。あまりに異質のものが雑然とはいりすぎているのである。年代記的、記録的なもの、合戦記、説話、物語《ロマンス》等々が雑然とならび、劇的なものの芽さえみえる。それによっていたるところに中断がある。『源氏物語』の世界そのままの章段があるかとおもえば、『今昔物語』の世界もあり、公卿の日記の書き下しのような文章があるかとおもうと、社寺の縁起みたいなところもでてくる。漢土の始皇帝時代の先蹤譚が長々とのべてあるすぐ後には、富士川への出陣がはじまるという風である。『源氏物語』を読んできたものにはもちろん、『今昔物語』や『保元・平治物語』の尺度でさえ、平家が一つの作品であるかどうかを疑いたくなるのは、当然のことであろう。しかしこの混乱した印象を通してやはり『平家物語』が厳然と存在し、一貫していることも疑いない事実としてのこるのである。平家が物語や説話や合戦譚のたんなる集成でないということの保証はどこにあるのだろうか。雑然としたものを貫いている骨格を、印象としてでなく客観的にしめせといわれた場合に、なにを指摘し得るのか。本書でかんがえたことを要約してみるとつぎの諸点であろう。第一に、巻頭の「たけき者も遂にはほろびぬ」「久しからずして亡じにし者ども」と、それに対応するところの巻末の「それよりしてこそ平家の子孫は永く絶にけれ」の結びにあらわれている骨格である。第二に、各巻のはじめと、年のかわりめにあらわれている年代記的な叙述形式に表現されているところの骨格である。第三に、清盛―重盛―維盛―六代御前とつらぬいているところの平氏嫡流の興亡の物語にあらわれている骨格である。第四に内容上異質なものであっても、語物としての統一、したがって文体＝声調の統一が存在することである。第五に無常観あるいは運命観にあらわれている作品としての思想の一貫性がみとめられることである。ほかにも数えればあるだろうとおもう。これらのばらばらにあげられる標識をのぞいては、平家を平家たらしめている骨格があるはずはないが、一言でいえといわれるならば、それらの標識は『平家物語』が治承・寿永の内乱の叙事詩であるということのそれぞれの表現であるといってよいとおもう。事態の客観的進行を詩的に語るところに平家の特徴があって、第二節でみたように、物語の「主人公」をもち得ないような構造にもそれがあらわれているのである。西洋の叙事詩とのちがいをあげて、『平家物語』が叙事詩であることを否定するにはあたるまい。どのような形と特徴をもった叙事詩であるかがむしろ問題であろう。『平家物語』という叙事詩を生んだことが、また十二世紀末の内乱の一つの特徴でもあり、成果でもあったのである。西行や長明とならんで、伝説とはいえ、行長入道とともに、盲目の琵琶法師生仏が文学史上の人物としてあらわれるところに、以前のすべての時代と区別される新しい時期の特徴があるといってもよい。

むすび――『平家物語』とその時代

源三位頼政が以仁王に叛乱をすすめたときの言葉として、『平家物語』は、諸国の源氏の状態をつぎのようにのべている。

朝敵をも平げ、宿望《しゅくもう》を遂げし事は、源平何れ勝劣《しょうれつ》無りしかども、今は雲泥交《うんでいまじわり》を隔《へだ》てて、主従《しゅじゅう》の礼《れい》にも猶劣《おと》れり。国には国司に従ひ、庄には領所《りょうしょ》に召使はれ、公事《くじ》雑《ぞう》事《じ》に駆立《かりたて》られて、安い思ひも候はず。如何計か心憂く候らん。君若《きみもし》思召立せ給て、令旨《りょうじ》を賜《たび》づる者ならば、夜《よ》を日に続《つい》で馳上《はせのぼ》り、平家を滅《ほろぼ》さん事、時日《じじつ》を回《めぐら》すべからず。入道も年こそ寄《よっ》て候へども、子供引具《ひきぐ》して参《まいり》候べし（「源氏揃」）。

いうまでもなく、この言葉は平家の作者の創作である。平氏の天下のもとに、諸国の源氏の圧迫されている状態をのべたのであるが、それを「国には国司に従ひ、庄には領所《りょうしょ》に召使はれ、公事雑事《くじぞうじ》に駆立られて、安い思ひも候はず」といっているのは興味がある。もっとも「庄には領所に召使はれ」は、八坂本の「庄は領家《りょうけ》のまゝなりければ」の方が、意味が明確である。国司の権力に隷属し、荘園の本所・領家に駆使され、公事雑事をとりたてられることが、この時代の被圧迫者の一般的な苦しみであったから、そのことを平家の作者は、諸国の源氏についてのべたのである。

『平家物語』は治承・寿永の内乱を、源平の争乱として、いいかえれば平氏と源氏という二つの武家の「棟梁」のあいだの争闘として描いている。しかしこの武家の棟梁間の争闘にすぎないものが、なぜ東国や畿内近国だけでなく、中国・四国から鎮西の果までも、その乱のなかにまきこんだのかということは、『平家物語』によっては理解しようがない。伊賀国の東大寺領黒田荘の平康行という住人は、この乱に参加して源氏のために忠節をつくし、その仲間とともに、頼朝から所領の安堵《あんど》を受けたが、その子の時代になって、鎌倉殿の御家人《ごけにん》であるという理由で、所領は没収され、荘内から追放された。これも源平の争いという観点からは理解しがたい。乱のはじまった翌年、公卿の日記に「伝へ聞く、播磨国、又国司に乖《そむ》く者ありと云々。凡そ外畿の諸国、皆もつて此の如しと云々」とあるが、なぜ地方の住人がこれほど広く国司すなわち国家権力に叛乱したかもわからない。まして日向や薩摩の辺境で、この乱に在地の武士団が叛乱をおこし、国衙、すなわち国家の地方行政機関を襲って土地台帳を「散々に取り失つ」たかは、なおさらわからないだろう。平氏は太宰府までは逃れたけれども、日向・薩摩までは行かなかったからである。

　このような事例をあげただけでも、乱がおこる基本的な原動力は、この時代の政治的、経済的な諸条件のなかにあるのであって、武家の棟梁の争いというのは、そのうえにのっかっているのだということはおよそ見当がつくにちがいない。したがって、『平家物語』の作者が、物語にするために、諸国の源氏の圧迫されている状態としてのべたさきの言葉、すなわち国々では国司の権力に隷属し、荘園では領家に駆使され、公事・雑事等の貢租の負担に追いまわされる状態が、この乱の基本的な原因であるといってよい。その圧迫は院政時代になってからとくに強化された。この時代に、地方の「住人」または「国人」と呼ばれた階層が台頭してくれば、それだけ国家や荘園領主の支配との矛盾がはげしくなったのである。武家の棟梁間の争いというのは、いずれがこの住人＝国人層の力を、自分の権力の基礎として組織できるかにかかっていたといってよいだろう。

　平氏は、保元・平治の乱以来国家権力の一部となり、ことに乱の前年のクーデターによって院政にかわって政権を握ったのであるから、乱にさいしての兵士の徴発にしても、兵糧米の賦課にしても、国家機構の力に依存できた。しかし中央の貴族や社寺の利害も一部犠牲にしなければならなかった。したがって中央では孤立し、地方では叛乱の対象になるという不利な条件にあった。乱の鎮定者、「官兵」の指揮者としてあらわれる平氏にたいして、源氏は叛乱を組織することが必要であり、それだけ諸国の住人＝国人層、とくに在地の領主＝武士階級の利害を満足せしめなければならなかった。鎌倉殿が、かれらの先祖伝来の所領の安堵＝承認を基本とし、国衙や荘園の領家にたいしてそれを保護する政権となったのはそのためである。それは、国衙の権力や荘園制を否定するものではなかったが、しかしその勢力に対抗して領主＝武士階級の地位と利害を保護する政権であったことはたしかである。もちろんそれには鎌倉殿の御家人として隷属することが条件であった。

以上の素描からでもわかるように、この治承・寿永の乱は、たんに源平の争乱ではなくて、その本質は古代末期の内乱であった。したがって源平の争乱としてこれを描いた『平家物語』が、この乱を一面的に、かつ表面的にしか反映していないことは当然である。それは全体としていえるだけでなく、個々の点でも、たとえば第四節の終りにのべたように、頼朝の挙兵の動機を文覚の勧めによったような説話的興味を中心とした虚構のまずさにも出ているし、頼朝と義経の対立の原因を、梶原景時の讒言におくという語り方にもあらわれている(「土佐房被斬」)。頼朝と義経の対立は、義経の背後にある後白河法皇の力と頼朝との対立関係、義経が叛旗をひるがえすと紀州の武士の多くがこれに加担したような事実にみられる諸国武士団の不安定な動向、また頼朝の言葉をかりていえば、「土民或は梟悪《きょうあく》の意を含み、謀反の輩に値遇せしめ候。或は脇々の武士に就き、事を左右に寄せ、動《やや》もすれば、奇怪を現はし候」というような情勢、このような諸条件のなかでのみ、頼朝と義経との対立およびその結末は理解できる。景時の讒言も事実らしいが、一つの契機にすぎない。しかし近代の学問があきらかにしてきたこのような歴史の必然性についての認識を、『平家物語』の叙述にたいしてたんに対置したところで、どれほどの物語を理解するうえに意味があるだろうか。近代人のように歴史の必然性をでなく、歴史を運命という観念でとらえていた時代の作品にたいして、それが時代を一面的にしか表現しなかったということを証明してみせたところで、どれほどの意味もあるまい。『平家物語』がわれわれに提起している問題は、そのように単純ではないのである。近代人の歴史認識を基礎にして、平家はこのようにその時代を書けばよかった、あるいは書くべきでなかったということを主張するよりも、なぜこのような形でしかこの時代の叙事詩が生れ得なかったかをかんがえることの方が、歴史認識としても意味がある。

『平家物語』は文学であって、歴史叙述ではないのだから、右にのべたように、武蔵から讃岐、近江から薩摩にいたるような内乱を、そのままの広がりにおいてとらえようとすることは、文学として、分裂と破産以外には何ものこさないことになろう。『平家物語』のような性質の文学は、いつでも生れるような性質のものではない。第一節の終りにのべたように、諸国に分散的におこった諸事件が、一箇所に集中されて、一つの全体的な「危機」をつくるような特殊な歴史的情勢のもとにおいてのみ、『平家物語』のような作品は創造されるのである。王朝の物語にくらべれば、平家は物語の空間的な視野を飛躍的に拡大した。それは平家の叙事詩的側面のもたらした一つの収穫というべきである。しかしその空間的広がりが、『今昔物語』のそれとちがうのは、平家がその性質上集中と統一をもたねばならないということであった。『平家物語』が、その集中する点を源平の争闘にもとめたのは、そうしなければ、それが語ろうとした治承・寿永の内乱を文学としてとらえることができなかったからであろう。あるいは言葉をかえて、源平の争闘という集中をもたらすような内乱であったからこそ、『平家物語』という文学が成立してくる条件があったといった方が正しいかとおもう。

しかし『平家物語』は源平の争を描いた文学ではなく、平氏の滅亡を物語った文学である。「たけき者も遂にはほろびぬ」にはじまって、「それよりしてこそ平家の子孫は永く絶《たえ》にけれ」で終るのが、『平家物語』の骨格であった。時代をこの滅亡の相においてとらえること、滅びゆくものにたいする悲哀の情をもって一篇を貫いているところに、物語や説話の集成のように見える『平家物語』の全体が、一つの統一を保っている理由があるといってよい。『平家物語』の最初の形である『治承物語』の作者は、なぜ源氏の興隆を主題にしないで、平氏の滅亡を主題にしたのかという問題提起は、一見合理的なようにみえて、どこかに思惟の身勝手が生みだすおかしさがともなうのは、平氏の滅亡の悲歌という形以外の仕方では、この時代の叙事詩はあり得なかったということが暗黙のうちに承認され、だれでもそこから出発しているからであろう。平氏の滅亡を主題とした理由を、末世・末代の思想、あるいは浄土教的な現世厭離の思想、あるいは無常観というような、ある程度形をなしたこの時代の「思想」というものから説明しようとするかんがえかたもある。しかしそのような思想を受けいれる根源の方がもっと問題であろう。人間の力によってはどうにもなしがたい力を運命としてとらえ、人間が運命をつくるのではなく、運命が人間を支配し、その未来を予定するというかんがえ方には、必然的に悲哀の情緒がともなうのであって、それは『平家物語』にかぎらず、どのように楽天的に見える叙事詩でもそうであった。悲哀感を基調としないオプティミズムというものは古い時代にはまずないといってよいだろう。『治承物語』が平氏の滅亡でなく、源氏の興隆を主題としようと試みたとしたら、はじめから『治承物語』などは成立し得なかったことだけは確実であろう。

　第四節で合戦記を分析したとき、そこに平家独特の無邪気さ、明るさがあることをのべた。その場合、武者が討ちとられる残酷なるべき場面が、様式化された言葉によって、また描写が節度を保つことによって、不快な暗さが緩和されていることを指摘した。そこでは手法の問題としてかんがえたのであるが、問題はもう一つ深いところにあろう。どんなに「大力の剛のもの」であっても、運命がくれば死ぬほかはないという観念が、いたずらな暗さからすくっているのである。知盛が壇浦で、「めづらしき東男をこそ御覧ぜられ候はんずらめ」といって「からからと」笑ったのも、人力のおよばない大きな運命の力によって、リアルに描けば聴くにたえないような平氏の最期の悲劇を緩和する役割をもっている。描写の節度というのは、たんに適度ということではなくて、一方ではこのように運命の力によって暗さを緩和させながら、他方では運命の支配に必然にともなうところの悲哀の情緒で統一されているところに成立するものであろう。『平家物語』にみられるこの無邪気な明るさがもっともよくあらわれているのは、宇治川の先陣前後の部分であろう(「生食《いけずき》の沙汰」「宇治川先陣」)。個々の合戦譚にはこのような透明な明るさはあったであろうし、事実『平家物語』にはすでに語物として存在していたこの性質の合戦譚が多く組みこまれていたかもしれない。しかし個々の話がいかに楽天的で、明るい性質のものであっても、全体としてこの時代を物語るとなると、いいかえれば個々の物語を統一する全体の基調となると、それは平氏の滅亡という悲劇的なものを基礎にしなければならないというところに問題があるのである。これは、平家の作者、またはその階層の歴史的な地位、あるいはその世界観や宗教思想からだけ説明できるだろうか。一体この時代に楽天的な、革新的な思想などというものが、かんたんに存在し得たのであろうか。

守護・地頭設置の権利を獲得したすぐ後に、頼朝が兼実にあてた手紙のなかで、「今度は天下の草創なり」とのべているところを見ると、彼はこの変革を楽天的な、革新的な態度でとらえていたようであり、また彼の果した役割からすれば、それは当然のことであろう。頼朝はこの時代の貴族とは思想的にも感性的にも異質のものをそなえていたらしい。しかし大江広元自身が守護・地頭の設置の理由をのべて「世已《すで》に澆季《ぎょうき》に属し、梟悪《きょうあく》の者尤も秋《とき》を得たるなり」と末世・末代的な思想をのべているところをみれば、頼朝のようなかんがえ方が、どれほど当時の武士の思想であったかは疑わしいだろう。もっとも『平家物語』が熊谷直実の出家の動機を敦盛《あつもり》の最期と結びつけたのは、事実ともちがい、物語としても拙劣なやり方であって(「敦盛最期」)、一般にこの時代の武士がそれほど宗教心にあついとはかんがえられないが、しかし楽天的なかれらも時代の動き全体をとらえようとすれば末世・末代的な思想以外には拠りどころがなかったのではあるまいか。もっと下層の人民のことをかんがえてみると、『平家物語』の一つの基盤となっている都市民の悲惨はまえにふれたから、ここではくりかえさない。この層の意識と感情は、『梁塵秘抄』からうかがうことができる。この時期の農村を見ると、たとえば、備後国の高野山領太田荘では、この内乱に二つの武士団が参加して、関東の御家人になったが、そのなかで何をしたかといえば、荘園の田地百余町歩を押領し、加徴米＝兵糧米段別《たんべつ》二升五合を年貢のなかからうばいとり、数百軒の百姓の在家《ざいけ》をおさえて所従《しょじゅう》＝奴隷のように駆使し、寺役を勤仕しなかったというのである。これはこの内乱期にどこでもみられた一つの例である。たしかに寄生的な荘園領主たる高野山の支配にたいしては革新的、侵略的である。しかし百姓たちからすれば、この在地武士団の発展は、かえって収奪の強化でもあったのである。古代貴族や本所領家の支配にたいして、このような武士団を基盤とする鎌倉幕府の成立は、歴史の大きな進歩である。しかしそれは封建制度が完成し、あるいは近代が成立した後にはじめてでてくる歴史的な評価であって、その時代を生きた人間が、そのように自分の時代を意識するとはかぎらないだろう。ことに封建制の成立は近代の成立とはまったく異なった条件においておこなわれる。百姓たちの負担と隷属を一時的ではあってもより重くするという矛盾をともなって、領主層が発展し、新しい封建制度が成立してくるとすれば、この矛盾は人民の意識にどのようにして反映してくるだろうか。武士団とちがう太田荘の百姓たちは、それでも時代は進展しつつある、明るくなったと楽天的に考えることができたろうか。歴史がしめしているように、平安時代の生産力と人民の成長が、歴史をこの内乱にまでみちびく基礎になる力であった。しかしその力が、武士＝領主の支配をつくりだすことによってのみ、古い国家と貴族の支配から解放されてゆくという歴史のあり方が、人間の意識と思想をどのように制約し、形づくっていったかをかんがえたいとおもうのである。この点むずかしくてよくは解らないけれども、『平家物語』の基調になる悲哀の情というものが、末世・末代的な貴族思想や仏教思想からだけ説明されてはならず、この時代そのものの変化のあり方に根をもっているのではないかという疑問をだしておくにとどめたい。

このようなことはこれからの問題として、『平家物語』についていえば、そこでは運命の支配に必然的にともなう悲哀の情というものをこえた宗教的な感傷主義が強く見られるという特徴がある。宗教的な感情、とくに浄土教的な思想は、個人意識の成立を基盤としている。第四節で合戦記のことをのべたところで、平家は個人でなく集団の行動を描いたところに新しさがあるといった。しかし同時に他の側面をみなければ、評価として一面的になろう。宗盛・教経・知盛・忠度等々の人物は、『平家物語』では平氏一族という集団の運命ときりはなせない人物として描かれ、そこに特徴があるのであるが、しかし維盛の物語はその集団からはなれた人間の悲劇として語られており、しかも作者はこの維盛の出家と入水を、彼の個人の心情にまで細かく立ちいりながら、異常な情熱を傾けて語っているのである。維盛は屋島から逃亡したのであって、一門の人々から頼盛と同じように「二心《ふたごころ》」ありとして差別されたところの脱落者のように描かれている（「高野之巻」）。この集団から離脱した個人としての維盛が恩愛の絆と生への妄執を断ちきる内向的な物語は一篇の宗教文学といってよい部分である。このような部分と巻末の灌頂の巻を結びつけ、平家のいたるところにみられる「……こそあはれなれ」という悲哀感を宗教的情緒の表現としてみるならば、『平家物語』全体が一篇の浄土教的宗教文学だという説が成立し得るほどである。

第一節でのべたことからも察せられるように、運命の観念は、『平家物語』の基本的な観念ではあるが、この観念が通常ともなうところの一種のきびしさ、深刻さ、厳粛さが『平家物語』にはないのがまた一つの特徴である。それは来世への期待や賛美、そこへの逃避によって、現世における運命のきびしさが中和され、弱められるからであろう。生あるものはすべて滅びる、すべてのものは移り変るという無常観にしても、動かないものへの熱烈な探求によって支えられているかといえば、それも欠けている。『平家物語』のいたるところにみなぎっている詠嘆と感傷主義は、そこから生れてくるものであろう。古代の成立期に生れる叙事詩を典型とするならば、『平家物語』を叙事詩とみることが困難になるのは当然のことである。現在われわれが読んでいる十二巻本の平家は、そのような意味では叙事詩とはいえないだろう。「小宰相身投」の一篇をとってみても、それは完全な浪漫的な物語にすぎない。ここにみられる詠嘆と感傷主義は、『平家物語』が、王朝の物語の開花した後に生れた文学であること、古代末期の個人意識を基盤とした宗教的感情を基調としていること、したがってそれは古代ではなく、中世紀の第二次的な叙事詩としての特徴を、さまざまの側面でそなえていることと関係がある。しかしここでも文学の歴史に大きな断絶がみられる西欧中世の叙事詩と比較することは無理であって、日本のばあいには、『平家物語』という治承・寿永の内乱の叙事詩は、それ以前の王朝の主情的な物語文学の世界と直接に連続しているのが特徴である。このような状況においてのみ『平家物語』は成立したのであって、その文学史的状況をあきらかにすることが、叙事詩であるかないかを直接論議するよりも有益かもしれぬ。

第一節で、『平家物語』の価値は、現世と生の無意味さを説く宗教的な精神が強まってきているなかで、現世と生の面白さ、豊富さ、複雑さを教えた点にあること、『平家物語』に一貫する悲観的な精神や宿命観も、右の事実をぬきにしては正しく理解できないだろうことをのべた。無常観や悲観的な精神が、『平家物語』の基本的な精神であったことについては、議論の余地のないほどあきらかである。平氏の滅亡ということを主題として時代を物語ろうとしていることも、その精神のあらわれである。それにもかかわらず、この物語が現世と生の面白さ、豊富さばかりでなく、この時代を他のどの文学作品よりも客観的に反映した作品となっているのは、作者の思想から来た結果ではなくして、物語られた対象自身の性質からきた結果であろう。平氏は滅びたのではなく、治承・寿永の内乱の力によって滅ぼされたのであるし、平氏は没落したのではなくて、都から追い落とされ、壇浦で討滅されてしまったのである。この事実がこの時代の諸階層の現実の行動によって眼前に展開されたのであるから、この内乱に新しく登場してきた階級や人間のすさまじさを見、かつ描かなければ、滅びることの哀れささえとらえることはできないだろう。この時代を、どのような悲観的な精神で表現しようとしたところで、以上の矛盾を作者に強制するところに、内乱という転換期の特徴があり、法則があった。作者が平氏の公達のためにそそいだ涙は水びたしになるほどである。「太宰府落」も、作者が、九州を逐われる平氏の悲境にたいして、万斛《ばんこく》の涙をそそいで書いた一節である。「折節降《くだ》る雨車軸《しゃじく》の如し、吹く風砂《いさご》をあぐとかや。落《お》つる涙降《ふ》る雨、分《わ》きて何れも見えざりけり」といった調子で書かれている。しかしこの悲劇をのべるために、『平家物語』は、そのすぐまえに、「こは如何《いか》に、昔は昔、今は今。其儀《ぎ》ならば、速に逐出《おい》し奉れ」とうそぶいている平氏恩顧の家人のふてぶてしさ、すさまじさを描かねばならなかった。そうしなければ作者が語ろうとする滅びるものの哀れささえ、描けないところに、この時代の特徴があったといってよい。

あとがき

日本の古典文学から五つの作品をえらぶとすれば、『平家物語』はその一つにはいるだろうといわれている。しかし古典文学は万人の財産なのだから、専門家がすばらしい文学だといったからといって、そのまま受けとる理由はなく、また長い間古典として尊重され、愛好されてきたからといって、現在の日本人がそのことによってしばられる必要はないはずである。このことは専門家の意見を尊重しないとか、あるいは伝統的な評価を単純に否定しようというのではない。長い間、『平家物語』が日本人によって愛読されてきたことは、それだけの根拠があるのだから、それについて知ることは必要であり、大切なことだとおもう。しかしわれわれの生活や環境が変ってゆき、文学にたいする好みや要求や意見も時代とともにかわっているはずであるから、過去の人が評価したと同じように、現在のわれわれも評価したとすれば、かえっておかしいことになろう。もし『平家物語』が古典の名に値するのならば、どのような時代の変化にもたえ得るだけの力を、それ自身のなかにもっていなければならない。古典だからといって一応は賞めなければならないという風な敬意の表され方をすることは、『平家物語』をかえって低くみることになるわけである。古典について、伝統的評価にとらわれないもっと自由な意見がでることが、『平家物語』にとっても望ましいことであるにちがいない。それによって古典の欠陥とともに、新しい価値も見出されてゆくようになるかもしれないからである。

しかしそのためには『平家物語』の全体を読む必要がある。平家も、多くの古典と同じように、賞められること多くして、読まれることの少ない作品の一つであろう。われわれは、はやくから国語の教科書や抄録本で、『平家物語』を断片的に読まされてきたが、そのさい合戦記の部分が多かったのは、平家を一篇の戦記文学だとかんがえる伝統的な評価と関係があるようである。私はこの評価には異議がある。また平家は無常観を物語った文学だとされて、「祇園精舎の鐘の声」以下の文章が、よく抄録されていた。これも根拠がないわけではないが、平家は物語であって思想の本ではない。「もののあはれ」についていくら知識があっても、『源氏物語』について理解したことにならないように、無常観をいくら説明しても『平家物語』と『方丈記』のちがいさえあきらかにならないだろう。平家を抄録することが悪いのではなく、その基準に問題があるのである。この基準は多くの人々の意見が自由に出されることによって変化し、正しいものになってゆくにちがいない。

　この小冊子を書こうと思ったのは、根本は『平家物語』に興味をもってきたからであるが、直接の動機はつぎの点にある。『平家物語』は平氏の滅亡を軸とする治承・寿永の内乱を物語った文学であるが、この時期の歴史を『平家物語』とは別箇に調べながら、いつもこの物語が念頭にあってはなれないのである。これは歴史の研究が未熟なせいもあろうけれども、主として『平家物語』のもつ文学の力のせいであろう。江戸時代から明治時代の学者は、『平家物語』の叙述が歴史の事実とちがうということを色々証明しようと努力したことがある。これは歴史の研究には意味のあることではあったが、創作された物語である平家にとっては、大した意味のないことであり、責任もないことである。平家の記事が歴史的事実とどれほど一致するか、しないかということだけが、平家にたいする歴史研究者としての問題意識だとすれば、それは謙虚というよりは自分を卑下するものである。また歴史研究者が平家の記事を歴史の資料として断片的に利用することだけを心がけていたら、これは文学というものをそれ自身の価値と独立性において尊敬しない態度ということになろう。『平家物語』を独立の物語＝文学として正しく理解する努力を自分でやってみてはじめて、歴史の研究者は平家のもつ力から解放され、

『平家物語』を全体として歴史研究のなかに生かすことができよう。そのようにかんがえて、従来の文学史家の業績を参考としながら、まとめてみたのが本書である。『平家物語』を治承・寿永の内乱の鏡とみる立場からすれば、本書も私の歴史研究の一部のつもりである。未熟な小冊子ではあるが、将来ふたたび『平家物語』にかえるための糸口にしたいとおもう。また本書は『平家物語』の諸問題をまんべんなくかんがえたものではない。それについて知りたい読者は、付録でのべた参考文献によって勉強していただきたい。『平家物語』の時代の歴史については、言及するにとどめたが、これについては、この新書の一冊として他の著者による本が刊行されるそうであるから、それによっていただきたいとおもう。

本書の引用のテキストには、覚一本の別本である山田孝雄校訂岩波文庫本『平家物語』を用いた。現在もっとも普及している版本であり、かつ流布本の系統であることがわれわれには必要なことだからである。また文中に、少々煩わしいとは思ったが、原文をそのまま引用した。これから原典を読まれる読者に、平家の声調や用語に少しでも親しんでもらっておいた方がよいと思ったからである。なるべく章段も明記しておいたから、読者は容易に原典で所在を知ることができよう。

巻頭の写真版は、いずれも学友むしゃこうじ・みのる氏の配慮によるものである。また本書の出版については、岩波書店の中島義勝氏に一方ならぬ御迷惑をかけ、かつお世話になった。同氏のすすめがなければ、自分の専門とはいいがたい『平家物語』について、一書をまとめるなどということはなかったにちがいない。ともにあつく御礼を申上げたい。

一九五七年九月

石母田　正

〔平氏系図抄〕

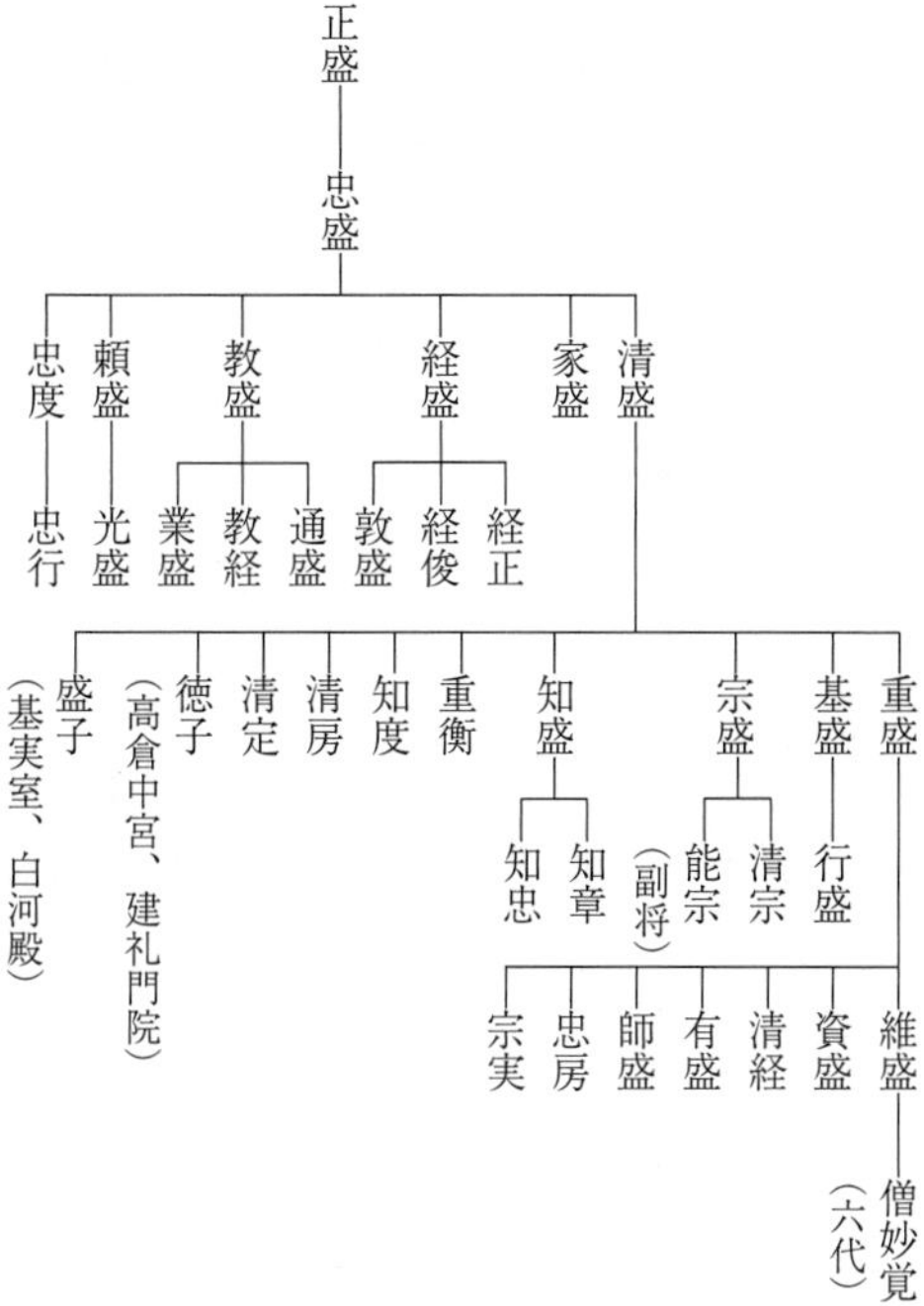
正盛
忠盛
清盛
家盛
経盛
教盛
頼盛
忠度
経正
経俊
敦盛
通盛
教経
業盛
光盛
忠行
重盛
基盛
宗盛
知盛
重衡
知度
清房
清定
徳子
（高倉中宮、建礼門院）
盛子
（基実室、白河殿）
行盛
清宗
能宗
（副将）
知章
知忠
維盛
資盛
清経
有盛
師盛
忠房
宗実
僧妙覚
（六代）

[附録]『平家物語』を読む人のために——参考文献について

『平家物語』についてもっと深く知りたいとおもう人のために、参考文献について二三のことを記しておきたい。『平家物語』に直接関係する文献に限り、専門の論文は省略した。

第一に平家の本文について。平家は古典文学のうちでもっとも異本の多い作品であるから、本文研究がとくに重要な問題となる。この分野の研究の礎石をおいたのは、山田孝雄氏『平家物語につきての研究』である。その概要については、同氏校訂の宝文館版『平家物語』に附載されている「平家物語諸本一覧」を見られたい。その後の研究を知りたい人には、山田氏の所説にたいする批判をふくむ高橋貞一氏の『平家物語諸本の研究』がある。

『平家物語』の伝本は大きく三種に区別することができる。㈠は灌頂の巻を立てない諸本である。この系統の平家は国民文庫刊行会本の八坂本『平家物語』で容易にみることができる。㈡は灌頂の巻を立てた諸本で、岩波文庫本『平家物語』(山田孝雄校注)の底本である覚一別本もこの系統に属し、また日本古典全書所収の冨倉徳次郎氏校訂の米沢本も同系統のものである。㈢は増補された『平家物語』であって、そのうち二十巻の長門本は国書刊行会本の

『平家物語長門本』によって容易に見ることができる。また延慶本《えんぎょうぼん》『平家物語』六巻十二冊は、改造社版として翻刻されている。四十八巻から成る『源平盛衰記』は、国民文庫本や通俗日本全史本以下その数が多い。岩波文庫本の『盛衰記』は戦時中一部刊行されたままになっている。

以上の諸伝本はそれぞれ特徴があって、それを比較すると『平家物語』がどのように成長し、変化したかをうかがうことができる。ただそれらの諸伝本の個々の部分について、どれが古くかつ本来的で、どれが後から増補されたものかというような問題は、専門の文献学的研究をまたねばならないから、われわれが軽々しく断定することはできない。『平家物語』の増補の過程について基準となるべき説を提出したのは、山田氏前掲の著書であるが、その要点は前記宝文館版『平家物語』に附載されている「平家物語概説」によっても知ることができる。平家がもと六巻であったと見られること、その以前は三巻であったかもしれぬことを最初に説いたのも氏である。本文にのべたことと関連するから、あげられた根拠をのべておくと、第一は延慶本『平家物語』が六巻十二冊から成っていること、第二は「御府兵範記」（京都御所東山御文庫蔵の藤原定家書写『兵範記《ひょうはんき》』のこと）の仁安三年十月の記事の裏文書に（『鎌倉遺文』五五九五号）、「治承物語六巻号平家、此間書写候也」とみえることで、学界でも有力な反対論はないから、平家がもと六巻であったとする説は拠るべきものとおもう。三巻説については、右の場合ほど有力な根拠はまだない。右の「平家物語概説」は、その他の問題についても、一度は読んでおくべき文献である。

第二に平家の注釈書について。以前は内海弘蔵氏『平家物語評釈』や今泉定介氏『平家物語講義』がつかわれていたが、現在ではもう古くなっている。江戸時代にも注釈書としてはよいものはない(『古事記』や『万葉集』や『源氏物語』のことをかんがえれば、近代以前に平家がどのようにみられていたかがわかる。平家が文学史上の重要な古典として評価されるようになったのは、日本の近代の美意識の成立と性質に関係がある。高山樗牛《ちょぎゅう》や正岡子規等々のことを想起されたい)。現在注釈書として拠るべきものをあげると、御橋悳言《みはしとくげん》氏『平家物語略解』は平家にみえる仏語の解明に詳密である点が特色であり、石村貞吉氏『新註平家物語』も注釈書としてよいとおもう。頭注だけを附したものも多いが、そのうちで、朝日古典全書版の冨倉徳次郎氏の『平家物語』が正確でかつ行きとどいている。全体の注釈ではないが、日本古典読本の一冊として刊行された永積安明氏の『平家物語』はその「評」に独自の見解があらわれており、また佐々木八郎氏の『平家物語講説』は各説話の内容の研究を基礎にして注釈したもので、研究書の一面をそなえている。なお注釈書ではないが、野宮定基《ののみやさだもと》の『平家物語考証』は、『平家物語』と史実との関係を考証したものとして先駆的な業績である。これは『平家物語抄』とともに国文註釈全書で刊本になっているから容易に入手できよう。これと同じ性質のものに、水戸で編纂した『参考源平盛衰記』は今でも役に立つもので、「改訂史籍集覧」に三冊本としておさめられている。また平家の現代語訳としては、日本古典文学全集におさめられている石田吉貞氏訳の『平家物語』が、もっとも正確である。ただ『平家物語』の性質上、とくに原文と対照しながら読む必要がある。

　第三に語物としての平家の研究では、まず館山漸之《ぜんの》進《しん》氏の『平家音楽史』が古典的な著作であるが、その他『岩波講座・日本文学』所収の沼沢竜雄氏「平曲」および山田氏前掲「概説」によっても大略の知識は得られる。平曲の開祖は『徒然草』にみえる後鳥羽上皇頃の生仏とされている。やがて城一《じょういち》が出て、その弟子の城玄《じょうげん》が八坂流《やさかりゅう》を、如一《にょいち》が一方流《いちかたりゅう》をひらいたといわれる。鎌倉末期の頃である。この二流派は語り口にそれぞれ特徴があって、そのため平曲の詞章としての『平家物語』に多少相違ができた。八坂本と一方本との本文の相違は、平曲の二流派の語り口のちがいを反映している。平曲の大成者とされている覚一は、一方流の開祖如一の弟子といわれる。覚一本『平家物語』というのは、民衆のあいだにおこなわれていたさまざまな平曲を彼が統一しようとした努力の成果であろう。覚一の死後、都には平家を語る琵琶法師が五、六百人に達したという。八坂流は応仁・文明の時代までつづいたが、戦国時代には滅んでしまったらしい。「語物」としての平家については佐々木八郎氏の『語り物の系譜』があり、最近では、むしゃこうじ・みのる氏の『平家物語と琵琶法師』が、広い歴史的な視野のうえに、琵琶法師と平家との関係を論じている。この語物の問題は、その性質上他の文化史上の問題と関連してくるので、古くは中山太郎氏の『日本盲人史』も必読の本であり、岩波新書の一冊として刊行された林屋辰三郎氏の『歌舞伎以前』も参考としなければならない。また柳田国男氏の多くの業績にみられる語物についての意見もこれに関係するが、ここでは以上のものだけをあげておくにとどめる。ただ「有王と俊寛僧都」をふくむ同氏の『物語と語り物』は『平家物語』の一面を知るための必読の書であることだけはいっておかねばならない。

最後に『平家物語』のいわば文学論に属するものである。これには、いろいろの系統があるが、一つは津田左右吉氏の『文学に現はれたる我が国民思想の研究』にみるような思想史的な研究である。第二は国文学者による研究で、五十嵐力氏『軍記物語研究』は現在でも有益な内容をふくんでいる。冨倉徳次郎氏の『日本戦記文学』も小冊子ではあるが、『将門記』以来の系譜を跡づけたもので、入門書としてまとまっている。なお史学者の立場からの平家その他いわゆる軍記物語の研究を系統的にすすめてきた後藤丹治氏の『戦記物語の研究』は、文学論ではないが、平家研究における一領域をつくったものである。また平家の個々の側面の研究は、まだそれほど進んでいないが、阪口玄章《はるあき》氏の『平家物語の説話的考察』のような研究書が、他の面についてもあらわれてくれば、平家の研究はもっと具体的になってくるとおもう。最後にこの系統のもっとも包括的な研究としては、佐々木八郎氏の『平家物語の研究』をあげなければならない。大部の著書ではあるが、必読の書である。第三は平家をたんに「戦記文学」の一種としてとらえるのでなく、時代の所産として理解し、明確な文学理論のうえに立って分析する方法であるが、この傾向は永積安明氏の研究によって代表されるといってよいだろう。たとえば氏の前掲『平家物語』の第三章「平家物語の根本問題」が、平家における「世界観と方法」という問題ではじまっていることは、従来の国文学者の問題意識といかにちがうかをしめしている。このような問題意識による研究は氏の近著『中世文学の展望』の平家論にいたるまで一貫してつづけられており、『平家物語』研究における新しい段階をつくりだしている。谷宏氏の論文はまだ著書になっていないが、大体同一の問題意識に立つものとみられる。この傾向は、基本的には平家を叙事詩的な文学として理解することによって、従来の「戦記物語」的な理解を越えようとするものであるが、同様の観点を古くから主張する業績を発表してきた学者の一人に高木市之助氏がある。同氏他編の『平家物語講座』は第一巻しか出ていないが（その後一九五七年十月に第二巻が刊行）、そのなかの「平家物語の叙事詩的関連」は、語物と平家の文学性を統一的に理解しようとした業績で、叙事詩的観点を文学論として深めたものである。なお『平家物語講座』のついでに一言しておくと、同書に掲載されている冨倉徳次郎・水原一両氏編にかかる「年表史実対照・平家物語梗概」は、詳密な年表として、『平家物語』を読む人には有益な文献になるとおもう。最後に、『近代文学』第一〇〇号に、『平家物語』についての座談会がのっている。これも参考になるだろう。

以上のほか、中世文学史関係の著書や『平家物語』の時代的背景についての歴史学上の研究にもふれるべきであるが、これはまた別箇の分野であるから省略することにしたい。なおここでは大体著書を中心として参考文献を列挙したが、もれた著書も多いとおもうし、研究の領域では著書になっているのはほんの一部にすぎないのが普通である。したがって『平家物語』を研究したい人は、著書および研究論文の目録によって従来の研究史を調べる必要がある。ここでは以上の文献から教示を得てきたことにたいするお礼の意をふくめ、かつこれから平家を読もうとする人々にたいする案内として参考文献をあげたにとどまる。以上にかかげた労作の内容にたいする私の意見はまた別箇であることは、断わるまでもないだろう。

付論

一谷合戦の史料について

──『吾妻鏡』の本文批判の試みの一環として──

一

十二世紀末の内乱において、一つ一つの合戦が重要な政治的意義をもつことはいうまでもない。これらの合戦をこの時期の「政治の延長」として考察することが、政治史の一つの課題となるが、そのさいまず困るのは、史料の問題である。公卿の日記にもこれらの合戦についての記事がみえるが、それは伝聞にもとづくものであるから、間接的な意義しかもたない。『平家物語』は合戦記としてはもっとも詳細であるが、それは物語として価値があるだけである。のこるのは、簡単な叙述ではあるが、『吾妻鏡』の記事ということになろう。

『吾妻鏡』はいうまでもなく、これらの合戦の遂行者である鎌倉方の権威ある史書であるばかりでなく、そのなかの合戦についての記事は、『吾妻鏡』全体のなかでもとくに信用するに足る部分であると評価されてきたからである。八代国治氏は『吾妻鏡』についてもっともきびしい態度をとった学者であるが、合戦記の部分についてだけは寛容であった。(1)「猶木曾義仲征伐の記、一谷、四国、壇浦、奥州征伐の合戦記等は、玉葉、山槐記、源平盛衰記等の記事と異なり、一種特別にして精細名文なり。これらも亦政所にありし合戦記、及び其の時の勲功次第注文等によりしものなるべし」といっているのがそれである。八代氏がここで『吾妻鏡』の合戦記の原資料として、幕府の政所所蔵の合戦記や勲功次第注文がつかわれたろうと推定したのは、おそらく後年泰時《やすとき》が幕府の文書を整理したときに「平氏合戦之時、東士勲功次第注文」等の文書が現存したという『吾妻鏡』の記事を念頭におかれたものであろう。(2)しかしこの推定は、一つの可能性にすぎず、ことに幕府の公文書の罹災等を考えれば、(3)『吾妻鏡』の編纂にさいして、編者の手もとに合戦の原資料が十分整っていたとは断言できない。問題はむしろこのような推測によってではなく、『吾妻鏡』の本文そのものを個別的に検討することによって、はじめて解決さるべきことである。小稿ではそのような試みの一つとして一谷合戦の『吾妻鏡』の記事の性質について検討したい。『吾妻鏡』元暦元年二月七日条の一谷合戦についての記事は左のとおりである(原漢文)。

A　七日、丙寅、雪降る、寅剋、源九郎主《ぬし》(義経)、先《ま》ず殊なる勇士七十余騎を引分けて、一谷の後山鵯越と号すに著く、爰《ここ》に武蔵国の住人熊谷次郎直実、平山武者所季重《すえしげ》等、卯剋偸《ひそ》かに一谷の前路に廻り、海道より館際を競い襲いて、源氏の先陣たるの由、高声に名謁の間、飛騨三郎左衛門尉景綱《かげつな》、越中次郎兵衛盛次、上総五郎兵衛忠光、悪七兵衛景清等廿三騎を引き、木戸口を開きて之と相戦う、熊谷小次郎直家《なおいえ》疵《きず》を被り、季重の郎従夭亡す、其後蒲冠者並びに足利、秩父、三浦、鎌倉の輩等競い来る、源平の軍士等互に混乱し、白旗赤旗色を交え、闘戦の為体《ていたらく》、山を響かし地を動かす、凡《およ》そ彼《か》の樊噲《はんかい》、張良《ちょうりょう》と雖も、輙《たやす》く敗績《はいせき》し難きの勢なり、加之《しかのみならず》、城墎石巖高く聳えて、駒蹄通い難く、澗谷《かんこく》深幽にして人跡已に絶えたり、九郎主、三浦十郎義連《よしつら》已下《いか》の勇士を相具し、鵯越《ひよどりごえ》此山、猪鹿兎狐の外通わず、険阻なりより攻め戦わるるの間、商量《しょうりょう》を失いて敗走し、或は馬に策《むちう》ちて一谷の館を出で、或は船に棹して四国の地に赴く

B　爰に本三位中将重衡は、明石浦に於て、景時、家国等の為に生虜《いけど》られ、越前三位通盛は、湊河《みなとがわ》辺に到りて、源三俊綱の為に誅戮《ちゅうりく》せらる、其外薩摩守忠度朝臣《ただのりあそん》、若狭守経俊《つねとし》、武蔵守知章、大夫敦盛、業盛《なりもり》、越中前司《ぜんじ》盛俊、以上七人は範頼、義経等の軍中の討取る所なり、但馬前司経正、能登守教経、備中守師盛は遠江守義定之を獲

たりと云々

Aは一谷合戦の経過の叙述で、Bは合戦の結末についての記事である。まずAの部分を一読すると、ただちに連想されるのは『平家物語』の記事であろう。それほど両者は似た点が多い。両者の類似点がどの程度のものであるかを検討するとつぎのようになる。

㈠『吾妻鏡』の一谷合戦の緒戦の叙述は、源氏の熊谷直実、平山季重の先陣と、それに応戦した平氏の飛驒三郎左衛門尉景綱、越中次郎兵衛盛次、上総五郎兵衛尉忠光、悪七兵衛景清によって代表されているが、この部分は、筋といい、登場人物といい、『平家物語』の「一二之懸」の叙述とほとんど符合するといってよい。平氏の武士の登場人物に一、二の出入があるが、それについては後にのべたい。

㈡　つぎに『吾妻鏡』では、「熊谷小次郎直家疵を被り、季重の郎従夭亡す」とあるが、そのうち、直家の負傷は平家の記事と一致する。季重の郎従のことについては、断定はできないが、『平家物語』の河原太郎兄弟の戦死のことを指したものとすれば、これも符合することとなる。平山季重は武蔵の武士であり、河原太郎兄弟も武蔵国の私《し》〔私市《きさいち》〕の党の下級武士であったから、「季重の郎従」といってもおかしくないからである。

㈢『吾妻鏡』では直実・季重の物語が終って、つぎに源平の武士が乱戦する叙述がくるが、これも『平家物語』と一致し、そこに登場する「足利、秩父、三浦、鎌倉の輩」という源氏の武士団の名前も、覚一本系統の『平家物語』と完全に一致している。最後に義経の鵯越の坂落の記事は、三浦義連が郎党の代表としてあらわれるが、これも『平家物語』と同一である。以上によって、『吾妻鏡』の一谷合戦の記事の順序および登場する人物、武士団が、ほとんど全部『平家物語』と一致すること、ただ前者が簡略であるという相違があることを知ることができる。『吾妻鏡』には平家にない新しい事実は何もない。一谷合戦も多くの戦闘から成る複雑な合戦であったはずであるから、『吾妻鏡』の編者に平家以外の独自の資料があったとすれば、こうまでの類似はかんがえがたいことであろう。

(四)　合戦記の叙述の内容について考えると、『吾妻鏡』では直実、季重等は「卯剋、偸かに一谷の前路に廻り、海道より館際を競い襲いて」先陣の名乗をあげたことになっている。このうち卯剋は、八坂本では直実の出陣を「子の刻」としていて、両者に相違があるようにみえるが、しかし八坂本の他の箇所では矢合せが「卯の刻」と定められていたとあるから、『吾妻鏡』の卯剋もこの合戦全体の記事にかけたものとして読めば、両者は一致する。また『吾妻鏡』の「海道より」直実が出陣したという記事も、『平家物語』の「夜もすがら播磨路の波打ぎわにぞ打出たる」と照応するものであろう。また景綱・盛次等「廿三騎を引き、木戸口を開きて之と相戦う」と『吾妻鏡』にみえるが、この「廿三騎」という数は『平家物語』の「廿余騎」(覚一本)または「廿三騎」(八坂本)と一致し、「木戸口云々」も、平家の「一谷の西の城戸口へ、まっさきにこそ押寄たれ」と符合する。

㈤　最後に、合戦の状況の描写であるが、『吾妻鏡』の「源平の軍士等互に混乱し、白旗赤旗色を交え云々」とある描写は、それに対応する八坂本ではつぎのようになっている。「白旗・赤旗あひまじはつて、火出る程にぞ戦ける」。南都本ではさらに『吾妻鏡』との類似がいちじるしく、「源氏平氏乱合、白旗赤旗相交リ云々」となっており、それにつづく『吾妻鏡』の「山を響かし地を動かす」という形容も南都本の「天ヲヒビカシ地ヲ動《うごか》ス」に対比すれば、いずれか一方が他を模倣して叙述していることはあきらかであろう。この事実を念頭におけば、『吾妻鏡』の「城墎石巖」以下の形容が、八坂本の鵯越の章段の文章と関連することは、一々指摘する必要はあるまい。Aのなかでただ一つ重要な相違は、義経が鵯越に向ったときの軍勢が、平家十二巻本では三千余騎となっているのにたいして、『吾妻鏡』では、「勇士七十余騎」となっていることである。この点だけが『吾妻鏡』の編者の方に、平家以外の独自の資料または伝承があったとみられる唯一の点である。

以上によって、『吾妻鏡』の一谷合戦の記事が『平家物語』と不可分の関係をもつことはあきらかになったとおもう。のこる問題は、いずれが他を模倣したかということである。『平家物語』が『吾妻鏡』の簡単な記事を基礎として物語を創りあげたのか、または『吾妻鏡』が平家の叙述を簡略して記事としたかのどちらかでなければならない。第一に問題になるのは両者の著作年代である。『平家物語』の原型は承久の乱頃には成立していたとみられるが、十二巻本の『平家物語』も『吾妻鏡』より以前に存在したとみられることは、四十八巻に増補された『源平盛衰記』さえ建長の末年頃に著作されたと推定されていることからも、(4) あきらかであろう。文永年間に成立したとみられている『吾妻鏡』と『源平盛衰記』との前後関係は問題とはなり得ても、十二巻本平家が『吾妻鏡』よりも早く存在していたことについては疑いないことである。したがって平家と『吾妻鏡』との間に右にみたような不可分の関係があるとすれば、著作年代からいって、『吾妻鏡』の編者が平家の叙述を基礎として一谷合戦の記事をつくったとかんがえる方が自然であり妥当でもある。第二は文体である。八代国治氏が、『吾妻鏡』の合戦記が政所にあった原資料に拠ったものであろうと推定した根拠は、『吾妻鏡』の文体が「一種特別」で「精細名文」であるというにあった。精細という評は事実と相違するが、一種特別な「名文」であることは承認してもよい。しかし『吾妻鏡』の記録体的な部分に対比して、Aの部分がとくに名文となったのは、別箇の原資料に基づいたためではなくして、反対に原資料がないために『平家物語』を模倣せざるを得なかったためにおこったことではなかろうか。Aの部分が「名文」といわれるのは、要するにその文章のもつ一種の声調と形容のためであるが、それこそ『平家物語』の合戦記の文体上の特徴に外ならない。叙述の内容ばかりでなく、表現や形容の細部にいたるまで、『吾妻鏡』に新しいものがほとんどみとめられないことは前記のとおりである。しかし『吾妻鏡』が平家を模倣したということは、右の例では、いわゆるキメ手にならないという意味で、しばらく断定をひかえてもよい。ただ右のことを念頭において、Aのなかで保留しておいたことについて検討したい。

直実・季重に応戦した平氏の武者の名前は、『吾妻鏡』と平家ではほとんど一致するが、一、二出入のあることをさきにのべた。その一人は飛驒三郎左衛門尉景経である。この武者は、『吾妻鏡』にはみえるが、十二巻本の平家にはみえない。しかしこの事実から、『吾妻鏡』の編者が、独自の原資料を利用したと推定すべきでないことは、その名前が南都本・長門本および盛衰記等の十二巻本より増補された『平家物語』にはみえていることからも知られる。もっとも『吾妻鏡』では「飛驒三郎左衛門尉景綱」となっているのにたいして、南都本・長門本・盛衰記では「飛驒三郎左衛門尉景経」となっているが、両者はおそらく同一人物と見るべきであろう。「綱」と「経」とは混用されることがあるからである。平家の一谷合戦の同じ箇所に、後藤内定経という武者が出てくるが、この武者の名は八坂本系統では「貞綱」となっておるのにたいして、覚一本系統では「貞経」となっているのが近い例である。これは平家が文字によって伝承された文学ではないので、琵琶法師が語物として伝承してゆくさいに、ツネとツナを誤りやすかった結果であろう。『吾妻鏡』の編者が平家を利用したというさきの仮定がもし正しいとすれば、編者は飛驒三郎左衛門尉を「貞綱」と語る系統の『平家物語』を利用したのではあるまいか。この武者については詳しいことはまだ調べていないが、『平家物語』にも平氏第一級の家人として描かれている飛驒守藤原景家や、以仁王挙兵にさいして平氏のために勲功のあったその子検非違使景高および右衛門尉景康の一門であろう。(5)もっともこれらの記録によっても景経か景綱かはわからないが、『吾妻鏡』の壇浦合戦の合戦注文にその名のみえる「飛驒左衛門尉経景」なる武者が同一人物とすれば——景経が壇浦で討死したことは『平家物語』にもみえている——、原資料によって正確に伝えられているこの武者の名前は、「経景」だということになる。壇浦合戦注文にみえるこの経景が、一谷合戦にあらわれる飛驒三郎左衛門尉と同一人物であることを、『吾妻鏡』の編者が気がついていたとすれば、編者は当然原資料にしたがって「経景」に統一しなければならないにかかわらず、それを一谷の記事で「景綱」と記しているのは、あるいは巻々によって編者がちがっていたためか、または同一人物であることを考えずに素材となった『平家物語』に記してあるままに「景綱」として怪しまなかったのではなかろうか。もし右の推測が正しければ、この事実もまた『吾妻鏡』が、平家を利用したことをしめす小さな証拠の一つとなろう。

二

Aは一谷合戦の状況を記した部分であるが、Bの合戦の結末を記した部分は、合戦記と性質のちがう記録体の文章であって、捕虜または戦死した平氏の人々の名前が列挙されている。このBの部分が原資料にもとづく記録とみとめるべきかどうかがつぎの問題である。その手がかりは能登守教経のことである。Bでは教経が安田義定の手によって一谷で討取られたことになっているが、周知のように『平家物語』では彼は壇浦で戦死したことになっている。これは平氏の大将軍のことだけに重要な相違であって、『吾妻鏡』の記事のこの部分が平家に拠ったものでないことをしめす根拠となり得るものである。そのまえに平家と『吾妻鏡』のいずれが事実を伝えているかが問題となるが、それについて八代氏が『吾妻鏡』の記事の方が誤りで、教経は壇浦合戦まで生存していたことを証明されている。[6] 八代氏はそれを『吾妻鏡』に事実の誤りが多いことの一例としてあげたのであるが、しかしこの場合にはこのような誤りが貴重であって、それによってかえってこの記事が原資料として重要な価値をもつことが推測されるのである。というのは、一谷合戦の直後には、教経については、彼が本当に戦死したかどうかについては明瞭でなかったとみられる理由がある。元暦元(一一八四)年二月十三日に数十の平氏の首が都大路を渡されたが、『吾妻鏡』の編者はそのなかに教経の首もあったことを記している。しかし事実はその数日後の日記に「此日、中御門大納言被レ来、伝聞、平氏帰二住讃岐八島一、其勢三千騎許云々、被レ渡之首中、於二教経一者一定現存云々、(中略)此説、日来雖二風聞一、人不二信受一之処、事已実説云々」と記していて、[7] 教経が一谷で戦死しなかったという説の方が一般に信用されていたらしい。一般にも戦死を疑われ、『平家物語』では彼の壇浦における合戦がはなばなしく物語られているのにたいして、『吾妻鏡』の編者がしいて教経の戦死を固執したについては、別に根拠があったからだとみなければならないし、事実『吾妻鏡』の元暦元年二月十五日条には、範頼、義経の「合戦記録」によるとして、「経正、師盛、教経、以上三人は遠江守義定之を討取る」と記している。これは八代氏のいわれたような『吾妻鏡』編者の誤りではなくして、典拠となった原資料＝合戦注文自身の誤りであるとしなければならない。合戦注文自身が事実を誇ることは、その性質上ありがちなことで、それは範頼・義経または安田義定が戦死者を誤認したか、またはその功を誇るために故意に誤ったかのいずれかであろう。約一年後、すなわち事態が明瞭になったはずの壇浦合戦にさいしての合戦注文――それは原資料と認めるべきであるが――においても、戦死者の交名に教経の名が見えないことは、追討軍の現地の将帥たちが、最後まで教経の一谷における戦死を確信していたか、あるいはそれを固執していたことをしめしている。以上のことから、前記の『吾妻鏡』二月十五日条およびBに事実の誤りがあること自身が、それらが原資料である合戦注文にもとづく記事であることを推測させる理由となる。

以上によって『吾妻鏡』の一谷合戦の記事は、二つの性質の素材に拠ったのではないかと考える。Aは『平家物語』であり、Bは当時の合戦注文で、後者は鎌倉末まで幕府に保存されていた資料の一部であろう。『吾妻鏡』の編纂にさいしては、編者の手に簡単な合戦注文しか資料としてのこっていなかったために、『平家物語』を基礎として一谷合戦の記事をつくらざるを得なかったのではなかろうかと推測される。このことは内乱期の合戦についての『吾妻鏡』の記事について、これから本文批判をおこなうための一つの手がかりを提供するとおもう。同時に『平家物語』あるいは『源平盛衰記』と

『吾妻鏡』との相互関係について、文学史の問題としてのこされている諸点について考える手がかりになるかもしれぬ。歴史の研究の問題としては、合戦直後の注文にもとづいたとみられる二月十五日条が、一谷合戦の時期の状況を反映しているとみなされるということが大切であって、たとえば通盛、忠度、経俊の三人は範頼が討取り、経正、師盛、教経の三人は遠江守義定が討取り、敦盛以下の四人は義経が討取ったと記されていることは、安田義定が、範頼・義経に指揮されていた鎌倉殿の追討軍のなかにあって、相対的に独自の地位を占めていた軍隊構成を反映するものとみられよう(8)。

『吾妻鏡』の記事が『平家物語』に拠った部分があるにしても、そのことはその部分の史料としての性質を決定することにはなっても、その価値を普通考えられているほど低めるものではない。『平家物語』はそれ自身としての史料的価値をもっているとかんがえるからである。『吾妻鏡』の記事とされているがゆえにより史料的価値が高く、平家に物語化されているがゆえに価値がより低いという一般的通念ですべての史料をとりあつかうことは、歴史の研究にとって障害になるとおもう。可能なかぎりではあるが、史料の性質を個別的に検討してゆくことを、研究の前提とする必要がある。それが不可能な場合には、そのまま史料として使うことはもちろん必要なことであって、いたずらに『吾妻鏡』の記事を疑うことは、研究にとってかえって有害になろう。『吾妻鏡』に誤りがあるというはやくからわかりきっていることを、いくら新しくしめしてみたところで、それだけでは歴史の研究をなんら進展させることにはならない。史料として生かすことの方が、困難でやりがいのある仕事であろう。しかしこの点では『平家物語』も同じ権利を主張し得る。右にあげた例に関連していうと、一谷合戦の緒戦の部分に、範頼と義経の軍隊の編成について、『吾妻鏡』と平家の両方に記事がみえる。二つを比較するとそこに若干相違がある。『吾妻鏡』では「大手の大将軍は蒲冠者範頼なり、相従う輩」として小山小四郎朝政《ともまさ》以下の三十一名の武者の名がただ列挙され、「搦手の大将軍は、源九郎義経なり、相従う輩」として遠江守義定以下十六名の武者の名が列挙されているだけである。(9) これにたいして平家覚一本では、「大手の大将軍には、蒲御曹司範頼、相伴ふ人々、武田太郎信義、加賀美《かがみ》次郎遠光《とおみつ》、同小次郎長清、山名次郎教義、同三郎義行、侍大将には、梶原平三景時」として以下武者の名を列挙している。義経の軍隊の編成については、「搦手の大将軍は、九郎御曹司義経、同く伴ふ人々、安田三郎義貞、大内太郎惟義、村上判官代康国、田代冠者信綱、侍大将には土肥次郎実平」として以下武者名を列挙している。(10) 平家は、『吾妻鏡』にはあらわれていない軍隊の編成の仕方、すなわち「相伴ふ人々」に属する武士団と「侍大将」に属する武士団との区別をしめしている。それがBの安田義定についてさきにのべたことと関連することはいうまでもない。この場合、平家と『吾妻鏡』のいずれが史料として価値が高いか、『吾妻鏡』はなんらかの原資料によって記事としたのかどうか、これは今後の問題である。私は全体としては、この時の追討軍の編成については『吾妻鏡』を基準とすべきだとは考えているが、しかし右にのべた面では『平家物語』の方が古い形を保存しているのではないかと思っている。それについては『源平盛衰記』になると、『吾妻鏡』と同じく、十二巻本平家にみえる「相伴ふ人々」と「侍大将」の区別がなくなっていることに注意したい。この区別の政治的意味が、盛衰記や『吾妻鏡』の編纂の時代には忘れられたのではなかろうか。また「相伴ふ人々」の名が、右に引用した覚一本と八坂本とでは若干異なること、すなわち八坂本では範頼の方は、武田信義、加賀美遠光、一条忠頼、板垣兼信、井沢信光、逸見《へみ》有義《ありよし》、安田義貞、山名義行であり、義経の方は田代信綱、大内維義、山名教義となっていることも注意されよう。右のような相違にもかかわらず、「相伴ふ人々」の性質に、多少の例外はあっても、ある共通した傾向がみられることは、平家の作者にとって個々の武士団が問題なのでなく、全体としてのその政治的性質が意識されていたことをしめすものであろう。平家がこの点に関してより古い形を伝えているのではないかというのは、もちろん相対的意味においてであって、平家の記事が一谷合戦当時における軍隊編成をそのまま反映しているということではない。平家は史料としてはあくまで物語以上のものではない。しかしそうだからといって、『平家物語』の史料的価値を『吾妻鏡』よりもつねに低いものとみる通念にかならずしもしたがいがたい場合があるのである。

(1) 八代国治氏『吾妻鏡の研究』明世堂書店、一九一三年、七八頁。
(2) 『吾妻鏡』貞永元年十二月五日条。
(3) 同前、承元二年正月十六日条、弘長元年三月十三日条等。
(4) 高橋貞一氏『平家物語諸本の研究』冨山房、一九四三年、四四四頁。
(5) 『玉葉』治承四年五月二十六日、三十日条。『山槐記』治承四年五月二十六日条等。
(6) 八代国治氏、前掲書、一四一頁。
(7) 『玉葉』元暦元年二月十九日条。
(8) この史料は彦由一太氏「内乱過程に於ける甲斐源氏の史的評価」(『史学雑誌』六六―一二、一九五七年)の問題と関係するだろう。
(9) 元暦元年二月五日条。
(10) 『平家物語』三草勢揃。

【付記】『吾妻鏡』本文批判の試みの第一・第二論文は『法学志林』に発表した〔五五巻一号、五六巻一号。『石母田正著作集』第九巻、一九八九年、所収〕。

預所と目代

『平家物語』のようにやたらに異本が多く、語物の特徴として後代の改訂増補による用語・語脈の混乱が多くみられる古典の場合には、テキストの良否がことに重要な意味をもっていることは承知しながらも、ひろく異本をみる便宜も余裕もない私どもは、ただ専門家のよい仕事をまっているより仕方がない。年来気になっていることを解決してもらったときなどは、あらためて校訂者の地味な労苦に感謝する気持になり、お礼の手紙でもさしあげようかと思うことがある。ここではそのかわりに気のついたことの一つを記しておくこととする。

頼政が以仁王に叛乱をすすめる「源氏揃」の章段は、平家のなかで大事な部分であるが、高野本を底本とした岩波文庫本によれば、頼政が源氏の零落をのべた箇所は「国には国司に従ひ、庄には領所《りょうしょ》に召使はれ、公事雑事《くじぞうじ》に駆立《かりたて》られて、安い思ひも候はず。如何許《ばかり》か心憂く候らん」となっている。この文章のなかで、「庄には領所に召使はれ」の意味が通じない。この「領所」は、「国には国司に従ひ」の「国司」と対語をなしており、荘民駆使の主体でなければならないから、「領所」は何かの誤りであることはたしかである。「領所」という用語は、「一族領所収公」というように、中世では所領と同義語につかわれる言葉だから、荘園で「領所」に召使われるというのはおかしい。この箇所は、延慶本や盛衰記では「国には目代に随ひ、庄には預所に仕《つかえ》、公事雑役に駆り立られて云々」となっており、これなら意味がすっきりするので、おそらく「領所」は「預所」の誤りであるまいかと疑っていた。領と預は誤りやすく、伝写のさいに預所を領所と誤った例もままみられるからである。しかし延慶本や盛衰記によって勝手に訂正するのもどうかと思っていたので、八坂本のこの箇所では、「領所」が「領家」になっているのを理由として、八坂本の方が意味が通じるということを拙稿『平家物語』にのべておいたが、これは意味が通じるというだけで、実は精確ではないのである。後で気がついたことであるが、冨倉氏によって紹介された米沢図書館蔵十二巻本平家物語では、右の「領所」は「預所」となっており、岩波古典文学大系本は、この箇所を高良神社本を根拠として底本その他の「領所」を「預所」に訂正している。覚一本系統の諸本のなかにも、このような例があることを知って私もひと安心できたわけである。

「庄には預所に召使はれ」と訂正すると、『平家物語』の平安末期―鎌倉時代的な持味が生きてくる。荘園領主の統治と搾取のための荘官職には、検校《けんぎょう》・公文《くもん》・田所《たどころ》・案主《あんじゅ》等々雑多な名称があるが、そのなかで預所(アヅカリドコロまたはアヅカッショ)という荘官職は特別な意義をもっている。竹内理三氏も指摘されているように、預所は、十二世紀にはいってから成立するという点が、他の荘官職とちがった特徴であって(『日本歴史』一三九号「講座日本荘園史」)、それは院政時代における荘園の内部構造の変化、とくにその収取関係の変化ときりはなせない関係にあるとみられる。その典型的な例は、東大寺領伊賀国黒田荘であろう。ここでも預所は院政期、保元の乱の頃に設置されたが、それはこの荘園の内外の危機と関係があって、とくに恒例の寺役以上の万雑公事に荘民を駆り立てるために必要な制度として設けられた。この時期になると荘民も逃散その他の方法で対抗したから、従来の在地の荘官組織では不充分となり、本所・領家の権力を一身に集中した預所を現地に派遣して、荘民の駆使にあたらせる必要が生じた。預所の設置は、一般的にいって院政期からはじまる万雑公事という負担の強化ときりはなせないのであって、右の黒田荘の鎌倉末期の悪党が寺家に要求した第一条も預所職の廃止であった。したがって八坂本のように「庄は領家のまゝなりければ、公事雑事にかりたてられて」も、意味は通じないこともないが、前半の部分がいかにも一般的な表現でありすぎる。「領家」は年貢所当を収納する寄生的な領主であって、直接万雑公事に荘民を駆り立てる主体は、領家の権力を代表して現地にやってくる預所だからである。両者の間には、近世の将軍と悪代官ほどのちがいがある。

平家の背景をなしている院政期から鎌倉期の実状からみて、「庄には預所に召使はれ」が時代の特徴を正しく表現しているとすれば、これとならんで気になるのは、その前の「国には国司にしたがひ」の「国司」である。これは八坂本のように、「領家」の対語とすれば当然の用語であるが、それでは一般的すぎて、つぎの「公事雑事」が生きてこないし、「預所」の対語とすれば、その性質からみて適当ではないだろう。私は荘園の方が「預所」を採る以上、これは延慶本にしたがって、「国司」ではなくて「目代」とする方が、院政期・鎌倉期の実状を適確に表現することになるとおもう。もちろん延慶本はいちじるしく増補されていて、平家の本来の用語・文体がくずれているところが多いし、比較的古形をなしているとみられる覚一本系統の諸本で、「目代」となっている例を知らないから、それを主張するわけにはゆかない。ただ荘園においては「預所」によって、国においては「目代」によって、「公事雑事にかりたてられ」たとすれば、ここの文章は、鎌倉時代の作品としての生きた表現となることはたしかである。国司が実際の国務からはなれて、たんなる国衙《こくが》からの年貢所当の取得者になった院政期において、国司の代官として国衙にある在庁官人を指揮したのは目代であった。預所が在地下級荘官とちがって、本所領家の権力を代表して中央から現地に派遣されたように、目代は在地の在庁官人とちがって、国司の代官の役割を果すために下向するのであるから、荘園における預所と国衙領における目代は、時期的にも、制度の内容からいっても相対応するものである。したがって国衙領において公事雑事に人民を駆使する主体は、国司一般ではなくて、「目代」としてこの時代の人々には観念されていたに相違ない。平家の作者にとっても、またその聴衆にとっても、「預所」や「目代」という言葉がでてきただけで、公事雑事に駆りたてられる鎌倉期の人々の現実の生活が、この一節によって再体験され、離散した源氏一党が地方で零落してゆくあわれさもそれだけ自分のこととして感じられたにちがいない。問題は小さい用語のことにすぎないが、私の期待は、延慶本以外にも「国司」が「目代」になっている平家物語の写本がいずれは発見されないだろうかということである。

『平家物語』が増補される過程のなかで、原平家の背景となっている鎌倉初期に特徴的な表現や用語は次第にその意味をうしなって一般的、抽象的なものに変ってゆくのはやむを得ない。その方が普遍的で後代の聴衆にも理解しやすいからである。八坂本の右にあげた部分などはその典型的な例だろう。しかしそれによって文学としての生命はそれだけうしなわれてきたのである。「国は国司に随ひ、庄は領家のま丶なりければ、公事雑事にかりたてられて云々」という文章と、「国には目代に随ひ、庄には預所に仕、公事雑役に駆り立られて云々」という文章とのあいだには、表現の正確さということ以上に、文学としての質の差があることに注意しなければならないだろう。

「院政期」という時代について

「院政期」という時代の観念はまだ熟しているとはいえない。それは独立の歴史的な時期《エポック》として、いわば市民権を得ていないが、しかし将来見込みの多い、もっとも興味ある時代であることはたしかだろう。

戦前のように、「院政」というものを宮廷の変態的な政治制度としてだけ理解するのではなく、宮廷をふくむ中央と地方全体の動向のなかでつくりだされた政治現象としてとらえようとする態度は、戦後になってはじめて確立されたといってよい。それでも院政期を平安時代史や藤原時代史のつけ足しのようにあつかってならないことは、多くの学者によって意識されてきている。ただ院政期全体の展望と特質が、明瞭になっていないだけである。

手近なことでいえば、多くの史書は、鎌倉幕府の成立をもって中世や鎌倉時代にはいることになっており、したがって院政期はここで終るようになっている。このために、とくに文化史の領域では、混乱といえなくても、不便なことがおこっている。本来同じ時代の芸術・思想・宗教として共通の基盤をもつ現象が、機械的に両時代に分離されてしまうからである。私は、院政の開始の時期から承久の乱前後までを、いいかえれば、十一世紀末葉から十三世紀中葉にいたる時期を、厳密な意味の院政期として設定すべきだとおもっている。

なるほど鎌倉幕府の成立は、政治上は画期的な事件に違いないから政治史がこれによって時代区分をするのは、理由がなくはない。しかしその区分を機械的に、文化の領域に適用することは、時代の全体像の統一的理解をさまたげることとなりかねない。院の政権と鎌倉幕府は性質が違うけれども、院政期という時代の共通の条件(たとえば荘園や国衙の)から生みだされた二つの双生児的政権であり、根が同じだからこそそれだけはげしく対立もし、また結合もしたのである。

このような院政期の独特の体制に一つの結着をつけ、十一世紀末にはじまる一つの歴史的な時代に結着をつけたのが承久の乱であり、鎌倉方の勝利であった。したがって鎌倉幕府の成立は、この院政期全体のなかの小区分を画した事件にすぎない。それを小事件にひきさげようというのではなく、それを生みだした院政期という時代そのものの大きさを正しく評価したいのである。

このことは、この時代の政治よりも芸術・思想・宗教などが雄弁に物語っているようである。たれしも念頭にうかべるのは、ひしめきあっている数々の作品と人格の系列である。法然や栄西とともに親鸞が、『今昔物語』と原『平家物語』、『大鏡』と『愚管抄』が、運慶や湛慶、『源氏物語絵巻』や『信貴山《しぎさん》縁起』とともに隆信の似絵《にせえ》や『北野天神縁起』が、『梁塵秘抄』と『新古今和歌集』が、それから『貞永式目』までが、それぞれ独自の生命をもつ作品や人格としてみずからを主張している壮観である。その新鮮さ、多様さ、生命力、創造性は、日本史のどのような時代にもひけをとらないことはたしかである。私は、若年のとき、それを「中世的世界」としてとらえようと試みて、歯もたたないことを自覚した。それにこりたので、後年『平家物語』について書いたときは、そっと敬遠しておいた経験がある。それを果たすためには、まず文化や思想の個々のジャンルについての独自の研究が必要となる。

たとえば、昨年世に出た橋本不美男氏の『院政期の歌壇史研究』は、院政の開始とともに、院の近臣を中心とする新しい歌壇の形成、世襲的専門家職や、地下《じげ》・緇流《しりゅう》歌壇の成立によって、作歌の場においても態度や理念においても新しいものがあらわれた事実を、巨細に証明された。政治や歴史と芸術との対応関係がこのように明晰にしめされるのはむしろまれなことに属するというべきであろうが、このような地道な研究が、各ジャンルで進行することが必要になる。

しかしもっと困難な仕事は、ジャンルを異にする作品の間の連関をさぐることであり、芸術のばあいならばそこに院政期独自の共通の美意識とその類型をつかみだすことである。たとえば『信貴山縁起』と『今昔物語』は、説話の性質や内容によって、あるいは自然描写などによって（後者の自然描写は拙劣で類型的古典的で、前者とは比較にならない）、表面的に連関させるべきではなくて、広々とした空間と自然における事件の動的で自由な展開（『源氏』の世界に欠けているもの）が両者の世界に共通しているのである。

また自分の生きた時代の英雄たちを記念しようとする頼朝と重盛の肖像画の制作は、『平家物語』や「現代史」としての『愚管抄』と同じ基盤の上に立っており、人格にたいするこの驚異と記念的態度は承久期の『北野天神縁起』で絶頂に達する。これは院政期の特質の一つではなかろうか。すでに、指摘されているように、院政期の精神がうすれた鎌倉末期に制作された『一遍上人絵伝』には、宗祖にたいしてさえ、このような態度はみられない。ここでは自然や空間は、人間の行動や事件が主導的に展開される舞台ではない。人間の方が、環境としての自然と空間の付属物として、ひそまりかえっている世界であり、鎌倉末の農村的、民衆的な意識の反映でないかとさえうたがわれる。たしかに何か重大な変化が進行しつつあったにちがいない。

まず手のつくところからはじめて、異質のジャンルの間の連関をさぐりあててゆく努力をかさねてゆけば、院政期の対立にみちた芸術・思想・宗教などの世界の主潮をつかむことができるかもしれない。そのさい大事なことは、武家政権になったからすぐ武士的要素をさがしだして、これが新しい時代の特質だといったり、あるいは庶民的、現実的なものが特徴的だと一面的に規定することでなく、文化の複雑な総体をつかむことが問題なのである。院政期の各社会層と文化の関係も想像以上に複雑であることは、後白河天皇と今様などの庶民芸能との関係を考えてみただけでも明らかである。文化の各ジャンルのそれぞれについて、その内側にはいって理解するだけの能力がなければ、それらの歴史的基盤との結びつきはとうてい明らかにすることはできない。しかもその側面の研究が進まなければ、経済や政治を具体的に理解できないという関係に立っている。

院政期の武士や領主や農民の社会的、経済的構造について緻密な研究がつみ重ねられてきたが、そこに不足しているものは、やはりこれらの各階層の意識や観念の分析が具体的になっていないということであろう。文化史の専門家にわれわれが期待しているのも、その点を自覚しているからである。

『愚管抄』の面白さ

『愚管抄』が、日本の中世の歴史哲学を代表する史書として評価されてから、もうどれくらいになるだろうか。今ではだれも疑うことはないようになっている。私もこのことを少しも疑っているわけではない。しかしそのような『愚管抄』の理解の仕方が固定し普及してくると、その史書の大事な一面、したがって慈鎮《じちん》和尚の大事な一面が忘れられてきているのでないか。

頼朝が処刑される運命にあったのを、清盛は池禅尼《いけのぜんに》の命乞いでその命をたすけ伊豆に流してしまった結果、平氏は頼朝にほろぼされることになったことをのべて、慈鎮は、「物の始終は有興〔不思議なり」といっている。この言葉は『愚管抄』の秘密を解く一つの鍵だと私は思っている。「有興〔興有り〕」というのは面白いということだろう。この内乱における頼朝と平氏の運命をみて、慈鎮は面白くて、「不思議」でしょうがなかったのである。『愚管抄』が「道理」の思想で歴史を解釈した歴史哲学的な史書だとだけかんがえている人には、この言葉は、それこそ「不思議」にきこえるだろう。しかし「不思議」でもなんでもない。『愚管抄』の著者こそ、歴史のなかに「不思議」を感じ、しかもそれを面白がっていたのだ。ここに『平家物語』の作者と『愚管抄』の著者とに共通の面がある。

慈鎮の「道理」の思想で、歴史が解釈できるものなら、歴史に「不思議」もなく、面白さもないだろう。ではどのような歴史を慈鎮は面白さと不思議にみちている時代と考えていたのか。内乱とそこで浮き沈みする人間である。これをうそだと思う人は、この史書の序を読みかえしてみるといいとおもう。「保元の乱出で来て後のことも、又世継物がたりと申す物も書き継ぎたる人なし。少々ありとかや承はれども、未だえ見侍らず」。だからおれが書いてやろうというのである。『愚管抄』にはたしかに保元以前の古い時代のことも記してある。しかし慈鎮の書きたかったのは、保元以後の末代乱世のことなのである。ここにいちばん面白さと不思議さがみちみちていたからにちがいない。仮名で『愚管抄』を書いたかれの見識もこれと関係がある。たんに平易に書こうとしたのではない。仮名で書かなければ、歴史と人間のこの面白さ、不思議さは人に語れないからである。「先是《まず》をかくかかんと思寄事は、物知れる事なき人の料也」とかれはいっている。「先是をかくかかんと」すると思想や概念が先にきて、面白い、不思議な事実が書けないから、それを排したのである。『愚管抄』はこのことを知った人の書物だから史書になったのだ。

歴史のなかの面白さ、不思議さを感じなくなった人は、歴史哲学者にはなれても、史家にはなれないだろう。『愚管抄』が歴史哲学的な本かどうかは、このことを認めたうえでの、そのつぎの問題だろう。

永積氏の「方丈記と徒然草」を読んで

『日本文学史』の第四巻中世篇の一冊として永積〔安明〕氏の「方丈記と徒然草」が発表された。もちろん専門外の私がそれを紹介または批評することはできない。私にできることは、従来永積氏の中世文学研究によって啓発されてきたものの一人として、二、三の感想をのべることだけである。ここでは前篇の『方丈記』だけを問題としたい。『徒然草』は最近の研究によって考えなおさねばならないところが多いので、私にはあつかいかねるからである。

一箇の作品を、自分の好ききらいと関係なく、あたえられたものとして客観的に分析してゆこうとする永積氏の態度は、この論文でも一貫している。それはまず問題の設定の仕方が理論的な点にもっともよくあらわれているといえよう。『方丈記』についていえば、「この詠嘆的といわれる無常観の構造と、論理的な作品構造とが、どのように交錯しながら、この作品をささえているか」に、『方丈記』論の基本的問題があるという問題の設定からはじまっている。もちろんこの作品の詠嘆的な無常観についても、またその叙述の文体の論理的な点についても、それぞれの側面についてだけいえば、はやくから文学史家によって指摘されてきたところであるが、この二つの側面のかねあいと統一を真正面から問題とし、それに取り組む点が、永積氏の学風の特徴をあらわしているようにおもう。理論的で、オーソドックスなのである。どちらかといえば、『方丈記』の研究をはやくから文学論として深めてきた西尾実氏の学風にちかいのかもしれない。伝統的な国文学者の研究とちがうことはいうまでもないが、他面ではたとえば蓮田善明氏の『鴨長明』や唐木順三氏の『中世の文学』などにおける『方丈記』論とも、そのゆき方にちがうところがある。蓮田氏によると、長明の仏教説話集である『発心集』さえ、「見事な恐らく随一の詩学書」だとされるのであるから、『方丈記』の作者のなかになによりも「詩人」を見出し、「狂せるに似たり」と自嘲するこの「詩人」のなかに、「今の代の（蓮田氏の本は戦争末期に出た）永井荷風の激越を想起」したりするのも当然であるが、このような自由なスタイルは永積氏にはもちろんない。このような仕方で作品または作者の内部にたちいることは、氏のとらないところであろう。氏はつねに作品のまえに端座して、冷静にそれを分析し、作者にみだりにほれこむことをせず、文学の歴史のなかに個々の作品を位置づける態度をくずさない。少しは膝をくずしてくれたら楽だろうと思うのは私だけでないだろうが、この論文をみても永積氏が『方丈記』を好きなのかそれともきらいなのかさえ、読者は最後までうかがい知ることができない。唐木氏の長明論では、彼が老年で鎌倉に旅したことが、『方丈記』の成立にとって決定的といってもよい事件と解釈されている。頼朝開幕から二十年を経た鎌倉において、長明がうけとったものは、何の新味もない「老廃」であり、それによって彼の「好奇心」が無残にくだかれたこと、それによって自らと世間と自然をあらためて見直したことが、『方丈記』の成立の動因とされている。これも検討に価する一つの見識であるとおもうけれども、その主張を証明すべき根拠がない以上、永積氏の発想のなかにはいりがたい説であろう。その点では、氏は伝統的な国文学者の立場を逸脱することはないのである。

『方丈記』が文学史のなかで重要な位置をあたえられている一つの理由は、新しい文体の確立と関連してであるが、この文体の問題も、永積氏の場合にあっては、たんなる表現技術の問題ではなかった。文体は「作者の文学的主体」の創造的ないとなみとしてのみ解明さるべきである。この点から『方丈記』の全体の構造が分析されている。安元三(一一七七)年の大火にはじまる災害や諸事件の叙述から、「内的な精神の苦悩」や、長明個人の運命にいたるいくつかの段落が明確にされ、それらが全部方丈の庵を結ぶところにたぐりよせられてくる仕方が、『方丈記』独自のものであることがあきらかにされる。そのような分析的方法によって、「みづから心に問ひていはく」以下の有名な文章に結着する過程が明瞭に区画されて、『方丈記』がけっして単純に詠嘆的、情緒的な文学でなく、「ひとつびとつ計算された設計にもとづいて、煉瓦を積みかさねてゆくような叙述の構築法」によって詠嘆がささえられていることに文学としての特質がみられることを証明されている。論旨が明晰で説得的であり、教えられるところが多かった。ただわがままな注文を許してもらえば、たんに「詠嘆」をささえている右のような論理的な展開のみならず、『方丈記』の「詠嘆」そのものの分析がほしかった。この点については従来何度もいわれてきたことだから簡略にされたのであろうけれども、専門家の意見をききただしたいこともわれわれにはまだ多いのである。小さい例をあげると、つぎのようなことである。

『方丈記』のなかで、私のもっとも心をうたれ、文学的にもすぐれているとおもうのは、養和の飢饉と寿永の疫病による都市民の悲惨を描いたところであるが、この疫病の部分の文章が、奇妙に「けり」で結ばれていることがまえから気になっていることの一つである。京都の市民が寺から仏像を盗んで薪にするくだりは、「古寺に至りて仏を盗み、堂の物の具を破り取りて、割り砕けるなりけり」とのべてあり、民衆が餓死する有様は、「されば親子あるものは、定まれる事にて、親ぞ先立ちける。又母の命尽きたるをも不レ知して、いとけなき子の、なほ乳を吸ひつゝ臥せるなどもありけり」と描かれている。それにすぐつづく有名なつぎの文章も「けり」で結んでいる。「仁和寺に隆暁法印といふ人かくしつゝ数も不レ知、死(ぬ)る事を悲しみて、その首の見ゆるごとに、額に阿字を書きて、縁を結ばしむるわざをなんせられける。人数を知らむとて、四五両月を数へたりければ、京のうち、一条よりは南、九条より北、京極よりは西、朱雀よりは東の、路のほとりなる頭《かしら》、すべて四万二千三百余りなんありける」。この文章から、私は仁和寺の隆暁法師は、実際に路傍の半ば腐敗した死骸の首を一つ一つもたげては、その数をかぞえて歩いたのであって、四万二千三百というのも実数であったと信じている。「き」は単純な経験をしめすもので、「けり」は他からの伝聞をしめすものだとする文法学者の説があるようであるが、もしこの説にしたがって、右に引用したいくつかの文章の「けり」を「……だそうだ」とでも解釈したならば、『方丈記』のもつ文学的価値は台なしになろう。少なくともここの「けり」は、いずれも現実におこった事実、見、きき、経験した動かすことのできない事実を物語っているからこそ、文章として一つの迫力をもっているのである。しかし「けり」には、「き」とちがって、作者のある感情がこめられていることも疑いない。路傍にたおれてゆく都市民の無残な姿を描く文章を、長明が「き」で結ぶことにたえられないところに、長明の感情がこめられているのだから、ここはどうしても「けり」で結ばねばならない理由があったのであろう。『方丈記』全体を通じて、「けり」で結ぶ文章が、ほとんどこの部分に集中しているのは、私には偶然に思えないし、長明の現実に体験した事実と、それについての彼の心情が言葉のはしばしにまで統一されているところに、『方丈記』のいわゆる「詠嘆」の一つの特色があるとおもっている。(「けり」という助動詞一つをとってみても、何世紀にもわたる多くの作品の用例から、抽象的な意味を帰納することも大切な仕事ではあるが、そのような言葉の意味を豊富にし、それに生命をふきこんできた文学作品の歴史についてもっと知りたいものである)。

もちろんここでのべたことは、素人の勝手な意見にすぎないが、『方丈記』全体の一つの特色が、安元三年以来の内乱期の諸事件によってあたえられた歴史的な経験(これが『徒然草』には欠けている)と、長明個人の経験・心情・思想を統一したこと、それにふさわしい文体を創造したことにあるといってよいとおもう。永積氏の指摘されたように、作者の出会った諸事件が、正確な日付けや年時によって記録的に書かれていることは、『方丈記』の叙述の一つの特色にちがいないが、それが例えば『平家物語』などの場合と、どのように性質がちがうのかという問題も、ふれてほしかったとおもう。歴史を「消滅過程」においてしかとらえないことや、「歴史的関連を疎外したところで、世界をとらえている」という『方丈記』の根本的性格が、どのようにしてその文章のこまかい特徴と結びついてくるのかが、私どもに解るようには説かれていない。それにはより具体的な文体論を媒介とする必要があるのではなかろうか。

『方丈記』の文体については、いわゆる和漢混淆文の成立とからんで、はやくから注意され、さいきんでは菅原真静《ましず》氏の『方丈記――注解と文体研究』というような文体研究も公けにされており、それによって『方丈記』が対句的手法を縦横に駆使した文体であることをあらためて強く認識させられた。それによっておこる疑問の一つは、このような『方丈記』の文体が、長明自身の文章論を裏切っているのはなぜかということである。彼が『無名抄』のなかで仮名書きについてのべている議論は、散文についてのもっともはやい議論としても、また長明自身の文体を研究するためにももっと重要視されてよい文章であるが、そこで彼は「ことばのかざりをもとめて、対をこのみかくべからず。わづかによりくる所ばかりをかくなり。対をしげく書きつれば真名にて、仮名のほいにあらず。これはわるきことなり」とのべて、明らかに対句をしりぞけているのであるが、この日頃の文章論からみれば、悪文とでもいわねばならないほど豊富な対句をもちいて『方丈記』を書いたのはなぜかという問題である。おそらくそれによって文章に高い調子と緊張したリズムをあたえるためであったにちがいないが、一つはこの独特の文章のリズムのために、『方丈記』はその文学的内容以上に高く評価されてきたのである。長明は彼の、あるいは当時の一般の文章論の規範に違反することによって、散文の新しい領域をきりひらいたといってよいが、かかる文体における飛躍は、彼がそれによって表現しようとする主題または内容における飛躍をともなわなければ可能ではないだろう。いいかえると、この問題は文体の系譜から、たとえば『池亭記《ちていき》』などとの関連から解かるべきことがらではなくて、永積氏の言葉をかりていえば、『方丈記』が「作者の思想的な主体の対象化」であるとともに「思想的な文学」であることにその理由をもとめるべきであろう。

このような新しい思想的文学とそれによる新しい散文形式が生れ得たところに、この内乱期の精神状況の一つの特質があることはいうまでもない。永積氏は『方丈記』における詠嘆が、短歌的詠嘆とその性質を異にすること、前者には「論理的な構想力」がさえになったことを強調されているが、このことをしめすためには、表現さるべき「詠嘆」自体の性質が時代の変化によってちがってきたことをいわねばならないだろうし、また『方丈記』の先駆として王朝女流の日記文学を指摘された示唆に富む見解にしても、前者が「自己追究の主体を、より明確に対象化し、思想的な文学としての自らをうち立てた」というためには、「自己」そのものがこの時代に変ってきたことをまずしめす必要があったろう。

最後に、『方丈記』の右の「自己追究」の問題に関連してわからないことがあるので、このさいしるしておきたい。結末の「しづかなる暁、このことわりを思ひつゞけて、みづから心に問ひていはく」以下の部分についてである。この部分が永積氏のみならず、最近の『方丈記』研究では決定的といってよいほどの重みをあたえられているようであるが、私にはそれが多少近代的解釈にすぎるように思えるのである。この部分にいたって長明は「再び苦悩に逆転する」、「強烈な内的葛藤が展開される」、「避けてとおることのできない内心への深刻な問責となって、かれに解決を迫り、その心をつきさす」という文章を読むと、私も長明の隠者としての反省のまじめさを疑うものではないが、しかし長明のここでの「苦悩」は、永積氏の表現されたような深刻なものであったろうかという疑問がわくのである。彼はあれほど無常を説きながら、動かないもの、絶対的なものにたいする探求もない。またそのような超越的なものを信じきれない人間の「強烈な内的葛藤」もない。彼は本来あまり宗教的苦悩にさいなまれるタイプの人間ではなかったとおもう。表面は、草庵と閑寂を愛する自分が、仏の教えに反するのではなかろうかという反省の形をとってはいるが、この反省はむしろこの時代の同じ隠遁者仲間にたいする道徳的反省もあったのではあるまいか。彼は『発心集』のなかに、無常を感じて世を捨てた多くの人間について書いている。その一人である平等供奉《びょうどうぐぶ》という人は、「さして行きつく処もなし、只いづ方なりとも、おはせん方へ、まからんと思ふ」といって、伊予国で「門乞食《かどこじき》」となり、「人の形にも非ず」やせおとろえて、ついには深山の清水のほとりでひとり死んでいるのを発見された。長明はこの平等供奉のことを記して、自分をいましめている。このようなゆきつくところまでゆく宗教的タイプの人間——この時代には実に多くあらわれた——は、永積氏のいわれる「苦悩」と「内的葛藤」にもっともさいなまれた人間であったはずで、長明などは、何をしにいったかはわからないが、老残の身でのこのこ鎌倉まで行ってきている。このような人間は、仲間にたいする道徳的反省はあっても、内面的問題でそれほど苦しんだはずはない。長明はむしろ無常観のなかに安住し得た人間であろう。「ゆく河の流れは絶えずして」云々の冒頭の文章の調子が、むしろ歌ってでもいるようにひびくのは——『方丈記』はこの時代の散文のリズムを研究するためのよい見本であるから、そのような研究が必要だとおもう。韻文についてだけリズムが研究されているのは片手落ちだといわねばなるまい——、あまり「無常」で苦しんでいない証拠だろう。

長明は『方丈記』のなかで、「人の奴《やっこ》」になるのもいやだし、そうかといって人の主人になるのもわずらわしい、「只、わが身を奴婢とするにはしかず」といっている。しかしこの時代に生きた人間は、奴隷の主人になるか、主人の奴隷になるか、二つの生き方しかなかったはずである。後者はまだ自分を文学として表現することはできなかったことはいうまでもない。前者はこの時代には新しい文学をつくり得なくなっていた。在俗のままであろうが、出家しようが、二つの生き方から精神的に自分を断ち切った人間だけが、新しい文学を創造できた時代である。平等供奉のような真の隠遁者は文学をつくらないから、人の奴隷にもならず、奴隷の主人にもならず、自分の身体だけを「奴婢」として無欲清淡の生活をおくるようなタイプの遁世人が、この時代の新しい文学の有力なにない手として登場してきた。長明もその一人であることはいうまでもない。彼らの特徴は、この時代のだれよりも、時代をよく観たということであろう。永積氏の強調されたように、それは時代の否定的側面だけしかみなかったという特徴をもつけれども、世間の葛藤から身をひいたという自由さだけでも、時代をはたから見る条件があたえられたといってよいとおもう。長明は『方丈記』がしめしているように、これらの遁世者仲間では、もっとも表現力のさかんな人物であったばかりでなく、文章というものについても一見識をもち、道徳的にもまじめな人間であった。人の苦しみを理解できるやさしい気性の人であったこともたしかである。しかし同時に名利に生きた普通の人間以上に、現世と世俗に執着と関心をもつ遁世者であったらしい。回心というものには縁のない性格であった。

書評ではなく、感想をしるしたにとどまったが、それも素人の勝手な感想になってしまった。はじめからそのつもりではあっても、本格的な紹介と批評は専門家におねがいするより仕方がない。

『中世散文集』について

はしがき

昨年の中世文学会の大会で、私は『中世散文集』ともいうべきテクストが一冊編まれてもよいのではないかという空想めいた希望をのべた。その要点は、ほぼ以下のようなことである。

日本古典文学大系の第二期の刊行目録には史書のほかに中世仏家の法語類も収録されている。これは文学史または古典にたいする正しい態度であるとおもう。しかしそこにはたとえば中世の政治家の文章がみえない、公卿の日記がない。それらは多く漢文で書かれた断片的文章にすぎないためだろうが、しかし様々な角度からそれを選択し分類して編輯すれば、『中世散文集』ともいうべき一冊の書物ができ、中世文学史を研究するテクストとして案外役立つのではないかとおもう。

私の空想する『中世散文集』に、政治家の文章をいれるとすれば、頼朝の書翰はのぞいてはならないものの一つである。たとえば『吾妻鏡』所収の文治元(一一八五)年正月六日付の範頼宛の書翰は、西海道における鎌倉方軍勢の窮乏と困難を訴えてきた書翰にたいする返事であって、戦争は「閑に物騒しからず」行うべきものであること、在地の武士にはけっして憎まれてはならないことを諭したもので、頼朝の指導者としての側面と、人間的真情とがよく統一して表現されている書翰である。戦記文学などにはみえないこの時代の戦争の地道な面がうかがえるのも興味がある。頼朝の書翰の他の典型は、『玉葉』および『吾妻鏡』所収の文治元年十二月六日付の右大臣兼実宛の書翰である。範頼宛のさきの書翰が兄弟間の私的なもので、頼朝の心情が自由に表現されているのにたいして、この書翰は、兼実個人というよりは後白河法皇をふくむ京都側全体に自己の政策をのべた公的、政治的書翰であり、その形式と内容もそれによって決定されている。しかしそこには人間間の対立がうみだす緊張と充実がはりつめていて、文体も簡素、美文めいた装飾や抽象的理念もみとめられず、実務的、即物的な文体である。この書翰を頼朝は後白河法皇に読まれることを予想して書き、真実の宛先はむしろ法皇であった。

相互に力量と才幹を認めあいながら人間的、政治的な対立と不信で一貫した二人の卓越した政治家が生みだす緊張が、この書翰の冒頭からあらわれている。「日来の次第を言上し候わば、定めて子細の事長く候わんか」。法皇が挙兵以来とってきた私にたいする陰謀と圧迫を想起すれば、千万言をここで費したいが、しかしこのさいはそれはやめておきます、という書き出しがすでに両者の緊張を表現している。つぎに頼朝は彼のとってきた最近の措置を事務的に、克明に列挙したあとで、「不審の次第出来《いでき》たり候」といって義経・行家の九国・四国地頭補任のことをのべている。自分がこれほど院宣を尊重し、慎重に配慮行動してきた事実に対比して、法皇の今度の措置は私にたいする不信であり、許すことのできない裏切りではないかという深沈とした怒りが、さりげない、抑制された用語のなかにこめられている。またこの書翰には、「今度は天下の草創なり」という言葉に表現されているところの、行動によって歴史を創り出してきたもののもつ自信がみられると同時に、「天の与え奉らしむる所なり、全く御案に及ぶべからず候」という運命にたいする自覚がみられる。歴史に主体的に対処しようとすればするほど予見できない偶然と運命の大きな力に驚かざるを得ない中世人の相剋がみられ、それはこの時代の文人や隠遁者流の運命感とは異なった性質のものである。このように頼朝は自分の判断と意志だけでなく、不信と怨恨さえこめて、兼実にあなたもここで決断しなさいと迫っている。この迫力がこの書翰の生命である。

頼朝の右の書翰を『中世散文集』にいれたい理由は大要右の通りであるが、この系列に属するものとして逸することのできないのは、北条泰時の貞永元(一二三二)年八月八日、九月十一日付の書翰である。佐藤進一編『中世法制史料集』第一巻に収録されている。内容・文体ともに立派であり中世政治家の書翰として頼朝のそれと対比される。この二通の書翰についてはかつてのべたから省略するが、これらの書翰を一応の目安として、同一系列に属するものを専門家が協力して集めてみたらどうであろうか。それは中国の散文の分類でいえば尺牘《せきとく》の部類に属するものであろうが、これは日常的、私的な書翰のことらしい。日本ではその分類にこだわる必要はあるまい。

右のものと別の系列に属するもので、『中世散文集』にぜひいれたいものは、公卿の日記である。なかでも豊富な材料をふくんでいるのは、やはり『玉葉』と『明月記』であろう。前者のなかで、都を中心とした激動期の記録、兼実が経験した宮廷社会の葛藤とそこで動いた人物にたいする忌憚のない批評、彼の私生活、とくに最愛の息子の死に悲嘆する場面等々は、たれしも問題とするところであろう。私としてはそのほかに宮廷における公卿の評定の記録はぜひ採用してほしいものの一つである。たとえば治承四(一一八〇)年五月二十七日条、すなわち以仁王挙兵直後の時期、頼政は敗死したが以仁王の行衛《ゆくえ》はわからず、興福寺が園城寺に与同して重大な混乱が起ろうとする危機的な形勢にさいしての宮廷の評定の場面である。南都にたいする措置について会議の意見は二つに分裂する。それは評定に参加しない二人の人物、後白河法皇と清盛の対立と結びついている。評定は行詰り、中断する。意見の背後にある利害関係も、人的結びつきも、中座して誰と相談するかも、お互いに承知の上である。相手のみえすいた矛盾に目くばせして微笑する仲間もいる。不利な成行きに沈黙をまもっている公卿もいる。切迫した状況、微妙な意見の対立、論点のかみあい、心理的な葛藤、席上における人々の動きが、生き生きと記されているのは他の日記にない特徴である。散文の一つの機能はからみあったものを解きほぐし、対立点を明晰にし、状況を説明するところにある。ともすれば感情の高潮した文章、多かれ少なかれ詠嘆的な文章が問題にされがちであるが、散文の機能をもっともよく発揮した文章を第一に選択する必要があろう。『玉葉』の評定の場の記録はその一例にすぎない。

『明月記』は、周知のように格調の高い文章を多くふくんでいる。例の「紅旗征戎」の箇所や、「夜に入り明月蒼然、故郷寂として車馬の声を聞かず」という風な文章は、たれでも採用したいところであろう。私はそれとならんで、老年の定家の日記、それも余り目立たない箇所をのがさないようにしてもらいたいとおもう。たとえば安貞元（一二二七）年九月条の大納言源道具《みちとも》の葬送の記事のような箇所である。棺をのせた車の後には家人が騎馬で従う、馬前には松明がならぶ、さらに武士二、三百人が供奉するという盛んな葬送であった。そのことを記してあとにつづけて定家は、棺を木の上に置いたところが水が漏れ出し、烏がその上に集ったということだと注記している。この年定家は六十六歳になっていたはずである。その三年前には歩くことも、出仕することも、日記をつけることさえもむずかしい日がつづいた。足、腰、歯が痛み、この年の十二月には、「気根亡きが如く、余命幾《いくば》くならざるか」と、死の問題に直面している。かれも無常を悲しみ、末法を信ずることは同時代と異ならないが、浄土や来世にたいする確信がなく、宗教的救済に頼ること少なかっただけに、老醜と死は正視しがたい嫌悪、肉体的な恐怖の対象であった。

「終夜暗雨の窓を打つの声」を聞きながら夜を明かすような定家が、眠れないままに他人の死屍にむらがる烏のことを日記に書きつけてゆくさまは、一片の感慨もそこに記していないだけに、かえって悲惨である。定家らしく格調の高い記事もよいが、このような部分も検討に価しよう。ここでは思いついた一例をあげたにすぎないが、文学史家がその気になって採集すればもっとよい例をいくらでも拾うことができるはずである。

書翰や日記のほかに、法語や願文等をふくむ多くの形式について、僧侶と俗人を問わず、また和文と漢文を問わず、中世の散文をひろく採集し、典型的な内容と文体を選択し、分類して、かりに一巻の『中世散文集』というテクストができあがるならば、中世文学の見方が大部変ってくるのではなかろうか。そのような散文の研究の基礎作業をやらないで、「古典」だけをもとにした中世文体論も私には心もとなく思えてならないのである。

初出一覧

各作品の初出を以下に示す。〈　〉内は、本書の底本とした『石母田正著作集』（岩波書店、全十六巻、一九八八―九〇年）における、各作品の収録巻と刊行年を示す。

平家物語――『平家物語』岩波新書、一九五七年〈第十一巻、一九九〇年〉。ただし附録の「歴史年表」については底本に収録しておらず、本書でも収録しなかった。また「平氏系図抄」は底本では「むすび」冒頭に位置するが、本書では本作の末尾に移した。本書七頁の図版については原版を入れ替えた。所蔵・画像提供は以下のとおりである。

図1＝早稲田大学図書館　図2＝出光美術館

一谷合戦の史料について*――『歴史評論』九九号、一九五八年〈第九巻、一九八九年〉

預所と目代*――『日本古典文学大系　平家物語　下』附録「月報43」岩波書店、一九六〇年〈第七巻、一九八九年〉

「院政期」という時代について*――『日本文学の歴史4　復古と革新』附録「月報4」角川書店、一九六七年〈第七巻、同〉

『愚管抄』の面白さ*——『人物叢書　慈円』附録第一五号、吉川弘文館、一九五九年〈第十一巻、同〉

永積氏の「方丈記と徒然草」を読んで*——『文学』二六巻九号、一九五八年〈第十一巻、同〉

『中世散文集』について*——『中世文学』九号、一九六四年〈第十一巻、同〉

（＊印を付したものは、『戦後歴史学の思想』法政大学出版局、一九七七年にも収録）

〔編者付記〕

- 文庫化にあたって、明らかな誤記・誤植は訂正した。また、読みがなを増補した箇所がある。古典『平家物語』引用箇所の読みがなについては、読みやすさを第一に考え、現代仮名づかいに改め、転訛で読みにくくなっているものを本来の読み方に直した場合がある。読みがなの促音「ッ」についても、これを補った。
- 古典『平家物語』引用箇所について、句読点の用法など、著者が参照した山田孝雄校訂『平家物語　上下』（岩波文庫、一九二九年）と若干の相違がある場合、著者の判断を示すものと考え、揃えることはしなかった。なお本書一七頁一一行目で知盛の言として引用されている「汝等が魂は……急ぎ下れ」は、山田孝雄校訂本の底本である覚一本（高野辰之旧蔵本）では大臣殿（宗盛）の言であるが、論旨に関わる箇所のため訂正はしなかった。
- 編者による補いは〔　〕を用いて示した。

解説

高橋昌明

一

石母田正氏《いしもだしょう》(以下、敬称はすべて省略)は、主に日本古代・中世史を研究した歴史家である。本書の中心をなす『平家物語』は、一九五七年十一月、岩波新書の一冊として刊行された(以下、新書平家と略称)。新書平家は、古典文学の『平家物語』(以下、古典平家と略称)を中世史研究の史料として利用したり、その記述が史実と違っていることを証明しようとした仕事ではない。石母田は文学に通暁した学者としてしられていたが、歴史学を離れて文学評論に新境地を求めたというものでもない。歴史家が自らの学問に徹しながら、古典文学論として大きな成功を収めた稀にみる作品、まちがいなく歴史家の腕と魂が書かせた書であり、しかも専門の文学研究者に鮮烈なショックを与え、プロの作家を感嘆せしめた書、といえばよいであろうか。

石母田は一九一二年(大正元)九月、札幌市に生まれ、宮城県の石巻町(のち石巻市)で育った。二八年(昭和三)仙台の第二高等学校に入学。三木清や羽仁五郎の影響でマルクス主義に接近、三〇年社会科学研究会での活動によって検挙され、停学処分を受ける。のち解除されたが、三一年東京帝国大学に進学した際、この経歴から第一志望の経済学部を諦め、文学部西洋哲学科に入学したという。在学中、日本労働組合全国協議会(全協)の活動に参加し、逮捕されること二回。三四年国史学科に転科、三七年卒業。三八年春ごろから渡部義通をリーダーに、マルクス主義の立場から古代・中世史を共同で研究、『歴史学研究』などに、古代家族論、奴隷制論を中心に次々清新な論文を発表した。冨山房編輯部・日本出版会総務部を経て朝日新聞東京本社出版局図書出版部に勤務、四六年同社を退社。四七年から法政大学法学部に勤め翌年教授に就任、八一年定年退職した。七三年秋に難病を発症、長い闘病生活ののち、八六年一月、七十三歳で逝去する。

一九四五年の敗戦とともに花開いた「戦後歴史学」を推進した中心の一人であり、日本古代・中世史学に与えた影響の大きさは、計り知れない(業績は『石母田正著作集』全十六巻、岩波書店、一九八八―九〇年に網羅)。稀世の大学者であるだけでなく、戦後いち早く民主主義科学者協会、日本文化人会議の創設に参加するなど、科学者の社会啓発運動の面でも精力的に活動した。とくに五〇年代初頭に提唱した国民的歴史学運動(アカデミズムの狭隘な殻を破った国民的な歴史学の創造と普及の提起、政治的にはアメリカへの隷属を打ち破り、祖国に平和と独立と民主主義をもたらす民族解放と民主革命の事業に奉仕する学問を進める運動)とその理論の書というべき『歴史と民族の発見』(正・続、東京大学出版会、一九五二・五三年)は、当時の若い世代に大きな影響を及ぼした(この運動については、拙稿「石母田正の一九五〇年代」同著『東アジア武人政権の比較史的研究』校倉書房、二〇一六年参照)。

かれの中世史にかんする数多い著作のうちで、代表作をあげよといわれたら、『中世的世界の形成』と新書平家を選ぶのが至当であろう。

前者は、東大寺領伊賀国黒田荘(現三重県名張市域)の平安時代から室町時代後期までの歴史を、東大寺の古代的支配と、それに抵抗しつつこの地に成長してきた中世の担い手たる領主(武士)や民衆の動きを通じて追った作品。アジア太平洋戦争の末期、敗色濃厚となった四四年十月に執筆を終えたが、刊行前の空襲によって組版が焼失し、敗戦翌年の四六年六月、初めて公刊された。中世的なものの苦難曲折に満ちた成長過程の叙述に、戦時下の国家統制や思想・言論弾圧のもとでの著者の抵抗の姿勢がオーバーラップした名著であり、戦後長い間、歴史学を志す学生にとって必読の書といわれてきた。亡くなる前年の八五年には、専門研究書ながら岩波文庫におさめられ、学問の後進石井進による、読みやすくするための手立てやいきとどいた解説で、さらに一回り広い読書人に開放されている。

二

石母田が戦時中から終戦直後の時期、朝日新聞社に籍を置いたことは前に紹介したが、そのとき『国民古典全書』の編輯に携わっている（戦後『日本古典全書』と名前を改め刊行され続けた）。中世史家の佐藤進一が石母田から個人的に聞いた話によると、この時期かれは「徹底的に」古典を勉強したという（「石母田さんから教わったこと」『石母田正著作集』月報11）。

以下、新書平家について述べたい。同書は、二〇一八年現在で五十四刷、息長く読まれてきたロングセラーである。神田の駿台荘という作家や学者らに愛された名物旅館に缶詰になって、一カ月、いや二週間で書き上げたという伝説がある。

第一節は、運命の問題を手がかりに、古典平家という物語の特質と、作品自身が語る作者について論じている。冒頭の「祇園精舎の鐘の声……」にあらわれている無常観などに騙されてはならない。都・地方を問わず広範な人びとをまきこんだ治承・寿永の内乱（源平の内乱）において、各人がその片鱗だけ体験したさまざまな事件を、一つの統一した物語的な連関のなかにおいてもらいたい、という多くの人びとの強い欲求こそ、古典平家を生み出したと説く。

第二節は、主人公中心に古典平家を考えることに疑問を呈している。平清盛・木曾義仲・源義経に代表される重要人物といえども、平家の滅亡にいたる諸事件の推移発展のなかで、それとかかわりのある範囲でのみ登場し、役割を終えれば退場してゆくのだ、と。そして次々に登退場する群像を通して作者の思想と関心の広がりが分析され、作者は復古的・保守的な思想の持ち主だが、人間がおもしろくて仕方がない性格だったので、内乱の時代が生んだ、身分上下を問わない新しい型の人間を、豊富に形象することができた、と述べる。

一・二節が作品の内容に即した分析だとすれば、三・四節は文学形式を中心にした論の展開である。第三節では、古典平家がたんなる「物語」ではなく、琵琶法師が聴衆を前にして語る「語り物」であることを確認した上で、作品を構成しているさまざまな文学形式のうち、年代記的・記録的なものこそ本来的・原形的なもので、それは年代記という形式をとった叙事詩であろう、という。

第四節は、その原平家とでもよぶべきものに、合戦記・王朝風の物語・説話などが加わり、どんどん成長してゆく過程を論じている。それは内乱に参加し、見聞し、経験したさまざまな階層からの増補の要求にこたえたもので、それが年代記的に書かれた最初のきゅうくつな形式をこわし、物語の質を変える原動力となったとする。もちろん琵琶法師自身が果たした役割も大きい。その過程の分析で、七五調や和漢混淆文、「語り」の文学的意味を確認し、王朝貴族的な色彩感覚や物語的構想力の受容と、そこからの飛躍として古典平家をあとづけてゆくなど、論点は多彩である。これらの主張の多くは、すでに『中世的世界の形成』に萌芽があり、新書平家ではそれが満面開花した。

石母田の書いたものは、どれもこれも要約が難しい。随所に卓論創見がちりばめられ、論理は多層、視野は複眼で、文章のうまさは他の歴史家の追随を許さない。全編いずこが重要と軽々には決められないが、それでもこの書が名著であるゆえんは、やはり、第一節における平知盛《とももり》論と、第三節の原平家が文学的な年代記であったとする説得力ある見事な分析であろう。

前者は、運命をさとり運命を語る平家の二人の兄弟、重盛と知盛の対比を通して、古典平家の魅力を、あざやかに論じた部分である。重盛は清盛の後継者であり、一一七九年という内乱開始の前年病死した重要人物で、古典平家もとくに力をいれて描いている。

一方知盛はめだたぬ脇役で、史上の人物としては、「入道相国(清盛)最愛の息子」といわれたこと、内乱初期近江・美濃の反乱鎮圧に出動し、都落ちの後、一ノ谷合戦で息子知章《ともあきら》を失ったこと、翌八五年壇ノ浦戦の総大将として敗戦を見届けて自害したことなどが、関心を引く程度である。

この知盛を、石母田は、どのように描いたか。かれはまず、古典平家の一ノ谷の負け戦さで、知章が父の身代わりになって討死するあいだに沖の船に逃れ、その船上で、宗盛らに自分の不甲斐なさを、涙ながらに語る場面を取りあげ、知盛の飾らぬ率直さに注目している。

以下石母田は、古典平家において、知盛が、人間の生への執着と利己心の恐ろしさを深く知るがゆえに、そうした人間理解にたって、運命というものをとらえることができた人間として、さらに、自分と一族、あるいは時代そのものを動かしているところの運命の存在を確信しながら、運命を回避したり、そこから逃れようとしなかった人間として描かれている、と説く。知盛は、裏切者の発生は平家の運命の結果と確信しながらも、そのゆえに裏切りを許すということはできなかった、ともいう。

また、壇ノ浦での開戦劈頭《へきとう》、大音声を上げて督戦し、いよいよ敗戦必至のとき、安徳天皇の乗船を見苦しからぬよう自ら掃き清め、女房たちが口々に「中納言殿、軍《いくさ》は如何《いか》に」と問うたところ、「めづらしき東男《あずまおのこ》をこそ、御覧ぜられ候はんずらめ」と答え、「から〳〵と」笑ったことに、運命を見とどけたものの爽快さを感じ取っている。そして最後、「見《み》べき程の事は見つ、今は自害せん」といって鎧《よろい》を二領着、乳人子《めのとご》と手を取り合って、海に身を沈める。

以上の知盛像は、文句なしに魅力的である。それは一方に饒舌な運命の予言者で、平家栄華の時期にはやくも滅亡についての自覚をもち、自分の死もその運命の一部としてとらえ、医師の治療を拒んだ重盛、およびその子で没落の運命に打ちひしがれてしまった維盛《これもり》などの物語を配しているがゆえに、いよいよ印象深い人間像に仕上がっている。

石母田の友人で劇作家の木下順二は、新書平家に衝撃を受け、古典平家や知盛への関心を深め、実験作品「『平家物語』による群読――『知盛』」(一九六八年五月、岩波ホールで発表。『古典を訳す』福音館書店、七八年に収録)の台本を書き、さらに七八年には、運命に抗し闘う知盛を主人公とする長編劇『子午線の祀《まつ》り』(第一次上演は七九年四、五月。現在は第九次まで上演。単行本は七九年河出書房新社から。岩波文庫では『子午線の祀り・沖縄 他一篇――木下順二戯曲選Ⅳ』に収録)を発表した。かれは、新書平家の「見《み》べき程の事は見つ、今は自害せん」以下の文章(本書二〇頁一五行から二一頁五行まで)を、群読の中に、「ほとんどそのまま(中略)借りた」。知盛の言葉に石母田同様「〝千鈞《せんきん》の重み〟を感じるから」と、傾倒ぶりを語る。

石母田は、「『平家物語』の作者は、後からかんがえれば、滅亡するほかなかったような運命にさからって、たたかい、逃げ、もがいたところの多くの人間に深い興味をもったのである。それを物語にしたことによって、彼は人間の営みを無意味なものとかんがえる思想とたたかっているといってもよい」(五五頁)と述べているが、それをもっともよく代表するのが、まさに知盛である。

もちろん、この知盛像は、石母田が「作者がその文学的な構想力や思想や形象化の力によって創りだした新しい人間像」(二二頁)であると述べているように、歴史上の人物としての知盛とは、多くの点で異なっているであろう。

古典平家の知盛については、その重要性に着目した先行研究もあったが、新書平家では、凜とした立ち姿と深い人間味が加わり、できばえに格段の違いがある。そこには、石母田の人間観や文学観・政治的信条、そしておそらくは自らが責任者としてかかわっていた国民的歴史学運動面での矛盾や痛切な体験までが反映されており、石母田の分身という一面があることは否定できないだろう。

新書平家刊行の前年(五六年)には、官庁文書に「もはや戦後ではない」というフレーズがあらわれ、流行語化している。戦後復興が一段落し、高度経済成長が本格的に開始される合間の時期である。前後に「神武景気」「岩戸景気」と好景気が続き、豊かさへの期待とともに、翌年には警職法改正など民主主義に逆行する政治の動きもあらわれた。

人文・社会科学の学界や言論界では、親マルクス主義的な主張が主流をなしていた時代ではあったが、かれの知盛は、政治的体験の有無や思想信条の如何を問わず、さらには人生経験の深浅を超えて、広範な読者の、人間らしく生きたいという希望をはげまし、文学や歴史によせた期待を満足させるものだっただろう。豊かな感性と深い教養、犀利《さいり》な分析に裏づけられた論述には、人びとの琴線に触れ、感動や共感を呼ぶエピグラムが珍しくない。

三

第三節の原平家が年代記的なものだったとする主張は、どう評価すべきであろうか。そもそも文学を専門としない研究者が、物語の成立過程や形式を堂々と論ずるところが、石母田が並みの歴史家でない証拠である。古典平家成立の基盤に年代記的なものがあるという主張は、戦後を代表する中世文学研究者であった永積安明が、すでに三年前に唱えていた(「平家物語の形成——原平家の問題をめぐって」同著『中世文学の展望』東京大学出版会、一九五六年〈初出一九五四年〉)。永積は、日頃教え子に「史学の後を追うな」と誡《いまし》めていたが、石母田は別格だったという。そのことを筆者に教えてくれた教え子の一人、山下宏明は、それは石母田が物語の形式にも注目していたからではないかという。

石母田の、原平家は年代記であるという論述は、質量ともに永積を凌駕し、筆は冴えわたっている。そしてこの年代記的叙述は、普通の意味の年代記、史書や公卿の日記などにみられる年代記的なものの書き下しとは、性質がちがっているといい、「この年代記の全体は、内乱と平氏の滅亡を聴衆・読者に物語るという『平家物語』の目的に従って、選択され、内面的に関連させられて」(一三六頁)おり、客観的事実をただ列挙したようにみえながら、そこに状況の統一を保つための文学的な取捨選択が施されている点を強調している。「それは文学であり、あるいはあろうとしていること」(一三七頁)からきており、さらに年代記的なものも、語り物に包摂されることによって文学的な効果を発揮している関係を指摘。それらを古典平家がうちたてた文学的方法として評価し、貴族的な日記や史書のたぐいとの質的な違いを、研究史上初めて具体的に明らかにした。

問題は、その上で「原平家はおそらく年代記という形式をとった叙事詩であったろう」(一五五頁)と一気に飛躍していることである。つまり原平家は、記録としての年代記ではなく文学としての年代記だ、だからそれは叙事詩だという。力量ある著述家が、特定の対象について一貫した年代記を作成し、文学的にも評価しうる内容をもつ場合があるから、文学としての年代記は叙事詩だという論理には黙過しがたい飛躍があり、今日の目で見たとき従えない。この点については別に論じたことがあり、関心ある方はそちらを参照されたい（拙稿「石母田正の歴史叙述」『歴史評論』七九三号、二〇一六年）。

さらに、石母田が新書平家で実際に作品分析の対象にしたテキストは、語り本系（十二巻本）の代表である覚一本《かくいちぼん》（高野辰之《たかのたつゆき》旧蔵本を底本とした旧岩波文庫本）だった。語り本は、琵琶法師が平家琵琶興行のために寺社を拠点に結成した当道座《とうどうざ》の、語りの台本ないしはそれに近い形態の本をさす。これにたいし読み本（語りの台本以外の本）の大部分は語り本系に比べ記事量が豊富、いいかえると異なる文体のさまざまな資料が、大量に雑然と抱えこまれているのを特色とする。

現在の古典平家研究は、読み本系諸本（中心は延慶本《えんぎょうぼん》・長門本《ながとぼん》・『源平盛衰記《げんぺいじょうすいき》』の三本、なかでも延慶本）に古態を探るのが主流になっている。そして覚一本は、むしろ読み本系の祖本的なものを刈りこみ、文学的に洗練させる過程でできたものである可能性が説かれている。語り本諸本間の異同も、琵琶法師の「語り」によって変化・流動したのではなく、複数の文字テキストを比較しながらの切り貼り（混態）や欠本を補う取り合わせの結果と考えられるようになった。

石母田にとって誤算は、新書平家を書いた一九五七年以前から、いやそれ以後も長い間、古典平家は、語り本から読み本（増補本ともいった。今は使われなくなった術語）に展開したという図式が、研究の大勢だったことである。それを踏襲したのは、もちろんかれの不明でも責任でもない。石母田は古典の卓越した読み手だが、八十種とも百二十種ともいわれる古典平家の諸本全体の相互関係を見渡し、各々の先後や影響関係を判定する諸本論という書誌学的領域においては、まったくの部外者だったからである。

ちなみに、新書平家に[附録]として付いている「『平家物語』を読む人のために」は(本書二二四頁以下)、かれが執筆当時参考にした基本的な文献である。それから大幅に進展した研究の現段階を知るには、半世紀後に世に出た大津雄一・日下力・佐伯真一・櫻井陽子氏編の『平家物語大事典』(東京書籍、二〇一〇年)が、網羅的で懇切であろう。

石母田が、当時の学界の通説に従った結果、大雑把にいって一九八〇年代以降、新書平家はしだいに研究の最前線とは距離が開いていった。かつて誰からも名著と讃えられ、いまも熱心な愛読者を有しているが、古典平家の第一線の研究者たちは、率直にいって本書を扱いかねている気配である。長老研究者に評価を聞くと、若い頃は夢中になりました、とだけいう。若年の研究者は名のみ伝わる「過去」の業績として素通りする。学問の進歩とはそうしたものだ、といってしまえば身も蓋もない。このような「過去」の古典研究を、どう評価したらよいのだろうか。

この点、木下順二がチェーホフの言葉をもじって、「科学の古典は問題を解決するが、文学の古典は問題を提示するだけだ」といっているのが、ヒントになるかもしれない。すなわち、例えばニュートンの『プリンキピア（自然哲学の数学的原理）』は科学の古典で、天体の運行を万有引力の法則で体系的に説明し、アインシュタイン以前では疑問を解決できている。しかし、文学の古典は問題を提示するのみである。木下は『ハムレット』なら、読んだ人、上演を観た人が、それがどういう問題を提示しているか、答えを自分でみつけねばならない。そうすることによって、初めて『ハムレット』という作品が本当に〝おもしろかった〟ということになる。いいかえると、古典は、発見されるに値する問いを内に持って存在している。古典の中に読者がどういう問いを発見するかということで、古典は生きて存在してくることになる、そういう問いを読者に要求する書は多くない。しかしそれが古典だ、と説いている（『〝劇的〟とは』岩波新書、一九九五年）。

石母田は古典平家には、抗いがたい運命を前にしたとき、人はどう生きるかという問題があることを明らかにし、平家一門のそれぞれの振る舞いをていねいにたどることで、古典平家を現代人にとって身近な、そして人が生きてゆくためのよすがとしてよみがえらせた。また古典平家がどうしてあのようなものとして成立できたのかという問いを立て、通説を前提にその時点では最良の解答というべきものを導き出した。その通説が退潮してしまい、かれの用意した答えが宙に浮く状態になっているとしても、石母田が発見した、原平家は文学的な年代記であったという視点は残る。今日の諸本論の水準に立って、その成立・発展・享受の過程はいかなるものであったかと問いを発すれば、時間はかかっても、それに触発された充実した答えがみつかるであろう。

要はわれわれが自らの関心にもとづき、古典にどのような問題を見出し、どのように答えを引きだしてゆくかであり、石母田の探求の姿勢は、その模範たるに十分で、多くの人を古典平家の広野《ひろの》にいざなう導きの星といえよう。新書平家は、人文学の夜空にひときわ輝く一等星として、今後も長く人びとを魅了し続けるであろう。

四

本書では、新書平家以外に古典平家に関係する論文・小論、あるいは平安末から鎌倉前期にかかわる文学・思想の書について書かれた掌篇若干を集めてみた。

論文「一谷合戦の史料について」は、『吾妻鏡』という鎌倉幕府自身が編纂した幕府についての歴史書の、史料批判に取り組んだ仕事の一つである。かれは国民的歴史学運動の挫折後、マルクス主義史学の方法的な優位性を示すため、中世史研究の檜舞台、アカデミズムの牙城であった鎌倉幕府成立史研究に向かった。『吾妻鏡』の史料批判は、そのための準備作業である。かれの一連の研究は一一八五年十一月の「守護・地頭の設置」を標的とするもので、このときの強請で頼朝が王朝側に認めさせたものは「一国地頭職《しき》」と呼ばれる国政介入のための措置であった、との画期的な主張に結実した。

本論文は、「一谷合戦」にかんする『吾妻鏡』の関係部分を検討し、それがほとんど古典平家を素材にしたものだ、ということを明らかにしている。それとの関連で古典平家に筆がおよび、「平家は史料としてはあくまで物語以上のものではない。しかしそうだからといって、『平家物語』の史料的価値を『吾妻鏡』よりもつねに低いものとみる通念にかならずしもしたがいがたい場合があるのである」と結論づけている。石母田はほかの論文でもこの時期を扱った『吾妻鏡』の史料批判をつづけ、これによって比較的信頼性が高いとされていた『吾妻鏡』の史料的価値は、大きく見直されることになる。

「預所と目代」は、古典平家で源頼政が以仁王《もちひとおう》に、反平家に起ち上がるよう説得する場面に関連する小文である。石母田が利用した旧岩波文庫本は、平治の乱後の源氏の凋落を述べて「国には国司に従ひ、庄には領所に召使はれ」とある。かれはこの「国司」や「領所」の語は誤りではないかと疑っており、諸本を調べて延慶本や『源平盛衰記』には「国には目代に随ひ、庄には預所に仕《つかえ》」とあることに気づき、その方が意味が通じるという。そのことには「表現の正確さということ以上に、文学としての質の差がある」と指摘しており、本稿三節で述べた語り本から読み本への増補、という当時の通説への疑問に発展する可能性をはらむ重要な発言をしている。ほかにも、石母田は幕府成立史研究を通じて、延慶本の史料的な価値に気づいており、その着眼が深まってゆけば、古典平家研究全体にとっても重大な影響があったと思われる。しかし、かれは一九六〇年を境に中世史研究から撤退し、古代史研究にほぼ専念するようになった。

「「院政期」という時代について」は、院政期という現在では完全に市民権をえている時代区分法について、「独立の歴史的な時期《エポック》」としてとらえる必要がある理由を述べたもの。平安時代四百年の最後の百年だけを院政期とする考えもあるが、かれの場合承久の乱の前後、十三世紀中葉まで延長して時代を設定すべきだとする。鎌倉幕府の成立をもって院政期の終わりとする考えをとらないのは、「院の政権と鎌倉幕府は性質が違うけれども、院政期という時代の共通の条件(たとえば荘園や国衙《こくが》の)から生みだされた二つの双生児的政権」で、文化史的にいえば、より広く統一的にとらえねばならないからだという。芸術・思想などに幅広い視野と理解をもつ歴史家ならではの提言である。

「『愚管抄』の面白さ」は、同書を歴史哲学の書とのみ固定的に理解する考えを捨て、この書に見える保元の乱以後の歴史のおもしろさと不思議さに注目すべきだという。それを表現したいがゆえに、慈円は『愚管抄』を仮名で書いたとさえいう。「歴史のなかいだろう」という結びが耳に痛い。

「永積氏の「方丈記と徒然草」を読んで」は、学問的同志であった永積安明の著書の書評で、内容はもっぱら『方丈記』について述べている。よくある提灯持ちの書評ではなく、素人と謙遜しながら、いうべきことはいった水準の高い評論と、養和の飢饉と寿永の疫病の箇所に多用されている「けり」という助動詞へのこだわりが印象的である。

「『中世散文集』について」は、一九六三年の中世文学会での講演をまとめたもので、石母田はその席で、『中世散文集』という題名で、頼朝や北条泰時など中世の政治家の公的・政治的書翰や、『玉葉』(九条兼実)や『明月記』(藤原定家)など公卿の日記を含めた、実務的・即物的な文章を、さまざまな角度から選択し分類して編輯することの意義を訴えた。それは「そのような散文の研究の基礎作業をやらないで、「古典」だけをもとにした中世文体論も私には心もとなく思え」ると、文学研究者の「古典」中心主義への批判が含まれた提案でもあった。その後、岩波日本思想大系の『中世政治社会思想』(上・下、一九七二・八一年)のようなそれに通じる出版もあったが、「文体」としてではなく、あくまで「思想」として取りあげ、編者も文学研究者ではなく、石母田を含めた歴史家たちであった。かれの慧眼の実現は何時のことであろうか。

平家物語《へいけものがたり》 他六篇

2022年11月15日　第1刷発行

著　者　石母田正《いしもだしょう》

編　者　髙橋昌明《たかはしまさあき》

発行者　坂本政謙

発行所　株式会社 岩波書店
〒101-8002 東京都千代田区一ツ橋 2-5-5
案内 03-5210-4000　営業部 03-5210-4111
文庫編集部 03-5210-4051
https://www.iwanami.co.jp/

印刷・精興社　製本・中永製本

ISBN 978-4-00-334363-0　Printed in Japan

読書子に寄す

——岩波文庫発刊に際して——

岩波茂雄

真理は万人によって求められることを自ら欲し、芸術は万人によって愛されることを自ら望む。かつては民を愚昧ならしめるために学芸が最も狭き堂宇に閉鎖されたことがあった。今や知識と美とを特権階級の独占より奪い返すことはつねに進取的なる民衆の切実なる要求である。岩波文庫はこの要求に応じそれに励まされて生まれた。それは生命ある不朽の書を少数者の書斎と研究室とより解放して街頭にくまなく立たしめ民衆に伍せしめるであろう。近時大量生産予約出版の流行を見る。その広告宣伝の狂態はしばらくおくも、後代にのこすと誇称する全集がその編集に万全の用意をなしたるか。千古の典籍の翻訳企図に敬虔の態度を欠かざりしか。さらに分売を許さず読者を繋縛して数十冊を強うるがごとき、はたしてその揚言する学芸解放のゆえんなりや。吾人は天下の名士の声に和してこれを推挙するに躊躇するものである。このときにあたって、岩波書店は自己の責務のいよいよ重大なるを思い、従来の方針の徹底を期するため、すでに十数年以前より志して来た計画を慎重審議この際断然実行することにした。吾人は範をかのレクラム文庫にとり、古今東西にわたって文芸・哲学・社会科学・自然科学等種類のいかんを問わず、いやしくも万人の必読すべき真に古典的価値ある書をきわめて簡易なる形式において逐次刊行し、あらゆる人間に須要なる生活向上の資料、生活批判の原理を提供せんと欲する。この文庫は予約出版の方法を排したるがゆえに、読者は自己の欲する時に自己の欲する書物を各個に自由に選択することができる。携帯に便にして価格の低きを最主とするがゆえに、外観を顧みざるも内容に至っては厳選最も力を尽くし、従来の岩波出版物の特色をますます発揮せしめようとする。この計画たるや世間の一時の投機的なるものと異なり、永遠の事業として吾人は微力を傾倒し、あらゆる犠牲を忍んで今後永久に継続発展せしめ、もって文庫の使命を遺憾なく果たさしめることを期する。芸術を愛し知識を求むる士の自ら進んでこの挙に参加し、希望と忠言とを寄せられることは吾人の熱望するところである。その性質上経済的には最も困難多きこの事業にあえて当たらんとする吾人の志を諒として、その達成のため世の読書子とのうるわしき共同を期待する。

昭和二年七月